河出文庫

メビウス

堂場瞬一

河出書房新社

目次

メビウス
Moebius

『1974』第一章　10月14日の約束

長嶋茂雄、という名前は知っていた。

だけどそれは、時の総理大臣の名前を知っているのと同レベル——一般常識の範囲内での話だった。少なくとも十六歳の高校生にとっては。

いや、十六歳でも、野球好きの男子だったら、特別な気持ちを呼び起こされたはずだ。しかし女子にとっては……プロ野球は縁遠い世界だった。試合の中継は常にゴールデンタイム、新聞の扱いが格段によくても、観ようとする意思がなければ目に入らない。

私がその年、一番惹かれていたのは『かもめのジョナサン』である。六月に出版された直後に手に入れ、夢中で読みふけった——最初は。しかしすぐに、中途半端な精神性が鼻につくようになり、放り出してしまった。ところがしばらく経つとまた気になり、本棚の奥から引っ張り出す……そんな事の繰り返しだった。

もちろん今の私には、『かもめのジョナサン』の影響などない。精神世界を描きたいなら、カモメなど使わず、ちゃんと人間で書くべきだと思う。あれは逃げだ。私は寓話に興味はない。作家は人と社会を書けばいい。

あの頃、私は夢見がちな十六歳だったと思う。作家になることを考え始めて、一冊でも多く本を読めば、それだけいい小説が書けるはずだと信じていた。真剣に書こうと思った裏には大事な人の影響があった。

本ばかり読んでいた、と言えば、いかにも文学少女だったように思えるだろう。でも今だから白状する――テレビドラマも観ていた。『われら青春！』や『寺内貫太郎一家』は、一回も見逃さなかったはずだ。

いや、『寺内貫太郎一家』は一回だけ見逃している。暑い最中、七月の事だった。その事については、これから書くかもしれないし、書かないかもしれない。正直、まだ気持ちが固まっていない。

音楽に縁がなかったのは不思議だ。今思い出せば、深夜ラジオもテレビの歌番組も全盛期だったのに。理由は……興味が湧かなかったから、としか言いようがない。ひたすら本を読む（時々テレビドラマ）だけの毎日で、歌番組を楽しむまでの余裕はなかった。高校で、友だちとの会話についていくのに苦労したのを覚えている。それでもあの頃の高校生は、許してもらえた。仲間外れにされたこともない。今の高校生の方が、ずっと大変だろうと思う。自分を押し殺してでも、他人に合わせて生きていかなくてはならないのだから。

昔よりずっと自由になったはずなのに、どうしてその自由を自ら手放してしまうのだろう。

余計な話だった。

当時の私の事に話を戻せば、長嶋茂雄だけでなく、プロ野球にも、あらゆるスポーツにも縁のない生活を送っていた。本と、時々テレビと……そして恋。それがどうして、十月十四日に後楽園球場へ行く羽目になったのか。

単なるつき合いだった。大事な人とその弟――彼らはプロ野球ファンで（それが私には癪のタネだった）特に巨人贔屓だった。年に何回も後楽園球場に足を運んでいて、その日――シーズン最終戦のチケットも手に入れていたのだが、それがたまたま、長嶋の引退試合になったという。

興奮した彼ら――特に弟の和彦《かずひこ》は熱を出しそうなほどだった。彼は試合前日――長嶋が引退を表明した翌日、十三日の新聞を私の家まで持って来て、わざわざ見せたほどである。

「打った　守った　17年」「〝逃げる白球〟残酷」。新聞の見出しだけは今でも覚えている。人の記憶力とは実に不思議だ。

その日は日曜日で、試合は雨で順延になったと聞いていた。

——ねえ、明日行こうよ。

——どうして？　チケットなんかないでしょう。

——あるんだ。余ってる。ダブルヘッダーの第二試合だから、長嶋の本当の引退試合だよ。

——でも私、野球なんか分からないわよ。

興味がないと本音を明かさなかったのは、相手が大事な人の弟だったからだ。それに和彦は、センシティブな人間だったたし。些細な一言で泣かしてしまったこともあった。

——僕が教えるからさ。

——英二《えいじ》さんと行くんじゃないの？

——ああ、あの、行けないんだって。だからチケットが余ってるんだ。というか、一人で行かないようにって言われた。

——学校は？

——休んじゃうから。パパもママもいいって。

——ああ、そうなんだ……球場って、危ないんでしょう？

——すごく混むんだよ。

私は「危ない」を別の意味で使ったのだが。プロ野球……球場は何だか胡散臭く、危ない人ばかりが集まっているようなイメージがある。興味もないし、わざわざ観に行く気にはならない。でも、和彦を一人で行かせるわけにもいかないだろう。明日は月曜日だけど、学校は何とでもなる。一日ぐらい、風邪をひいたふりをして休んでもいい。うちの親には黙っておけば大丈夫。二人とも働きに出ていて、昼間は家にいないのだ。もしもばれても、和彦を連れて行ったと言えば、許してもらえるだろう。互いの家族同士も近所で顔見知りなのだから——英二さんとつき合っているのは秘密だったけど。和彦がどうやって親を説得するかは分からなかったけど、それは私が心配することじゃない。

和彦と二人で長嶋の引退試合を観に行く——それが、大変な冒険に思えてきた。本の世界から外に出て、ちょっと危険な空間に身を置く——いや、実際には球場はそんなに危険な場所ではないとすぐに分かったのだが、あの頃の私にとっては、自分の枠をはみ出す冒険だった。

冒険しなければ本は書けない。大事なあの人が好きなジャック・ケルアックが、自分の冒険を本にしたように。

行こう、と決めた。

何より和彦は、大事な人の弟だったのだから。

大事だった人、と正確に書いておこう。全ては過去の話だ。

1

電話を切って、私はゆっくりと深呼吸した。鼓動が速い。一人暮らしの、静岡市内のマンションの部屋には、エアコンが暖気を吐き出す音だけが静かに流れている。

煙草に火を点けようとしたが、手が震えてライターの炎が揺れるばかりだった。ようやく火が移ると、空気清浄機のスウィッチを入れてキッチンに向かう。小さなグラスに氷を二つ入れ、ウィスキーを指二本分注いだ。一気に喉に放りこむ――酔うのは嫌いだが、今は一刻も早く感覚を麻痺させたかった。

二杯目を注いでソファに腰を下ろし、スマートフォンを摑んで弄《もてあそ》ぶ。

今の電話は何だったのか。

過去からの電話だ――四十二年ぶりに聞いた声。向こうがどうやって私の連絡先を割り出したのか、不安になったが、弁護士なら調査能力も高いだろう。

会話の内容を思い出す。

「下山《しもやま》君？　ちょっと相談があるんだけど」

電話から流れてきた声は昔とまったく変わらず、聞き心地がよかった。しかし、声の綺麗さと話の内容はまったく関係なく、彼女の話は、私をひどく困惑させた。吉塚佐知子《よしづかさちこ》は、四十二年前と今、静岡と東京を一気につなぎ合わせた。

東京へ来ない？　友だちを助けてくれない？

何を今さら――というのが、電話を切った時の正直な気持ちである。しかし、音のほとんどない世界でアルコールが身に染みてくるにつれ、彼女の言葉は私の心に根を張り始めた。東京へ行くことには、相変わらず抵抗がある。ずっと出張すら避けていたぐらいだ。しかし今回は……私は四十年以上、ずっとわだかまりを抱いたまま生きてきた。それを払拭《ふっしょく》できるチャンスが、向こうから飛びこんできたのだと考えることにした。

グラスを口元に運ぶ。からりと氷が音を立て、冷たさが伝わってくるようだった。鼻先でウィスキーの香りが漂ったが、結局吞まずにテーブルに戻す。まだ手が震えていて、グラスがテーブルにぶつかって冷たい音が響いた。衝撃を受けるのも当然――かつての親友が危機に陥り、自殺を図ったと聞けば、冷静ではいられない。スマートフォンで佐知子の電話番号を呼び出す。先ほど切ってから二十分ほど経っている……電話するのに遅い時間ではないし、何より、もっと詳しい情報が必要だった。

しばし躊躇《ためら》った後、電話をかける。佐知子は、私からのコールバックを待ちかねていたかのように、すぐに電話に出た。

「電話、かけてくると思ってたわ」佐知子の声は少しだけ弾んでいた。

「どうして」

「私は釘を打ちこんだと思うから」

「私の心に、か」

「そう。卑怯かな？」

「いや……」

「それで結論は？」

「引き受ける」

「さすが、エースね」昔のあだ名が、嫌な響きを放つ。「あなたなら、引き受けてくれると思ってた。予想通り、変わってなかったわね」

「君はどうなんだ？」

「どうかな……でも、あなたを信じた私も、四十年前と変わってない、ということでしょう」

「私は、一線を退くつもりだ」彼女から電話があってから、わずかな時間で決めたことだった。

「どういうこと？」佐知子が声を潜める。

「会社から手を引こうと思う」

様々な事情から、私は現在、自分が創設した会社のオーナーではない。株さえ持っていない。独立時に金を出しただけだ。表に出るのは、常に社長の稲垣《いながき》だ。彼は長年にわたって私を支えてくれた右腕だが、そろそろ肩書通り、会社を自分の物にしてもいいだろう。それだけの能力はあるし、年齢も五十歳である。そろそろ一国一城の主《あるじ》になるべきだ。スタッフもしっかりしているから、私が抜けても会社の将来は安泰だ。

問題は、彼が了承するかどうか……常に一歩下がって私を支えてきた稲垣は、典型的な参謀タイプである。自ら進んで打って出ることはない。それでも、そういうタイミングが来ることを、そろそろ分かってくれていいはずだ。だいたい、私の会社はどこかと戦うわけではない。基本的には現状維持を心がけ、もしもチャンスがあれば、多少なりとも事業を拡大するだけでいい。問題が起きれば、私はいつでも相談に乗れる。

私はもう、十分な物を手に入れたのだ。少なくとも金に関しては。

今は、他にやるべきことがあると気づいた。

「いいんですか？」

私が注文を終えるなり、稲垣が目を見開いた。

「何が?」

「いや……」何となく喋りにくそうに、稲垣が顎を撫でる。「桜エビは食べないんじゃないですか。静岡おでんも」

「普段は、な」

桜エビとおでん——どちらも静岡名物だ。静岡ではよくあるパターンで、おでんは店内に大きな鍋が置いてあり、自分で勝手に選んで食べられるようになっている。今日の私は、黒はんぺんとちくわを持って来た。もちろん、魚粉もたっぷりと。汁は黒々としているのだが、味は意外にさっぱりしていて、魚粉はコクを出すためなのだろう。

食べてみると——十数年ぶりだったかもしれない——やはり味は物足りない。醤油を一垂らししたくなったが、そこは我慢して黒はんぺんを齧《かじ》った。塩分を摂り過ぎないのは、病院へ近づかない一番簡単な方法である。

「何で急に、おでんと桜エビのかき揚げ蕎麦なんですか」

「いろいろ、意味があるんだ」

適当に言って、私はおでんを食べ終えた。テーブルの向こうで、稲垣が不思議そうな表情を浮かべている。子どもみたいな顔をするなよ、と思わず苦笑してしまう。稲垣は、顔つきに年齢が出ない男なのだ。パッと見は四十代前半。目尻には年齢なりの皺も刻まれているものの、笑い皺だと言われれば納得してしまう。この若い顔は、不動産屋としては弱点だな、と一緒に仕事を始めた頃には心配していた。不動産業で何より必要なのは、信頼感である。大きな売買をする時も、賃貸住宅を探して店を訪れる大学生の相手をする時も、信頼される風貌と態度が大事なのだ。その点、稲垣は少し頼りなさげだった。腹黒く思われることこそないだろうが、「こんな若い人が相手では……」と引かれてしまいそうだと心配した。ところが実際にはそれは杞憂で、昔から特に年配の人には信用されている。息子のように思って可愛がってくれる人も多いのだ。

桜エビも静岡の名物で、様々な料理として供される。蕎麦屋なら、まずかき揚げだ。ただしこれも、私の感覚では何となく食い足りない。揚げ方の問題かもしれないが、エビ特有の香りや歯ごたえは消えてしまい、「少し赤みの入ったタヌキ」になってしまうのだ。だからこそ、ずっと食べなかったのだが、久しぶりに食べてもやはり同じ感じ……蕎麦そのものの具合もあまりよくない。

「……それで、どうしたんですか」稲垣が遠慮がちに訊ねる。「いつも食べない静岡名物を頼んで」

「そもそも静岡に名物なんかあるのかな」

「それを言われると、きついですけどね」稲垣が苦笑する。「これはっていう土産物もないし、昔から外食産業はイマイチな土地柄ですから。飯は家で食べるものと決まってるんですよ」

「そうだな」

もちろん、静岡市の繁華街——駅前から続く呉服町通り付近には、多くの飲食店が集まっている。初めて静岡に来た時には、私もその賑わいに驚いたものだ。ただし、「地元ならでは」を感じさせる店はあまり目立たない。全国チェーンの店が多いし、最近はラーメン屋が増えているが、それも横浜家系や九州の豚骨ラーメンばかりである。全国、多くの街にご当地ラーメンがあるのだが、静岡は例外かもしれない。

食事を終え、私たちは紺屋町名店街に潜った。各ビルの地下をつなぎ、ぽつぽつと店もあるささやかな地下街だ——かつてガス爆発事故があって多数の死者が出た場所だが、悲惨な事故の面影はまったく残っていない。名古屋の大地下街や東京駅を中心とした地下街に比べれば小さなものだが、ここを駅へのアプローチとして利用する人も多い。

私たちは喫茶店に入った。ランチタイムは一段落して、店内は空いている。座ってコーヒーを注文するなり、私は切り出した。

「お前に会社を任せる」

「どういうことですか」稲垣の眉間に皺が寄った。

「名実共に、お前に任せると言ってるんだ」

「意味が分かりません」

それは分からないだろうな……いきなりこんなことを言われて、すぐに納得できるわけもあるまい。私は煙草に火を点け、一呼吸置いた。稲垣は煙草を吸わなくなったが、私はまだやめられない――六十歳になっても続く悪癖だ。

「静岡中央不動産の社長はお前だ」

「それは、名義上はそうですが……」

「今後は、実質的にも社長になってくれないか」

「それは……どういうことなんですか？　社長はどうするんですか」

「会社から手を引こうと思う」

「いや、しかし……」稲垣の戸惑いは消えなかった。「何かあったんですか？　まさか、病気とか……」

「相変わらず元気だよ。トレーニングも続けている」

「だったらどうしてですか？　今のところ、会社にも問題はないでしょう」

「うちは堅実だからな」私は思わず皮肉を言ってしまった。そう……バブルで大騒ぎしたのは、もう四半世紀も前である。あの時私は、様々な事を学んだ。

一つ、法的に問題がなくとも道徳的に問題のある手を使ってはいけない。そう決めたきっかけは、未だに私の心に暗い影を落としている。法的責任がなくとも、一人の人間を死に追いやった事実は、記憶からは決して消えない。

一つ、そこそこ儲けて素早く引く。日本中が狂乱地価で右往左往して、不動産業界は特にそれに踊らされた。そもそも、そういう騒ぎを起こした張本人が不動産業界でもある。だが私は、堅実に仕事をした方が、長期的には損をしないことに気づいていた。

結果、老後の心配をまったくしないで済むだけの金を貯めこんだ。

冒険のない人生、先が見えてしまう人生。もはやこの仕事に情熱は注げない。

「後は、お前の好きにやってもらえばいい。オリンピックまでに大ばくちに出てもいいし、このまま堅実に商売を続けてもいい」

「進行中のプロジェクトは……」

稲垣が何を心配しているかはすぐに分かった。東京のディベロッパーと組み、静岡市内にタワーマンションを建てる計画が進んでいるのだ。東海地震に備えて最新の免震構造を採用する予定で、私たちは土地取得の折衝を続けている。実質、大手ディベロッパーの下請けのようなものとはいえ、確実に金になるのは間違いない。

「あれは今まで通りに続けてくれ。八割がた終わっているし、お前なら大丈夫だ」

「社長は、どうするんですか」

「私はそもそも社長じゃない」私は思わず苦笑した。会社登記上も、静岡中央不動産の社長は稲垣である。私には特に肩書はなく、一社員に過ぎない。創業者ではあるが、表に出ないで済むためには、肩書をつけずにおくしかなかった。しかし稲垣は、常に私を「社長」と呼ぶ。

「何か、新しい商売でも始めるんですか」

「いや、取り敢えず仕事はしない」

「まさか、本当に引退ですか？」稲垣が目を見開く。そうすると、ますます若く見える。

「引退も何も、私は半ば引退しているような身だから」

「でも、仕事はバリバリやってるじゃないですか」

「上手く言えないんだが……」コーヒーが運ばれて来たので、私は口をつぐんだ。店員に聞かれて困る話ではないが、やはり内密にしておきたい。

　ブラックのまま飲み、間を置く。私の気持ちはとうに固まっているのだが、稲垣の方に少し猶予が必要なようだった。明らかに動揺し、コーヒーに砂糖を加える手が震えている。

「私もそろそろ、やりたい事をやって生きようと思う。六十になると、いろいろ考えるものだよ」

「社長のやりたい事？　何なんですか」

「いろいろある」

稲垣が不満そうに唇を尖らせたが、実際には文句は言わなかった。この男は、私との関係に、明らかに一線を引いている。仕事の事では遠慮なくやり合うのだが、それ以外ではあまり突っこんでこない。私の私生活——そんなものがあればだが——についても、ほとんど知らないはずだ。

私が、高い壁を作ってきたから。

「それと一つ、頼みがあるんだ」

「ええ」

稲垣がコーヒーカップにスプーンを突っこんだ。普段よりゆっくり回しているのは、気持ちを落ち着けようとしているからかもしれない。

「東京に一件、物件があったな」

「渋谷のマンションですか？」

「ああ。今、空いてるよな」

「ええ」

「あそこを使わせてくれ。金は払う」

「いや、金はいいですけど……」稲垣が煙草に火を点けた。手の震えは止まっている。

どうやら動揺は収まったようだ。「あそこに住むんですか？」

「仮の宿だ。ずっとホテルを借りるのは馬鹿馬鹿しい」

「電気もガスも止まってますよ」

「それで構わない」

「家具もない……当たり前ですけど」

「寝る場所さえ確保できればいいんだ」

「布団もないのに？」稲垣は納得しなかった。

「そんなもの、何とかするさ」私としては、ホテルを拠点にしたくないだけである。ホテルは人の出入りが多く、しかもフロントの目が常に光っている。マンションなら、他人の目を気にすることなく動けるだろう。

「部屋は用意できますけど……東京へ行くんですか？」

「ああ」

「静岡には馴染めませんでしたか」

「そういうわけじゃないが」

「でも、静岡らしい食べ物、ずっと避けてましたよね。嫌いだったからじゃないですか？　今日、びっくりしましたよ。桜エビにおでんなんて……」

「静岡は好きだ。桜エビやおでんは、口に合わないから食べなかっただけだよ」

「じゃあどうして、今日は食べたんですか?」珍しく、稲垣がしつこく追及してきた。

「気紛れだよ」

私はさらりと言った……本当のことは稲垣には言えない。

これは私なりの、惜別の儀式だった。静岡に、そしてこれまでの六十年の人生に対する別れの儀式。

私はまた、新しい人生——友のために生きる人生に足を踏み入れる。その最初の日が、今日なのだ。


静岡市に居を構え、会社を興してから二十年——その間、静岡市も大きく変貌した。バブル後の四半世紀は、例えば終戦からの五十年間よりも変化が大きい歳月だったかもしれない。

それでも変わらないものはある。

静岡市の場合、駿府城がある限り、街の基本的な雰囲気は変わらないだろう。県庁の所在地なのだが、それでも立派な石垣は、江戸時代の雰囲気を今に伝えている。二〇〇九年の地震では、この城壁の一部が崩れて大騒ぎになったのを、今でもはっきり覚えている。まるで、静岡の精神的支柱が壊れてしまったようだった。

私が購入したマンションは、その駿府城からもほど近い、静岡鉄道の新静岡駅近くにある。最新のタワーマンションでもないし、それほど広くもないのだが、一人暮らしには十分だった。そもそも、かさばる持ち物と言えば本ぐらいだし。

それでも、旅の準備を整えるには、それなりに時間がかかった。静岡と永遠に決別するつもりではなかったが、東京で仕事に専念するために、持っていかなくてはならない物が少なくない。着替えはどれぐらいあればいいのか……なにぶん寒い時期なので、衣類は多くなる。

長期出張用のスーツケースを引っ張り出し、スーツを一着、替えの上着とズボン、それにクリーニングから戻って来たワイシャツを十枚ほど突っこむ。あとは下着に靴下……マンションにいる時用に、ジーンズとトレーナーも入れた。トレーニングウェアとシューズも。それだけで、大きなスーツケースがほぼ一杯になってしまう。読みかけの本を隙間に突っこみ……そこまで固執することはないのだと気づいて、一人苦笑する。本など、東京ならいくらでも手に入るではないか。向こうには布団もないことに気づき、寝袋も荷物に加えた。

他にボストンバッグも用意した。スーツケースに入り切らなかった衣類を突っこみ、準備完了。腕時計を見ると、午後六時……これから出発して、東京へ着くのは八時過ぎになるだろうか。いや、東名高速は空いていても、首都高は常に渋滞しているのではないか？　長く離れていると、やはり状況が分からなくなっている。

東京と離れていた四十二年は、やはり長かった。もちろん、様子を知る機会はいくらでもあった。テレビでもよく映るし、ついつい画面に観入ってしまうことも少なくない。馴染みの渋谷のスクランブル交差点を横断する人は、昔よりもはるかに多くなっているようだ。特に最近は、何か大きなイベントがある度に集会場のようになって、大騒ぎの様相を見せるという。もちろんそういう変化は、自分には関係ないことだが……私は何も、浦島太郎気分を味わいに東京へ行くわけではない。

荷物をまとめ終える。

部屋を出る時にも、特に感慨はなかった。長年住んだ部屋なのに、仮住まいの感覚が今でも消えない。

そう、自分は常に仮の住まいにいたのだ。

漂泊の人生。

いや、そんなに格好をつけた言葉は相応《ふさわ》しくない。逃げ、隠れ、頭を低くしていただけである。

そして今、四十二年ぶりに頭をもたげるタイミングが来た。

2

東京まで三時間かかった。

新幹線なら一時間ぐらいだったのに、と途中で苛々《いらいら》してきたのだが、大荷物を抱えて新幹線に乗り、その後渋谷まで電車を乗り継いで行くのも馬鹿らしかった。

東京へ入っても、ナビのおかげで道に迷わずには済んだが、それでもなお緊張を強いられた。何しろ街の光景がすっかり変わってしまっているので、初めて来る街も同然である。そもそも、四十二年前には車に乗ることさえほとんどなかった……免許は持っていたものの、学生の身分でマイカーはなかったし、タクシーに乗るような金もなかった。

首都高三号線は、ビルの間を縫うように走る。車は少ないものの、奇妙な圧迫感を覚え、掌が汗で濡れてきた。首都高に接近して建っているマンションには、買うにしても借りるにしても、とんでもない値段がついていることは、商売柄知っていた。それでも都心の近くに住みたい人がいることは、感覚的に理解できる。通勤時間を少しでも短くしたい人もいるだろうし、都会の香りを全身で感じたい人もいるだろう。

運転し慣れたベンツなのに、サイズ違いのスーツを着ているような違和感が拭《ぬぐ》えなかった。どこかぎこちなく……普段運転しない左ハンドルの車に乗っている気分にさえなる。

首都高を池尻で降りても、依然として緊張感は消えなかった。首都高と、それに接続する道路の造りの何と複雑なことか……池尻からは国道二四六号線に出るのだが、首都高から一般道に出る箇所には信号もなく、あまりよく見えないミラーで、渋谷方面に走る車の動きを確認しなければいけない。アクセルを踏んで十センチずつ前に出てはブレーキを踏みこむ——そんな動きを続けているうちに、背中にまで汗をかき始めた。エアコンを止め、車内を少しクールダウンする。

ようやく二四六号線に合流する。後は、山手通りの下をくぐれば、すぐに渋谷駅前に出るはずだ。ほっとしてカーステレオのスウィッチを入れると、東京のFM局が入ってきた。

渋谷の街中を抜け、山手線の内側へ。そこまで来ると車は少なくなっていたが、この辺りは道が狭く、しかもぐねぐねと曲がっていて運転しにくい。マンションに到着して、立体式の駐車場に車を入れた時には、ぐったりと疲れてしまっていた。

部屋に上がり、荷物を開く前に佐知子に電話を入れる。室内は真っ暗……任務のためのアジトとしても、味けなさ過ぎる。

「遅かったわね」第一声で佐知子が文句を言った。

「高速の渋滞を甘く見てたよ……今から会えるかな」

「私は大丈夫よ。あなた、食事は？」

「いや、まだだ」

「だったら、食事しながら話しましょう」

「……ああ」本当なら、夕食は抜いてしまうところだ。基本私は、午後九時を過ぎたら何も食べないことにしている。アルコールは別だが、呑んでいる時もつまみには手は出さない。それまでにしっかり食べて、胃を一杯にしておくのが常だ。しかし今夜は、そのルールを破らざるを得ないだろう。

　佐知子が店を指定した。まったく知らない店だったが、調べれば辿り着けるだろう。佐知子の事務所も渋谷にあるので、彼女は十分後には店で会えると言ってきた。

「迷わなければ着けると思う」言ったものの、あまり自信はなかった。

「大丈夫よ。そこからすぐ近くだから」どこか馬鹿にするような口調で言って、佐知子が笑う。「浦島太郎の下山君は、心配かもしれないけど」

「渋谷は、知らない街になっていたよ」

「特に今は、絶賛再開発中だから」今度の佐知子の笑い声には、屈託がなかった。

「オリンピック前に、完全に生まれ変わらせるつもりなんでしょうね。動きにくくて困るわ……駅なんか、完全に迷宮状態よ。あなたは絶対に駅の中に入らない方がいいわね。出て来られなくなるから」

「そんなにひどいのか？」私は思わず携帯を握り締めた。都内で動き回るには、車よりも電車、そして地下鉄だと思っていたのだが……迷うほど大変なら、私は早々と「足」をなくしてしまったことになる。

「慣れれば大丈夫だけど……いつまでこっちにいるかは分からないでしょう？」

「ああ」

「東京案内は後でいいわね」

「もちろん。それより、あいつは来るのか？」

「今夜は来ないわ」佐知子があっさり言った。「でも、明日会えるように手配したから」

「わかった。あいつ、大丈夫なのか？」

「それは、本人に会ってから判断して」素っ気なく言って、佐知子が電話を切った。

真っ暗な中で立ち尽くす。自分がやっている事は正しいのか？　過去に置いてきたもの——たぶん友情だ——を取り返すため、あるいは贖罪のため……そんなことをしなくても、生きてはいける。自分の人生はもう、終わりから数えた方が早いのだ。十年、二十年ぐらいあっという間だろう。何もせず、これまで通りに頭を低くして、弾が当たらないように生きていけばいいのではないか？

それでは駄目だ。私はこれから、友のために動く。

佐知子が指定してきたのは、マレーシア料理の店だった。静岡でも様々なエスニック料理が食べられるが、マレーシア料理の店はあったかどうか……さすが東京は違う、と考えたが、すぐにそれを押し潰す。こんなことで「東京」に負けてはいけない。

先に店に来ていた佐知子を、私はすぐに見つけた――分かった。

もちろん、四十年以上の歳月は、彼女にも影響を与えた。すっかり年を取り、体つきも全体に丸みを帯びた――正確に言えば、太った。四十二年前、十八歳だった彼女は、抱き締めたら折れそうなほど細かったのに。ただ私は、彼女の変容に関しては何も言わずにおくことにした。余計な事を言うのは失礼だと分かっているし、私だって変わっているのだ。外見だけでなく、中身も。

互いにそういうことを語り合うのは、時間の無駄でしかない。今の私たちには、共通の課題がある。

「久しぶり」佐知子が緩い笑みを浮かべる。

「ああ」

「お酒は？」

言われてメニューを取り上げた。ウィスキーもあるが、この店では場違いな感じがする。

「ビールにしよう」好きではないのだが、仕方がない。

「いろいろあるけど、どれにする？」

確かに国産だけでなく、各国のビールが揃っていた。聞いたことのない銘柄にも惹かれたが、無難にギネスにする。疲れている……重量感のある物で少し感覚を鈍らせ、今夜は何も考えずに眠りたかった。

「料理はどうする？　お腹減ってる？」

「ああ……任せていいかな？　マレーシア料理なんて、馴染みがないんだ」

「じゃあ、適当に頼むね」

「そうだな。ここ、よく来るのか？」

私は店内を見回した。特にエスニックな感じではない……ダークなインテリアは、渋いバーの雰囲気に近かった。

「たまにね」佐知子がメニューに視線を落としながら答えた。「ランチがお得だから……そう言えば、夜は来たことはなかったかもしれないわね」

「そうか」

「相変わらずぶっきらぼうね」顔を上げ、佐知子が苦笑する。「全然変わってないわ」

「人間、そう簡単に変わらないよ」私は顔を擦《こす》った。佐知子は勘違いしている……私は四十年前よりもはるかにぶっきらぼうになっているのだ。自分でもそれは意識している。

「そうかも」佐知子が肩をすくめた。何か言いたいことがあるようだが、結局何も言わずに手を挙げ、店員を呼びつける。最初にビールを、それから次々と料理を注文した。

注文を終えると、佐知子が両手を組み合わせて身を乗り出した。

「元気そうね」

「ああ」

「私たちぐらいの年になると、いろいろ具合が悪いところも出てくるけど」

「今のところ、何ともない」

「鍛えてるみたいじゃない」

「年齢なりに」

実際毎朝のランニング、それに週二回のジム通いは、静岡市に居を構えてから二十年、ずっと続けている。

「背広が板についてるわ……体が萎《しぼ》んでないもの。それに、服も高そう……金回りはいいみたいね」佐知子が、唇の端をかすかに持ち上げるように笑った――皮肉。

「そこそこには」

「不動産は儲かるでしょう？」

「君ほどじゃないだろう」

「何言ってるの」佐知子が声を上げて笑う。「弁護士なんて、全然儲からないわよ。会社を相手にしていれば別かもしれないけど、時々自分が、ビジネスじゃなくてボランティアをしているような気分になる時もあるわ」

「それも君らしい」

その一言が、佐知子を微妙に刺激してしまったようだ。笑顔が引っこみ、急に真顔になる。バッグから煙草を取り出すと、無言で火を点け、顔を背けて煙を吐いた。顔には皮肉な笑みが浮かんでいる。

「やめられない悪癖」指先で煙草を揺らす。

「実は私もだ」私はワイシャツの胸ポケットから煙草を取り出した。しかし火は点けず、テーブルに置いたままにする。ここへ来るまで、車の中で吸い過ぎた。三時間のドライブは、あらゆる意味で体に悪い。

「村木《むらき》の事だけど」私は本題を切り出した。「まず、君からちゃんと聞いておきたい。体は大丈夫なのか？」

「睡眠薬を飲んで自殺を図って……」佐知子が声を低くする。「幸い、家族がすぐに気づいて病院に運びこんだから何ともなかったけど、その後の落ちこみがひどいわね」

「だろうな」

「びくびくしてるわ」佐知子が顔の前で手を振ると、滞留していた煙草の煙がかき乱される。

「警察にはもう呼ばれたのか?」

「まだ。その辺がどうなるかは、まったく読めないのよ。誰かに確認するわけにもいかないし、警察が何を考えているかは分からない」

「その件は、やっぱり私じゃなくて君の方が役に立つと思うけどな。私は単なる不動産屋だ。君は弁護士なんだから」

「弁護士だからって、何でもできるわけじゃないわ。村木君が必要としているのは、むしろ精神的なサポートよ。それには、あなたが一番適任」

「ああ」

「村木君が頼りにしているんだから、まず相談に乗ってあげて。彼も、あなたと話をするだけで安心するかもしれない」

「私は、そんなに頼りになる男じゃないけどね」

「村木君からすれば、頼りになるのよ。彼の方から、あなたに会いたいって言ってきたんだから」

「あいつも、自分で電話してくればよかったのに」

この件は、佐知子からの「依頼」によるもので、私はまだ村木とは話していない。ひどくまだるっこしかったが、彼女は私が「電話で村木と話したい」と切り出しても、「会ってからにして」と言うばかりだった。

「電話では話せない事だってあるでしょう。自殺未遂の事は知られたくなかったみたいだし、盗聴を恐れてもいるのよ」

「まさか」私は思わず笑ってしまった。

「事が事だから」佐知子はあくまで真面目だった。「公安がどんな手口を使うか、あなたもよく知ってるでしょう」

私は思わず口をつぐんだ。尾行、盗聴……尾行は分かる。だが盗聴に関しては、四十年前も「やっている」と噂されながら、実際にそうだったかどうかは分からぬままだった。そこまではやっていなかったのでは、と私は考えている。村木も佐知子も用心し過ぎ――四十年前と感覚が変わっていないようだ。

「とにかく明日、安全な場所を用意するから」

「どこにいても盗聴は防げないだろう」

「うちの事務所なら大丈夫。定期的にクリーニングしてるから」

「そうか……」私は腕組みをした。「村木が安心できるなら、私はそれで構わない。

しかし、もうちょっと詳しく話を聞かせてくれないかな。君は完全に事情が分かってるんだろう？」

「ここではやめましょうよ」苦笑して、佐知子がまだ長い煙草を灰皿に押しつける。

「それより、あなたが今までどうしていたか、聞かせて」

「もう、全部知ってるんじゃないか？　弁護士の調査能力は凄いからね」

「系統立てては知らないわ」

「今さら知ってどうする？」私は彼女の顔に視線を据えたまま、手探りで煙草を引き寄せた。

「単なる世間話だけど……世間話として話せないぐらい、重いこと？　もしもまずい話があるなら、それこそ私が相談に乗るけど」

「弁護士の助けが必要な状況はない」

煙草を引き抜き、火を点ける。そこでビールと料理が運ばれて来たので、私は一息ついた。あまり好きではないビールだが、呑んでいれば話さずに済むような気がする。

「マレーシア料理は好き？」佐知子も話題を変えるタイミングだと思ったのか、軽い話を切り出した。

「どうかな……そもそも食べたことがあったかどうか」

「悪くないわよ。同じ東南アジアの料理でも、タイと違ってそんなに辛くないし」

「そんなに」という佐知子の表現は微妙だった。タイ料理なら、私も何度も食べている。夏場、グリーンカレーやトムヤムクンで大汗をかくと、むしろすっきりする……見た目は完全に焼き鳥のような鶏料理を食べてみると、ソースが甘辛く、じんわりと後味が残った。牛肉を炒めた料理は、胡椒の辛さが舌をびりびりさせる。豆腐の炒め物にかかった肉味噌が一番辛かった。

「結構辛いじゃないか」私は、額に浮き出た汗を手の甲で拭った。ビールが進む味つけではあるが、悪酔いしそうでもある。

「サンバルのせいね」

「それは？」

「マレーシアの万能ソースみたいなもので、何にでも使うのよ。この店では、結構唐辛子を効かせているみたいね」そう言う佐知子は涼しい顔だった。辛い物に慣れているのかもしれない。

「昔は、こういうエスニック料理はなかったな」

「そうね。せいぜい中華とか韓国料理、カレーぐらい……急に増えたのは、二十一世紀になってからかもしれない」

二十一世紀、という言葉が宙に浮いたようだった。四十二年前、私にとって二十一世紀は遠い未来だった。しかし、二十一世紀になってから十五年以上も経つのに、未だに四十年以上前からひとつながりになっているようにしか思えない。もちろん、世の中は変わった。一番大きな変化は、コンピューターと携帯電話の普及だと思うが、基本的なことは何も変わっていないような感じがする。私がずっと地方に住んでいて、変化の大きい東京から離れていたからかもしれないが。

「ずっと不動産の仕事をしていたんだ」ふいに、自分の半生を打ち明ける気になった。もちろん、肝心なことは呑みこんだまま。

「うん」佐知子が皿から顔を上げる。

「最初は……東京を出た頃には、肉体労働をするしかなかった。何しろこっちは高卒――大学中退の身だったから、働ける場所は限られていた」

「でもあの頃なら、いくらでも仕事はあったでしょう」

「選ばなければ、ね。日銭が稼げる工事現場の仕事が一番多かったな」

「それが今は、会社社長」

「社長じゃない。それは、若い相棒に任せている」

「でも、実際に会社を動かしているのはあなた……工事現場のバイトから不動産会社の社長までは、はるか遠い道のりね」

「まあ……確かに」

佐知子が溜息をつき、新しい煙草を抜いた。口元まで持っていったものの火は点けず、パッケージに戻す。「最近、吸い過ぎなのよ」と独り言のように言い訳した。

「年を取ると、自然に本数が少なくなってくるものだけどね」最近の私は、三日で二箱を空にするペースだ。気づくと、昼食後に一服してから夕飯時まで、一本も吸っていないこともある。

「恩人がいたんだ」私は打ち明けた。「二十代の前半に……工事現場で働いている時に、その物件を扱っているディベロッパーの社長と偶然出会ってね。何故か気に入られて、会社に入れてもらった」

「そこから、本格的にホワイトカラーの人生を歩み出すわけね」

私は無言でうなずいた。佐知子の言葉には、一々小さな棘《とげ》がある……しかしこれは仕方がない。裏切り者である私に対して、彼女が今でも複雑な気持ちを抱いているのは間違いないのだ。

「バブル期には、その会社で大儲けした」そして私が会社を去る決意を固めた事件が起きた。

「はっきり言うわね」佐知子が苦笑する。

「あの頃は、不動産屋はどこも同じだった」そして恩人の社長は、金儲けのために、私に罪のない人を追いこませた。

「独立できるほど、儲かったんだ」

「それこそ、給料袋が立つぐらいに……もちろん、給料は銀行振り込みだったけどね」

「貧乏弁護士としては、羨ましい話だわ」

佐知子が大袈裟に溜息をついた。この辺は、未成年だった頃と全然変わらない。何かにつけて芝居がかった動きをしたのだ——高校時代に演劇部だったというから、その影響が残っているかもしれない。

「熱海で仕事をした縁で、静岡で不動産の仕事を始めて今に至る——という感じだね」

「一人の人間の自伝としては、ずいぶんシンプルね」

「大した人生は送ってないから」私は肩をすくめた。

「それはあなたが決めることじゃないと思うけど。本人の評価は、いつも他人に決められるものよ」

「ああ……」しかし私はそれを拒否した。できるだけ、他人と交わらないように気をつけてきた。

「過去とのつながりは完全に切っていたの？」

「そうだな」

「本当に？　あなた、あの頃誰か、つき合ってる娘《こ》がいたでしょう。その娘とも連絡は取ってなかったの?」

「どうだったかな……」

「とぼけないで。仲間内では、怪しいって噂になってたのよ。あなた、私たちが聞いても絶対に答えなかったじゃない。『否定も肯定もしない』なんて格好いいこと言ったの、覚えてる?」

「どうだったかな」私はとぼけて繰り返した。実際には覚えている……ただ、仲間には言うまいと決めていた。あの頃、仲間内では、その年代なら当然のように、恋愛ネタは定番の話題だった。革命を志向するような人間が恋愛にうつつを抜かすなど……という声もあったのだが、実際には感情は抑えられないものである。仲間内のカップルもいたが、私は違った。外の人間、ああいうことに巻きこみたくなかった女性……。

過去だ。

完全に失われた過去だ。

「まあ、いいけど……何だか気取ってる感じはしたわよ」

「そうかな」私は慌てて顔を擦った。「そんなつもりはなかったけど」

「私たちの間では、常に率直に……議論も、そうじゃないことも。そうだったでしょう?」

「ああ」

「あなただけ、別の世界にいたような感じもしたわ。あの頃は、『希望の星』で『エース』だったもんね」

佐知子の言葉に潜む棘が、どんどん鋭くなる。私は、既に肌から血を流しているような気分になってきた。しかし彼女はふいに、邪気のない笑みを浮かべてその場の雰囲気を一変させた。ああ、この笑みも変わっていない……シビアな話をしている途中にも、佐知子はふとこういう表情を浮かべたものだ。「女神の笑み」と呼ぶ仲間もいたが、実際その微笑みは、場の雰囲気を急速に和ませてくれた。

「明日の予定は？」私は話を本筋に引き戻した。

「十時にうちの事務所へ来て。場所は前に教えたと思うけど、分かる？」

「たぶん」

「渋谷の街はどう？　少しは記憶が蘇った？」

「まだそんなに歩いていない……駅はずいぶん変わったんだろう？」

「うちの事務所に来るには、駅の構内は通らなくていいけど……まあ、迷ったら電話して。若い子を迎えに行かせるから」

「自分で何とかするよ。スマホぐらいは使えるから。しかし、村木が心配だ」

「びくびくしてるのよね。自殺を考えるぐらいに」

「あいつがねえ……そういうことからは、一番縁遠い人間だと思ってたけど」

「状況が状況だから。引退して、ちょっと弱気になってるところに、想像もしていない話が飛びこんできたら、驚くでしょう」

「それは分かるけど、あいつは強気、強気だった」

「四十年以上も経ってるのよ？　昔と同じわけにはいかないわ。とにかくあまり責めないで、相談に乗ってあげて。あなただけが頼りなんだから」

「分かった」

「結論は一つしかないの」佐知子が真顔でうなずく。「それは村木君も分かってるはずよ。でも私が言っても、納得しないっていうか……昔から、彼とは議論になると絶対平行線なのよね。お互いに引かないから」

「確かに、そうだった」私は思わず苦笑した。二人のやり取りはほとんど口喧嘩のようだった、と思い出す。

「あなたのアドバイスなら受けるはずよ。とにかく話を聞いてあげて……その後で、私も加わって方針を決めればいいわ。もっとも、結論は私が考えているのと一緒になると思うけど。ポイントは、村木君をどう説得するかね」

「時間もないんだろうな」私は左腕を持ち上げて腕時計をちらりと見た。

「それが分からないから困るんだけど……警察の動きが全然読めないから」

「スパイは飼ってないのか」

「いつの時代の話よ」佐知子が声を上げて笑う。「と言うか、昔だって、そういうのは話だけだったじゃない。本当にスパイがいたら、今頃私たちはこんなことはしていないでしょう」

「ああ……ところで君は、どうして弁護士になったんだ」四十二年ぶりに電話で話してから、ずっと考えていたことだった。

「何よ、今さら」佐知子が目を見開く。「私、法学部よ。それに司法試験では、過去の活動歴も問題にされなかったし。最初は、仲間を——活動で捕まった人たちを助けるためという思いもあったのよ」

「自分で活動するわけではないけど、側面支援だな」

「ええ。でも、私が実際に現場に出るようになった頃には、運動は本当に下火になってたから、活動にかかわることはほとんどなくて……最近は企業法務の仕事が多いわ」

佐知子が、どこか自嘲気味に言った。金を儲けることに、背徳感を抱いているのかもしれない。

「ところで、何か炭水化物はどう？　ナシゴレンとかミーゴレンとか、どれも美味しいわよ」

「そうか」メニューを見たが、写真がないのでどういう料理かさっぱり分からない。

「任せるよ。とにかく今日は、ずっと運転していて疲れた。静岡からは遠いね」

「過去もね」

また棘のある発言。彼女は、本当はどうして私に声をかけたのだろう。頼りになる人間だと本気で考えているとは、思えなくなってきた。

部屋に戻り、いつもの癖で照明のスウィッチに手を伸ばす。パチン、と音がして灯りがついた途端に、違和感を覚えた。電気は通っていないはずだ……水道やガスを試してみたが、どれも普通に使える。無人のこの部屋は、生活ができる環境になっていなかったはずだが。

無意識のうちに、スマートフォンを取り出す。稲垣からメールが届いていた。

お疲れ様です。余計なことかと思いましたが、電気、水道、ガスは使えるようにしておきました。

まったく、余計なことを。私のために手間をかける必要などないのに。

とはいえ、これはありがたかった。風呂も入れないと、後々面倒なことになるだろう。契約している全国展開のスポーツジムが近くにあるから、そこを銭湯代わりにしようか、と考えていたぐらいだった。

　稲垣はそういう男だ。自分が育てたわけではなく、そういう男だったから懐刀にした——今時「懐刀」などという表現は古いのだろうが、無条件で背中を任せられるのは間違いない。

　荷物を片づけ、寝袋を用意した。ビールの酔いはほぼ抜けている。そもそも、佐知子と食事をしている時にも、酔いはまったく回らなかった。それだけ緊張していたのだろう。頼まれた仕事の重さによるものだが、四十二年ぶりに再会したかつての仲間の反応を、一々気にしなければならなかった。

　やはり自分は、過去に縛られている。ある意味、村木も佐知子もそうだろう。だからこそ、かつての仲間である自分に頼んできたのではないか。

　疲れた……風呂を用意するのが面倒で、シャワーで済ませる。ガスも水道も使えるとなれば、多少は生活用品を買いこむべきかもしれない。バスタオルに食器、炊事用具も少しは……しかし冷蔵庫がないので、ここで料理するのは現実味がない。やはり、あくまで仮の住まいにしておくべきだ。四十二年ぶりに戻って来た東京で、ここが終《つい》の住処《すみか》になるとも思えない。

　やはり自分は、流浪の身なのだ。

　二十年も過ごした静岡市も、あくまで仮住まいの感じだったし、これから住みたい街があるわけでもない。東京に来たら、何となく落ち着かない気分になるのではないかと思っていて、それが外れたのは幸いだったが、それでも永住する気はない。

早々に寝袋に潜りこむ。読みかけのスティーブ・エリクソンを読了しようと思っていたのだが、急にその気が失せてしまった。さっさと寝るか……眠れないだろうと思っていたが、案外早く眠りは訪れた。

自分のことは自分が一番分からない。

3

明治通り沿いの大盛堂はなくなっていた。

もちろん、どんなものも永遠に続くわけではない。

そして大盛堂がなくなっただけではなく、街の様相は一変していて、自分がどこにいるのかすら分からないほどだった。宮益坂をだらだらと下りて、ＪＲのガードをくぐり、スクランブル交差点――これだけは変わっていない――から井ノ頭通りに入ったが、見覚えのある建物は一切ない。何度もデモで出かけた宮下公園は、もう少し先だったか……。

それにしても目が眩《くら》む思いだった。まだ午前十時前なのに、何と人出が多いことか。しかも平日なのに、中学生や高校生にしか見えない子どもたちが多い。けしからんな、と思ったが、考えてみれば自分も、平日の昼間によくこの街にたむろしていた。結局、いつの時代にもこの街は若者を惹きつけるのだろう。途中、マルイの前で振り返って駅の方を見ると、二つの高層ビルに目を引かれた。私がこの街を闊歩していた頃にはなかったビル……渋谷は今、駅を中心に再開発中だと佐知子は言っていたが、この二つのビルはその先駆けということだろうか。

駅から歩いて五分ほどの雑居ビルの中に、佐知子の事務所はあった。「渋谷総合法律事務所」。素っ気ない名前だが、弁護士事務所とは、だいたいこういうものだ。不動産の仕事では弁護士とつき合いがあるから、よく分かっている。

エレベーターを降り、私はネクタイを直した。えくぼがきちんとできているのを指先で確かめてドアを開ける。カウンターがあり、その奥には職員たちがデスクを並べる事務室。弁護士たちの部屋は個室になっていて、事務室を囲むように配置されている——私が知っている弁護士事務所と同じ造りのようだ。

よく教育されているのか、私が声をかける前に、カウンター寄りにいた若い女性の職員が立ち上がった。

「下山と申します。吉塚先生と十時のお約束です」

「お待ちしておりました」丁寧に一礼。「会議室の方へどうぞ」

通された会議室は、素っ気ない造りだった。部屋の大部分を占めるのは巨大なテーブル。中央に開いた穴からLANケーブルが延び、そこに一台のパソコンがつながっていた。私は、いつもそうしているように、相手が来るまで立ったまま待つことにした。薄手のコートは脱いでコートかけに。後ろ手を組んで、唯一の装飾品——壁の絵を鑑賞した。見覚えのある作品ではないが、どういう由来だろう……油絵を趣味にしていた私の知り合いの弁護士は、事務所に自分の絵を飾っていた。もしかしたらこの事務所にも、絵が得意な弁護士がいるのかもしれない。

部屋の隅の壁には、何故か鏡がかかっていた。マジックミラーで、外から会議室の中を覗けるのではないかと思ったが、そんなことをする意味はない、とすぐに考え直す。

私は鏡の前に立ち、またネクタイを直した。どうもえくぼが小さい感じがする。思い切って締め直そうかと思ったが、その最中に佐知子たちが入って来たらみっともないと思って、微調整に止めた。

疲れた顔だ、と苦笑してしまう。このところ鏡をゆっくり見る機会はなかったが、改めて自分の顔を凝視してみると、顔全体の筋肉が重力に負けている。上手く年は取れなかったな、と実感した。白いものが混じった髪は自然なまま。いっそ、一気に白くなってしまった方がいいと思うが、あと数年は中途半端な白髪の状態が続くだろう。どうせなら、思い切ったイメージチェンジで髭でも伸ばしてみようか。四十二年前、東京から逃げた時には髭を伸ばしてみたのだが、あの頃はまだ童顔でまったく似合っていなかった。今なら、髭があってもおかしくない年齢だろう。何かを変えてみるのもいいかもしれない。それこそ、見た目だけでも。

それにしても、六十歳の顔であった。体はまだ萎んでいないが、顔の老いはどうしようもない。

それでも佐知子は昨夜、一目で私だと気づいた。彼女とは四十年以上前に濃密な時を過ごしていたとはいえ、意外であった。すっかり顔つきは変わったと思っていたのに。

ドアをノックする音に続いて、「お待たせ」の声がした。振り向くと、佐知子が部屋に入って来るところだった――彼女の後からすぐに、一人の男が入って来る。

村木？　村木なのか？　私は思わず目を見開いた。

村木は、私たちの仲間では「武闘派」として知られていた。高校時代に柔道でインターハイに出場した猛者……重量級の選手だったので、身長も軽く百八十センチを超えていて、横幅もあった。「冷蔵庫みたい」と形容したのは、佐知子だったと思う。首は太く短く、耳は潰れていて、見た目からはすぐにでも暴力に訴えそうだった。大学で柔道を続けてもおかしくない実力者だったが、高校最後の試合で膝を負傷し、競技を続けていくのを諦めたのだという。その後、一年浪人して大学に入学したので、私より一歳年上だった。

体格も迫力も、全てが失せていた。

身長こそ変わらないものの、肉はすっかり落ちて、今や「ほっそり」と評すべき体形である。そのせいか、首にも皺が目立った。服装も、茶色いネルのシャツに黒いズボン、灰色のツイードジャケットという地味なもの。頭髪は後退し、額がずいぶん広くなっていた。

村木が顔を上げる。私をじっと見詰め……気づいた。暗い表情に、ようやく明るい笑みが貼りつく。

「下山……」

「ああ」私はかけるべき言葉を失い、短く言ってうなずくしかできなかった。

普通の友人だったら……あれだけ濃密な時間を共に過ごした友人同士だったら、四十年の歳月が間に挟まっていても、もっと気楽に接することができるはずだ。「老けたな」「髪の毛はどこへいった」「お前の場合は貫禄じゃなくて肥満だぞ」——そういう軽いやり取りは、私たちには似合わない。私だけでなく村木もそれは意識しているようで、次の言葉を失い、私にうなずきかけるだけだった。

「二人とも硬いわね」佐知子が茶化すように言ったが、そう言う彼女の表情も口調も硬い。私たちに座るよう促すと「飲み物は？」と訊ねる。

「私は何でもいい」

「ああ……俺も」私に合わせるように、村木も曖昧な返事をした。

「相変わらず、煮え切らない人たちね」佐知子が苦笑する。「あなたたち、昔からそうだったわね。どこかへ食事に行っても、何を頼むか決められなくて、延々と悩んでたでしょう。下山君は、昨夜のお店でもそうだったわね」

「いや、あれは……マレーシア料理なんか分からなかったから」注文は全て佐知子に任せてしまったのだと思い出し、私は耳が赤くなるのを感じた。

「まあ、いいわ。コーヒーにする？　うちのコーヒー、美味しいわよ」

「ああ、頼む」

佐知子が会議室を出て行き、私は村木と二人きりになった。内線電話があるので、わざわざ部屋を出る必要もないだろうに……私たちだけで会話をさせようとしているなら、彼女も気が利かない。佐知子は村木と何度も会っているだろうが、私は実に四十二年ぶりである。いきなり会話が上手く転がるわけもない。

村木も、私と同じように緊張している様子だった。正面に座っているので、私と視線を合わせないようにしようとしたら、うつむくしかない。そうでなくても元気がない様子なのだが……私は思い切って声をかけた。

「久しぶりだな」

「ああ」村木が顔を上げる。引き攣《つ》った笑みが浮かんでいた。「四十年ぶりだ」

「正確に言えば、四十二年ぶり」

「そうか……その辺は、四捨五入してもいいな」

「賛成だ」私も緩く笑った。切り上げで五十年と考えるとぞっとする。何と半世紀だ。

「お前、変わってないな」

「人間なんて、基本的に変わりようがないよ」

「見た目だって昔と同じだ」

「まさか」私は慌てて顔を擦った。つい先ほど、自分の老いと衰えを鏡の中で実感したばかりである。「顔の肉が落ちた」

「いや、全体の雰囲気は昔と一緒だよ。相変わらず鋭い感じだな」

「今はなまくら刀だ」

村木がふっと笑みをこぼす。今度は屈託が感じられない。両手をテーブルに置き、真っ直ぐ私の顔を見詰めてくる。

「お前がなまくら刀なら、俺は刃こぼれしてる。すっかり衰えたよ」

「病気でもしたのか?」私は遠慮なく切り出した。この年になると、久々に会う同年代の知り合いとの会話は、まず体調の話題から始まる。

「入院するほどじゃないが、あちこちガタはきてる。今は、高血圧とコレステロールの薬を飲んでる――飲まされてるよ」

「医者は、すぐに薬漬けにしようとするからな」私は皮肉を吐いた。「でも、ずいぶんすっきりしたよな」

「昔は、無理やり太ってたんだよ。高校時代は胃が悪くなるまで飯を食って、練習をして――大学時代もその名残りがあっただけだ。今の状態が、むしろ普通だと思う」

「柔道は大変なんだな」

「まったく、よくあんなことをしてたと思う」

ドアが開き、佐知子が戻って来た。自らコーヒーカップの載った盆を持っている。

「お待たせ」

コーヒーが配られる。使い捨てのカップだが、コーヒーの表面には綺麗にクレマができている。この事務所のコーヒーマシンは上等なようだ。

「砂糖とミルクは？」

「私はブラックでいい」

村木は、おずおずと砂糖とミルクを手にした。私も気紛れにミルクを加える時があるものの、本物の牛乳の場合に限る。小さなパックに入ったミルクは、どことなく不自然な感じがするのだ。

「それで？　久々の涙の再会は済んだ？」

「涙はないよ」私は苦笑した。佐知子が棘のある言葉を投げつけるのは、一晩明けても変わらない。昔も確かに皮肉屋の一面はあったが、ここまでひどくはなかった……何十年も弁護士をしているうちに、性格も変わってしまったのだろうか。

「じゃあ、話を進めましょうか」

佐知子の言葉に、村木がびくりと体を震わせる。佐知子はそれに気づいた様子だが――村木をちらりと見た――気づかないふりをして話を進める。

「下山君には、だいたいの話はしてあるけど、詳細についてはどうする？　村木君が自分で話す？」

「ああ……いや」

村木が口を濁す。話しにくい理由は、私にも容易に想像できた。これまでの佐知子の説明を全面的に信じるとすれば、村木は今まで育ててきた会社を悪用されている。同じように会社を興し、それなりの規模に育てあげてきた私にすれば、彼の悔しさ、辛さは十分理解できる。手塩にかけて育ててきた子どもが、悪い仲間の手で薬物中毒にされたようなものだろうか。

「私の方から確認させてくれないか？」

村木が顔を上げる。唇は一本の線になり、口の横には深い皺が刻みこまれた。「ある程度話は分かっているんだ」私は村木に向かってうなずきかけた。「話しながら確認するから」

「ああ、俺はそれで構わない」

「間違っていたら訂正してくれ」

村木が無言でうなずく。彼の横に座った佐知子も、続いてうなずいた。本来、私はまず彼らの説明を聞く立場にあるのだが、この際進め方などどうでもいい。精神的にかなり追いこまれている様子の村木に、筋立てて説明しろと要求しても無理だろう。

「お前、商社を経営してたんだよな」

「ああ。小さい会社だが」

「一国一城の主であることに変わりはないよ」力づけようとして、私はまた村木に向かってうなずきかけた。「会社を手放したのはどうしてだ?」

「代替わりだよ。何というか……急にやる気がなくなった」

「体調のせいじゃないんだな?」

「むしろ、精神的なものかな」村木が寂しげに微笑む。「何十年もすり切れそうになるまで働いてきて、もう限界だった。ゆっくりしたくなっただけだよ」

「会社の業績は?」

「トントン、だな」

「辞めたのは、通常の手続きで？」

「ああ。今年の六月の株主総会で辞任した」

「後任は？」

「専務に任せた」

「それが小池光正《こいけみつまさ》という男だな」

「よく覚えてるな」

感心したのか、村木の顔に笑みが広がる。少し安心したようでもあった。私が、メモも見ないで話しているからだろう。

「これぐらいは覚えられるよ」

「いやいや、さすがエースだ」

「よせよ」私は声を低くして言った。「そういうのは、もういい」

「ああ……」村木が目を瞬《またた》かせた。「そうだな。古い話だ」

私は無言で首を横に振った。何十年経っても冗談にならないこともある。そして私は、村木も過去に縛られているのだと改めて意識した。四十年以上前のニックネームを未だに覚えているのがその証拠だ。

「とにかく」私は拳の中に咳払いした。「現在の社長は小池光正——いつから一緒に仕事してるんだ？」

「かれこれ十年」

「どういう人間なんだ？　新卒で採用したのか？」新卒だったら、異例の若さでの抜擢だ。

「いや、もう五十歳だよ」

稲垣と同い年だ、と私は偶然の一致に気づいた。六十歳になると、十歳ほど年下の人間に全てを譲り渡すのが筋、ということか。

「素性は？」

「元々は銀行にいたんだ」

「銀行からお前の会社に送りこまれてきたのか？」もしもそうなら、村木の会社は経営危機を経験したことがあるわけだ。実質、銀行管理になっていたとか。

「いや、俺が引き抜いた。メインバンク側の担当者だったんだけど、銀行とのパイプも欲しかったし、小池本人もビジネスに興味があったから」

「後任の社長を任せるぐらいだから、相当できる人間なんだろうな」

「それはそう……思ってたよ」

「実際には違ったのか？」私は畳みかけた。

「いや、仕事はできる」

「お前を裏切ったのか？」

指摘すると、村木の表情が凍りつく。私が当てずっぽうで言ったことが、そんなにショックだったのか……警察が狙っているのが誰なのかは、まだ分かっていない。申し訳ないことをした、と私は悔いた。

「あいつは関係ない……ないと思う」

「はっきりしないなら、直接確認すればいいじゃないか。会社とは完全に切れてるわけじゃないだろう」

「ああ。でも、聞きにくいのは分かってくれよ」村木の声のトーンが落ちた。「俺は、あいつは関係ないと信じているんだけど……」

私は激しい違和感を覚えていた。「裏切り」の有無についてではない。昔は「武闘派」だった村木の弱気な態度のせいだ。彼がこんな風に変わってしまったのを見ると、自分も同じように衰えているのかと不安になる。

「警察が内偵しているというのは、どこまで本当なんだ？　間違いないのか？」

「まだ俺に忠誠を誓ってくれている奴がいてね。わざわざ知らせてくれたんだ。警察は、社員に密かに接触しているようだ」

「ちょっと待ってくれ」私は額を揉んだ。村木は気にし過ぎではないだろうか……。

「お前、役職は全部辞任したんだよな？」

「ああ」

「確かにお前が作って大きくした会社なんだろうけど、もう関係ないんだったら、どうでもいいじゃないか」

「そういうわけにもいかないんだ……」村木の声は弱く、最後は消えてしまいそうになる。いつの間にか背中を丸め、両手を股の間に挟みこんでいる。さながら叱られて落ちこむ子どものようだった。

「吉塚、この件、警察はどこまで本気だと思う？」

「内偵しているのは間違いないと思うわ。難しい事件だから、立件までには時間がかかると思うけど……社員に接触し始めているのは確かだし」

「社内にスパイを作ろうとしているわけだ」私は思わず吐き捨てた。「何十年経っても、やり方は変わらないな」

「それ、妄想だから」佐知子が少ししらけた口調で言った。

「でも、君もそう言ってたじゃないか」今でもはっきり覚えている。彼女は、こちらが引くほど猜疑心が強かった。

「あの頃はね。でも、後で検証してみたら、そういう事実は一切なかったのよ。つまり、私たちが勝手に想像して、勝手に怯《おび》えてただけ」

「まさか……」私は思わず口をきつく結んだ。四十二年前、まことしやかに囁《ささや》かれていた噂は、私たちの組織に警察のスパイが紛れこんでいる、というものだった。高校や大学を卒業したばかりの若い警察官なら、私たち大学生の中に紛れても不自然には見えない。もしかしたら、秘密の会合で横に座っている新顔が実は警察官かもしれない——そういう疑念も、組織が瓦解するきっかけになったはずだ。

「スパイはいたかもしれない。でも、警察官じゃないわ」

「じゃあ、誰だったんだ?」

「今さらそれは分からないけど、警察からすれば、自分たちの組織からスパイを送りこむより、学生をスパイとしてリクルートした方が手間もかからないし、安全だったはずよ」

「嫌な話だな」私は両手で頬を擦った。

「実際にどうだったかは、もう検証しようもないけどね」

この話題を続けていくと、話はまずい方へ転がっていきそうだ。私は話を引き戻した。

「中国への不正輸出は……本当なのか?」

「まさか」村木が首を激しく横に振る。

「ないんだな?」

「いや、それは……正直に言えば分からない」

「あるかないか分からない、ということか？」

「ああ。みっともない話で申し訳ないんだが……社長を辞める一年ぐらい前から、徐々に仕事からは手を引いていたから。それに小さい会社だけど、業務を全部把握していたわけじゃないんだ」

「不正輸出の事実を社長が把握してないというのは……私の感覚ではあり得ないんだが」叱責になっていないだろうかと心配しながら私は言った。村木のデリケートな部分を刺激したくない。また自殺しようとでも思ったら……かつての悪夢が蘇る。

「何かを隠れ蓑にしていたら、分からないかもしれない」村木の声には元気がなかった。

「そうか……少し知恵を回せば、社内でも秘密にできるわけだ」

「情けないが、そういうことはあり得ると思う」

「警察はそこに目をつけて、内偵捜査を始めたんだろうな。厄介だ——でも、そもそもお前が心配することはないんじゃないか？　もう社長じゃないんだから」私の感覚では、村木は怯え過ぎている。警察の事情聴取は受けるかもしれないが、それ以上にはならないだろう。

「いや、もしも俺が社長在任時に始まったことだったら、当然責任を問われる。それだけは絶対に避けたいんだよ」

「そうか」何と弱気なことか。本当に知らないなら、最後までしらを切り通せばいいはずだ。彼が、この件をここまで気にする理由が分からなかった。ましてや自殺を図るなど……。

「俺が作った会社なんだ。たとえ自分が一線を退いても、問題が起きたら責任はあると思う」

「そうか」

「もしも何かあったら、もう一度会社に戻らなければならないかもしれない。後始末だな……だけど今の俺に、そんな力があるかどうか、分からないよ」

「複雑だな」

「だからお前に頼るんだ」

「私は弁護士でも経営コンサルタントでもない」

「だけどお前は、エースだ。こうなった時、どうするべきか、俺はいろいろと考えた。それでまず、吉塚に相談した」

「君は村木の会社の顧問弁護士なのか?」私は佐知子に訊ねた。

「違うわ」佐知子が首を横に振る。

「信頼できる知り合いの弁護士は、吉塚しかいなかった」村木が打ち明ける。「会社の顧問弁護士もいるが、もしかしたら、悪い連中とつながっている可能性もあるだろう」

「疑心暗鬼だな」

「しょうがないんだ！」村木がいきなり声を張り上げた。「誰がどこでどうつながっているか分からない。腹蔵なく相談できる人間は限られているんだ」

「とはいっても、現段階では私にも何もできないわ」佐知子は冷静だった。「実際に事件になっていないし、警察に確かめるわけにもいかないし」

「それでお前に相談したんだよ」村木が話を引き取る。「確かにお前は弁護士でも経営コンサルタントでもない。でも、俺が知る限り、一番頼りになる人間なんだ」

腕組みしたまま、私は村木を凝視した。人に頼られる快感がじわじわと湧き上がってくる。そしてこの件を無事に解決できれば、村木、そして佐知子への贖罪は終わるのではないかと思った。

「私が、下山君の名前を出したのよ」佐知子が言った。「この話を聞いた時、真っ先にあなたの名前が浮かんだから。あなたも会社を経営しているから、村木君の事情も分かるだろうし……何よりエースだから」

「それはやめてくれ」私は思わず声を荒らげた。「エース」は四十二年前、役目を果たせなかったのだ。

「でもお前が、俺たちの希望の星だったのは間違いない」村木がすがるように言った。

確かに私は「エース」と呼ばれていた。「希望の星」と持ち上げる人もいた。そして私も実際、自分はそういう立場の人間なのだと意識していた——全てが崩れ落ちるまでは。あの事件は、私たちのそれまでの活動をぶち壊しにし、私は自分の身の安全だけを考えるようになった。仲間たちを見捨てて逃げたことは、四十年以上も心に影を落としたままだ。

「期待するよ」村木は引かなかった。「昔のお前を知っている人間としては」

「一つ、確認しておきたいことがある」

「ああ」村木が真顔でうなずく。

「お前にとって、ベストの結果は何なんだ？」

「会社が無事に生き延びること、そして俺に何のトラブルも起きないこと」村木が即座に答えた。

「実際に不正輸出の事実があっても、仕方がないという考えなのか？」

「……そうだな」村木が声を潜める。

「相当難しい話だぞ」

「分かってる。でも、お前ならいい知恵を出してくれるんじゃないか？」

「下山君、どうしてこの話に乗ったの？」佐知子が急に口を挟んだ。

「まだ乗ると決めたわけじゃない」

「でも、四十年ぶりに東京へ来たじゃない。それに、自分の会社も手放したのよね？」

「本当か？」村木が目を見開く。「俺と同じじゃないか」

「俺も六十だから。そろそろ一線を退いてもいい時期だよ」

「違うでしょう」佐知子がずばりと指摘する。「それもあるかもしれないけど、村木君の相談に乗るために、まとまった時間が必要だったんじゃないの？　そのために、会社を辞めた……」

「その辺については、話すつもりはない」私はぴしりと言った。ウェットな——人情とも言える気持ちはあるが、表向きはべたべたしたくはない。「会社のことは、あくまでこちらの事情だ」

「下山君、ずっと東京を避けてたのよね」

私は腕組みを解き、両手で顔を擦った。誰にも言えないことだ。

「私たちとも切れていた。どうして？」

「それは……」私は言葉を濁した。

「この件に関しては、突っこんで欲しくないわけね？」

私は無言を貫いたが、佐知子はそれを肯定と受け取ったようだった。

「村木君はあなたを頼って相談してきた。あなたは四十年以上も離れていた東京へ戻って来た——村木君の思いに応えようとしたからでしょう？　難しい事、言わなくていいじゃない。あなたの前には難問がある。そしてあなたは、難問を前にした時ほど、能力を発揮するはずよ」

佐知子は、私の気持ちを完全に見抜いていた。

4

話し合いが終わると、既に昼時になっていた。佐知子は「一緒に食事でも」と誘ってくれたのだが、私は断った。少し、一人になって考えたい。

とはいえ、食事は摂らなければならない。どうするか……渋谷と言えば、若者向けの店しかないようなイメージだが、今は、ハンバーガーにフライドポテトのような気分ではない。しかし渋谷は、若者の街であると同時に、働く人たちの街でもあった。いかにもサラリーマン向けのランチ営業をしている居酒屋が結構ある。飲食店などが集まったビルを見つけたので、この中のどこかで済ませてしまおうと決めた。ランチビュッフェをやっている店がある五階まで上がる。

気楽な雰囲気の店だった。二人がけのテーブルに案内され、ランチビュッフェの他にメインの料理を一品選べるので、焼き魚にする。すぐに立ち上がってビュッフェの内容を確認した。それほど豪勢なものではなく、全てお惣菜という感じである。きんぴらごぼう、春雨の中華風サラダ、フライドポテトを皿に盛りつけ、葉物のサラダを別皿に取る。さらにコーヒーなどの飲み物がついて値段は千円を切る――意外なことに、静岡と比べてもそんなに高いわけではない。静岡駅近くの店なら、ランチで千円も珍しくはないのだ。

ゆっくりと食事を味わいながら、周囲の声に耳を傾ける。周りは若いサラリーマンばかりで、聞こえてくるのは仕事の愚痴、上司の悪口……どこへ行ってもこういうのは変わらないものだ、とうつむいて苦笑する。

食べ終えてコーヒーを一口飲んだが、どうにも落ち着かない。人が多いせいだ。確か、このビルに至る坂の途中に喫茶店があったはずだと思い出し、コーヒーの飲み直しをするために、早々に店を出た。

私好みの店だった。流行のカフェではなく、昔ながらの喫茶店。店内は薄暗く、コーヒーの種類も豊富、しかもそれほど混んでいない。奥の席に腰を落ち着け、モカを頼んで一息ついた。店内全面禁煙なのは痛かったが、今は自由に煙草を吸える店の方が少数派だから仕方がない。

コーヒーは美味く、それだけで私は満ち足りた。しかしそれは、あくまで味覚に関してだけである。気持ちは落ち着かない――まったく納得できなかった。

私は自ら、危険な領域に足を踏み入れてしまったのではないだろうか。四十年も避け続けた東京。今さら何があるとは思えなかったが、昨夜からどうにも気持ちがざわついているのは確かである。

昔の友だちは助けたい。村木が頼れる人間が近くにいないのも間違いないだろう。弁護士の佐知子ですらどうしようもないと言うなら、最後の線として私にすがろうとした気持ちは、十分理解できる。

しかし私に、何ができるのか。村木の無実を証明する――かなり難しそうだ。まずは不正輸出の実態を知らねばならず、そのためには社員から話を聞く必要がある。警察官でも弁護士でもない私が話を聞いて、真相を引き出せるだろうか。しかもそれは、密かに行わねばならない。実にややこしい話だ。

結局、「どうしようもない」という結論が心に根づいてしまう。どうにかしてやりたいとは思うが、上手いアイディアが出ないのだ。

「困った話だな」一人つぶやき、コーヒーを飲み干す。この店はいい環境だったが、上手い考えは浮かばなかった。それに、そろそろ煙草が吸いたい。そう、この店に足りなかった要素は「喫煙可」だ。ニコチンが入れば、また頭が冴えるかもしれない。

この辺も当然、路上喫煙禁止……しかし私は構わず、店を出た瞬間に煙草に火を点けた。煙が肺に回って、気持ちがすっと落ち着く。一方で、ルール破りをしている後ろめたさに襲われたが……私はこれまで四十年以上、あらゆるルールを遵守して生きてきた。要するに、警察に目をつけられるようなことは徹底して避けてきたのだ。

ここで煙草を吸って、警察に捕まったのでは、洒落にならない。もちろん、警察もそんなに暇でないことは経験的に分かっているのだが、用心に越したことはない。そそくさと携帯灰皿に煙草を突っこみ、急な坂を上り始める。

渋谷は、「谷」の字が示すままの街だ。ＪＲの高架下辺りが一番低い位置で、東西は上り坂になっている。それも結構な急坂で、歩いているだけでも良いトレーニングになった。走ったらもっといいかもしれない。この習慣だけは崩したくなかった。

いやいや……今はひたすら考えなくては。

窮地に陥った旧友を救うための上手い方法はないものか。

いつの間にか歩くスピードが上がり、ウォーキングになってしまっている。実はウォーキングは、考え事に適した運動だ……しかし考え始めようとした瞬間にスマートフォンが鳴る。無視しようかと思ったが、習慣で手を伸ばしてしまった。稲垣だった
——今も、一番気軽に話せる相手。

「悪かったな、電気とかガスとか用意してもらって」向こうが話し出す前に、私は先んじて礼を言った。

「いえいえ、大したことじゃありません」

「まさか、東京まで来て処理したのか？」稲垣に、「会社を譲り渡す」と言ったのは一週間前である。その時にマンションを使う話もしたのだが、彼がわざわざ手配してくれたのだろうか。

「黒江《くろえ》が東京に出張だったので、そのついでにやってもらっただけです。引き落としは、会社の方へつけておきましたから、ご心配なく」

「そこまでしてくれなくても……」

「大した額じゃないですよ。どういうご用件かは知りませんけど、一日中電気を使うわけでもないでしょう？」

「ああ。寝に帰るだけだ」

「だったら気にしないで下さい」稲垣の声はあくまで明るく、屈託がなかった。「何かお手伝いできることがあったら、言って下さい」

「恩に着るよ……そっちはどうだ？」

「平常営業です」

「俺がいなくても、何も変わらないな」

「いやいや、後になってボディブローみたいに効いてくるかもしれませんよ。社長に、失敗だったと思われないように、頑張りますので」

「お前なら大丈夫だ。今までも、ちゃんとやってきたんだから」

「せいぜい頑張ります」稲垣が繰り返した。

「何かあったらいつでも連絡してくれ」

「ええ……社長、東京にはいつまでいるんですか？」

「まだ何も決めていない」実際、話が動き出したばかりなのだから。

「お気をつけて——社長のことだから、大丈夫だと思いますが」

「過大評価だな」

「社長は、今まで何度も苦境を乗り越えてきたじゃないですか。私はそれを、すぐ近くで見てるんですよ」

「ああ」

「何かありましたら、いつでも連絡して下さい」

電話を切り、立ち止まって天を仰ぐ。秋晴れ——冷たい風が吹き抜ける空は、都会には珍しく青かった。少なくとも私の記憶にある限り、四十二年前の東京は、常に曇り空だった。要するにスモッグだ。いつの間に、東京の空は綺麗になったのだろう。

そう言えば、稲垣に一つだけ釘を刺しておくべきだった。

いつまでも「社長」と呼ばないように。

そもそも私の肩書は社長ではなかったし、今は名実共に会社とは関係なくなっている。稲垣が、単なる習慣で「社長」と呼んでいるんだろうが、自分が名実共の社長になった意識がないとしたら困る。

私は何も残さない。今は友を助けることだけを考えている。

これが終わったら、黙って全てを消し去って立ち去るだけだ——これまで何度もそうしてきたように。それで再スタートになるかどうかは分からなかった。

部屋に戻り——結局ここが一番静かだ——ひたすら考える。やはり、ある程度は村木の会社を調べないと、きちんとした方針は立てられないだろう。経験のない仕事ではあるが、この際頑張るしかない。

たった一つの大原則——村木を傷つけずに事態を収拾すること。

ただし、村木自身が不正輸出にかかわっていたら、完全にアウトだ。彼が自分の罪を無視して、とぼけているとしたら、私には何もできない。単純にかばっているつもりが、罪の隠蔽に手を貸すことになってしまう。

よし、取り敢えずもう一度、今度は二人きりで村木に会おう。なるべく早い方がいい。じっくり話をすれば、彼の真意は摑めるはずだ。嘘をついているかどうかも見抜ける。そういう能力には自信があった。

ようやく方針が定まったので、立ち上がる。フローリングの床でずっとあぐらをかいていたので、脚が痺《しび》れ始めていた。それにしても冷える……この部屋にはほとんど陽が射さないのだ。１ＬＤＫで、リビングも寝室も、窓は西向きである。しかもすぐ隣に別のマンションがある。窓辺に立って外を眺めても、視界のほとんどを占めるのはグレーの壁だけだ。そう言えば、この部屋にはカーテンがない。西向きだから、当然、強烈な朝日で目が覚めたわけではない、と思い出した。そういう意味では、カーテンがなくとも、特に問題はない。

それにしても、窓から見える景色が素っ気ないのは、何とかならないだろうか。静岡のマンションからは、駿府城の石垣が遠くに見えた。特に歴史に思い入れがあるわけではないのだが、景色としては悪くない。東京は——少なくとも山手線の内側は、どこでもこんなものかもしれないが、やはり侘しくはなる。

思い切ってスマートフォンを拾い上げる。登録したばかりの村木の電話番号を呼び出し、しばし躊躇った後で電話をかける。

「下山」村木は、私からの電話を待っていたかのように、素早く反応した。

「別れたばかりなのに悪い。もう一度、会えないかな」

「何かいいアイディアでも浮かんだのか？」村木の口調は前のめりだった。

「いや、残念だが……もう少しブレストをしたいんだ」

「ああ、そういうことなら……」残念そうに村木が言った。

「今日は？」

「大丈夫だ。夕方ぐらいでどうだろう？」

「私は構わない。どこで会えるかな」自宅へ行くのは気が進まない。家族がどれほど事情を知っているか分からなかったし、村木の家族と顔を合わせる気にもならなかった。

「自宅は勘弁してくれないか。家族は何も知らないんだ」

「分かった」村木も自分と同じように考えていると知ってほっとする。こういうのはあくまで極秘に事を運ぶべきだろう。「どこか、話ができる場所はあるか？」

「ああ。アルコールは？」

「多少なら。ただ、呑みながらする話とも思えない」

「……そうだな」村木が唾を呑む音が聞こえた気がした。

「まあ、場所はどこでもいい。呑まなければいいだけの話だから、任せるよ」

「後でまた電話してもいいか？　用意しておく。六時でどうだろう」

「ああ、構わない」

電話を切ったが、何となく釈然としなかった。村木の怯えが気にかかる。彼と「怯える」という動詞を、同じ文脈で使ってはいけないはずなのに……武闘派の肩書は、四十年以上も経つうちにすっかり剝がれ落ちたのだろうか。あるいは、それほど追いこまれているということか。

　村木は、赤坂にある会員制のバーを指定してきた。接待用に使っているのかもしれないが、内密の話ができるかどうか。

　約束の時間の三十分前に、私はマンションを出た。ここからだと、表参道に出て千代田線を使うのが一番早いだろう。少し早いが、赤坂辺りはまるで土地勘のない街だし、そこへ行く前に本屋にも寄っておきたかった。午後、読みかけだったスティーブ・エリクソンを読み終えてしまい、手持ち無沙汰になったのだ。表参道駅に行く途中に本屋があるのが分かったので、寄るつもりだった。ポール・オースターの『オラクル・ナイト』をまだ手に入れていなかったのだ。

　オースターは好きな作家の一人である。一般には、「抜群のストーリーテラー」という評価なのだが、実際にはストーリーは二転三転してねじれていき、結果的に最初とまったく違う状況に着地してしまうこともしばしばだ。『偶然の音楽』などその最たるもので、「思いつくまま」どころではなく、ストーリーは数か所で骨折している。取ってつけたというか、ばっさり切り落とされたようなエンディングにも唖然とさせられる。

　しかし一説には、こういう滅茶苦茶さがアメリカ文学の伝統なのだという。話が次々に折れ曲がり、まったく違う方向に行ってしまう。そもそも、マーク・トウェイン辺りの「ホラ話」が、アメリカ文学の原型なのだ――そういう話をしたのは、私が文学部にいた頃の教授である。その頃は、ポール・オースターはまだ日本に紹介されていなかった――デビューすらしていなかったが。

文学部英米文学科。毒にも薬にもならない学問を学ぶ場所。

私は、そこで学ぶことよりも、積極的に社会にコミットすることを選んだ。そして失敗した。

今思い起こせば、毒にも薬にもならない学問を学んでいた方がよかったのかもしれない。無難で平和な人生を歩めたはずだ。常に誰かに背後から見られているような感覚は、今でも消えていない。時にそれは、強迫観念になって、寝ている最中の私を襲うのだ。ひどい汗をかいて夜中に飛び起きたことが何度あったか。

書店はビルの地下にあった。学生の頃、こんな場所に本屋があったかどうか……まったく記憶にない。文庫本のコーナーで『オラクル・ナイト』を見つけ、レジに向かおうとして、文芸誌のコーナーで自然に足が止まってしまった。

今時、こういう文芸誌は誰が買うのだろう。私が学生の頃は、少なくとも中間小説系の文芸誌は一般的な娯楽だった。私の父など、毎月の『鬼平犯科帳』を楽しみに「オール讀物」を定期購読していたものである。父の影響か、私は今でも時折、文芸誌を購入することがある。連載を追いかけるまではいかないが、好きな作家の読み切り短編を見つけた時などは、迷わず手に取る。純文学系の雑誌も例外ではない。

この時私が立ち止まったのは、表紙に載った名前に引き寄せられたからだった。

伊《い》崎《ざき》久《く》美《み》子《こ》。

新連載『１９７４』。

私は思わず文芸誌を手に取った。彼女の新連載は、巻頭を飾っている。まさか、こんなところで彼女の小説に会うとは……いや、文芸誌だから当然か。

目次には、小さいながら彼女の顔写真も掲載されている。広告などでも見るが、美しい十六歳が美しく五十歳を超えた、といつも思っていた。彼女の写真があるだけで、地味な目次さえ華やかになる。世間的には「美人作家」とくくられるのだろうが、もちろん作家としての彼女の武器は顔ではない。胸を打つ作品を書き続けていることだ。

立ち読みでページをめくる。本文の最初の一語を見た瞬間に、私は凍りついた。

「長嶋茂雄」。そして表紙のタイトルの『１９７４』。この二つが、あの日を指しているのは明らかだった。

しかも一人称。まさか彼女は、あの日の個人的な経験を綴ったのだ。

久美子の小説には、自伝的なものは一つもない。あくまで彼女の想像から生まれた作品ばかりだ。純文学の作家は、やはり自分のことを書くものだ……と私は考えていたのだが、彼女は例外なのかもしれない。あるいは、自分のことは書かないと決めているのか。

自分をさらけ出すことで、優れた文学作品が生まれることもある。しかし、久美子はそういうことをせずとも、人の心を打つ小説を書き続けてきたのだが、気持ちが変わったのだろうか。

だが、心情の変化は分からなくとも、彼女がこの『1974』で何をやろうとしているかは分かる。

あの日のことを書く――しかし何故彼女は、あの日のことを書こうと決めたのだろうか。過去を振り切るため？　あるいは過去に対する未練を表明するため？

読み進めていくうちに、自分の名前を見つけて、私は新たな衝撃を受けた。間違いない。彼女はこの話を、極めてノンフィクションに近い私小説として書こうとしているのだ。モデルがいる場合も、せめて名前は変えるのが普通だと思うが、彼女は何を考えているのだろう。

彼女に会いたい――会わねばならないと唐突に思った。東京へ来た第二の目的ができた。

『1974』第二章　図書館にて

この辺が弱気というか優等生的と言うべきか、私はこの日、学校へ行くふりをして、いつもと同じ時間に家を出た。親が煩《うるさ》かったから……高校生になってからは特に、束縛が厳しくなっていた。

たぶん、英二さんの存在も原因だったと思う。彼と交際していることを、母親は薄々感づいていた。高校生には男女交際はまだ早い……両親にすれば、英二さんが近所に住む顔見知り、というのも好ましからざる条件だったのかもしれない。二人で一緒にいるところを、近所の人に見られでもしたら……気にすることじゃないのに。

時間を潰すために、日比谷図書館を選んだ。ここからなら、後楽園までは丸ノ内線で一本で行ける。和彦とは、午後一時に落ち合うことにしていた。近くでご飯を奢るから、食べてから行こう、と。

――何で？　球場で食べればいいじゃない？

和彦は不満そうだった。しかし私は、球場での食事に怖じ気づいていた。ああいうところでは、どんな物が食べられるのか……何となく、縁日の出店のような感じがする。私の感覚では「不潔」だ。

――でも、せっかく野球を観るんだから、ホットドッグとか。美味しいよ。

――ホットドッグは好きじゃないのよ。

――じゃあ、どうするの。

――日比谷公園の近くで、何か奢ってあげる。

――球場がいいなあ。

――つき添ってあげるんだから、文句言わないの。

結局私が勝った。言い合いで、十歳の小学生に負けるわけがない。

図書館は、私にとってこの世で一番心地好い場所だ。何時間でも――それこそ一日中いても飽きない。書店も同じだが、あそこでは、最後は本を買わなくてはいけない。その点図書館なら、開館から閉館までいても、誰にも文句は言われない。

特に日比谷図書館は、その規模からしても、私の理想そのものだ。三階の小説コーナーで本を手にすると、立ったままずっと読み続けてしまう。落ち着いて腰を下ろすのさえもったいない感じだ。もちろん、座ってもいい。ふと本から顔を上げると、日比谷公園の緑が視界に入り、疲れた目を癒してくれる。

今日もそうやって、書棚と閲覧席を何度か往復している間に、午前中はあっという間に過ぎてしまった。後楽園なんかへ行かず、このまま一日ここにいたいと思ったが、小学生を一人で後楽園球場へ行かせるわけにはいかない。

不思議なのは、どうして英二さんが一緒に行かないのか、だ。大学やバイトは忙しいのだろうけど、サボれないこともないはずなのに。和彦に聞いても、詳しいことは知らないと言うばかりだった……。

和彦から誘われてから、彼の家に電話をかけてみた——二人にしか分からない秘密のかけ方があった——けど、摑まらなかった。どうやら本当に忙しく、家に帰っていないようなのだ。まさか、私を避けているわけじゃないだろうけど……本当は話したいこと——大事な話がある。今日、和彦にきちんと聞いてみようと決めた。十歳だけどちゃんとしているから（その分生意気とも言えるけど）話はできるはずだ。

とにかくご飯。それから後楽園に向かう。今日は一日で二試合（ダブルヘッダーと言うらしい）あるという話だけど、何時頃に行ったら第二試合に間に合うのだろうか。まあ、その辺は和彦に聞いてみればいいだろう。野球のことなら分かるはずだし。

和彦は、後から図書館に来ることになっている（学校には早退届を出したそうだ）。「行ったことがない」と文句を言ったのだが、日比谷公園の中にあるこの図書館を見つけられないわけがない。一階に下りながら、私は、和彦がユニフォーム姿で現れたらどうしよう、と心配になった。球場だったらおかしくない（むしろ合っている）けど、図書館に野球のユニフォーム姿は、違和感がありまくりだ。でも、すぐにここは離れるわけだから……とはいえ、第二の関門もある。どこで食事をするかは決めていないが、そこでもユニフォームは浮くだろう。いっそ、和彦の望み通りに後楽園まで行ってしまおうか、とも思った。不衛生な食べ物だって、経験しておいて悪いことはない。さすがにお腹を壊すようなことはないだろうし。

約束の一時を過ぎても、和彦は現れなかった。迷っているのだろうか……家に電話してみようかとも思ったが、この時間はまずい。和彦たちの母親は家にいるはずで、私が電話したらおかしいと思うだろう。ちゃんと高校へ行っているはずの真面目な子が、どうして真昼間に電話なんかしてくるのか、と。

とにかく待つしかないわね、とバッグを持ち直した。そういえば私、制服で来ているけど、大丈夫だろうか。図書館の中にいる限りは、「自習」しているように見えるはずだけど、一度外に出てしまったら……この辺には学校もないし、どう考えてもサボっているようにしか見えないだろう。

　真面目な子が。

　私はもう、真面目じゃない。

　そのことを、英二さんに伝えなければならない。私は真面目じゃない。優等生でもない。だから、これからどうするかを考えていかないといけないのだ。いろいろなことが気になる。野球なんか観ている場合じゃないんだけど（だいたい観ても分からないだろうし）。ああ、何でこんなことを引き受けてしまったのだろう。

　図書館の中で待っていようか、と考えた瞬間、地響きがした。いや、その直前に音——聞いたこともない音だった。もしかしたら音と地響きは同時だったかもしれない。地震？　私はまずそれを考えた。今年の五月の伊豆半島沖地震では、東京でも震度三の揺れで……実感ではもっと震度が大きいのでは、と思った。ちょうど通学途中、校門を入る直前に揺れ始めて、思わずその場でしゃがみこんでしまったぐらいだ（そのせいで遅刻した）。あの時と似た揺れ——違う。地震だったら、もっと長く揺れ続けるはずだ。でも今は、揺れは一瞬だけ。揺れというより、衝撃波という感じだった。

悲鳴が聞こえてきた。近い。どこ？　私はまったく唐突に、恐慌状態に叩き落とされた。いや、恐怖ではない。何が起きているか認識して初めて、人には普通の（いわゆる喜怒哀楽的な単純な）感情が起こる。分からない以上、そういう感情は湧き上がりようがない。

何が起きたの？

5

「個室でお待ちです」

店員にそう言われ、私は首を捻《ひね》った。バーで個室というのも珍しい。実際には、個室の「ようなもの」だった。他のスペースとはガラス壁で区切られているだけで、中は丸見え。ただし、他の客に話を聞かれる心配はなさそうだった。しかも私にとって幸いなことに、煙草が吸える。

「遅れた。申し訳ない」部屋に入ると、私はまず村木に謝った。

「いや、とんでもない。また時間を作ってもらって悪かった」村木が頭を下げる。ひどく卑屈で、まるで罪を認めた犯罪者のような態度だった。

「いい店を知ってるな」私はソファに腰かけながら言った。表地はぱんと張って座り心地がよく、照明がほどほど暗いせいで雰囲気がある。

「接待用だよ」

そう言う村木の前にはグラス。その傍らにはジョニーウォーカーの黒ラベルに、ミネラルウォーターのボトルとアイスペールが置いてある。彼の好みは水割りのようだ。

「何にする？」

「割らないで、そのままもらおう」呑みたくはなかったが、さすがにこの店ではノンアルコールドリンクというわけにもいくまい。それに、少しアルコールが入った方が、リラックスして考えられるだろう。

「ずいぶん強い酒を呑むんだな」

「そのまま呑んでも水割りで呑んでも、体に入るアルコールの量は変わらないよ。呑める量は決まってるし」

うなずき、村木がグラスにジョニーウォーカーを指二本分、注いでくれた。軽くグラスを合わせ、わずかに啜《すす》りこむように呑む。口の中に、馴染みの香りがふわりと広がり、それで満足してしまう……意識して呑む量は抑えよう。少しのアルコール、少しの弛緩で十分だ。

私はボトルを取り上げ、ラベルを確認した。「高い酒だな」と指摘すると、村木が首を横に振った。

「ジョニーウォーカーなんていうと、とんでもなく高い印象があったけど、今はそうでもないよ。いつ頃だったかな……洋酒って、一気に値下がりしただろう」

「昔は、親父のリカーキャビネットの一番いい場所に鎮座していた」

「うちもそうだった」村木の表情が少しだけ綻ぶ。「大事な日に……って言ってたけど、その大事な日は、とうとうこなかったんじゃないかな」

懐かしき昭和の想い出か。高い酒を後生大事にしまいこんでいた親父はもういない……死んだらしいが、確かめてもいない。過去は捨てた。

「体は大丈夫なのか」

私の問いかけの真意に、村木はすぐに気づいた。顔色は悪いながら、素早くうなずく。

「追いこまれてたんだ。あんなことをするとは、自分でも思わなかったよ」

「もう、馬鹿なことは考えるなよ」

「ああ……」

「昼間も話をしたけど、少し遠慮してたんじゃないか？　吉塚の前だと話し辛そうだった」

「正直言って、ちょっと喋りにくい」村木が認めた。

「彼女、きついからな。少しでも弱音を漏らしたら、厳しく突っこんでくるだろう」

「昔からそうだった」

「昔の話は……やめよう」私は遠慮がちに申し出た。

「そうだな」

村木ががくがくとうなずき、水割りを長く呑んで溜息を漏らす。私は煙草に火を点け、彼の方に煙が行かないよう、顔を背けて吐いた。実際には空気清浄機がきちんと作動しているようで、煙は真っ直ぐ天井の方に吸いこまれていく。なかなかいい店だ……吸わない人に気を遣うのは当然としても、ずっと気にしていたら疲れてしまう。

「とにかく、もう少し詳しく状況を教えて欲しいんだ。そもそも、この疑いが分かった経緯が奇妙じゃないか？」

「それは、俺もそう思う……若い社員が教えてくれなかったら、何も知らないままだったかもしれない」

「警察が接触してきたんだよな？」

「警察官だとは名乗っていなかったようだが、間違いない。しかも何人もが、同じように不自然な接触を受けている」

「ライバル社とは考えられないか？」

「違う。さすがにそれなら、すぐに分かるよ」

「警察の内偵が入っているわけか……それが分かったのが、半年ぐらい前だったな」

「ああ。俺が辞めた直後だ」

私は煙草をふかし、ウィスキーを舐めた。美味い酒だが、今日は何故か、素直に喉を通らない感じだ。

「そもそも、警察が動いているという証拠は何なんだ？」

「うちの若い奴らが、心配になって調べたんだよ」

「調べた？　警察の動きを？」私は思わず目を見開いた。あまりにも大胆過ぎる。

「ああ。一人、気の強い奴がいてね。もう一人と組んで監視したんだ」

村木の説明によると、どうやら二人がやったのは「尾行」だったようだ。一人が、警察官らしき男と会っている時——三度目だったという——もう一人が監視。別れた後で跡をつけ、警察署に入るのを確認したのだという。

「それに、質問がな……うちの仕事の内容について、事細かに聴いてきたそうだ」

「実際に、中国とのビジネスはあるのか？」

「もちろん。今は、あの国抜きでは仕事にならない。うちみたいに小さな商社でも同じだ」

「なるほど」私は顎を撫でた。様々な商品を取り次ぐのが商社の仕事である。その中に、軍事転用可能な工作機械があった、というのが村木の会社にかけられている疑惑らしい。「それで……私たちの仲だからはっきり聞くけど、実際にそういうことはあったのか？」

　昼間も同じ質問をしたが、彼の答えは曖昧だった。私はそれに疑念を抱いていた。村木の会社は、社員は全部で五十人ほどと、それほど規模は大きくない。それぞれの動きを、創業者社長である村木が摑んでいなかったとは考えにくい。もしも本当にそうだったら、彼はただの間抜けだ。

「さっきも言った通り、分からない」村木が力なく首を横に振った。「うちの会社は、個人の能力に負うところが大きいんだ。俺が全部把握していたわけじゃない」

「商社の仕事は、そういうものなのか？」

「うちはずっと、そういうやり方だった。相談には乗るが、基本的には自由にやらせている。だから、何かをダミーにして、おかしなことをしている奴がいても、気づかなかったのかもしれない……残念な話だけどな」

　村木が唇を嚙《か》む。すっかり気力を失ってしまった様子で、この窮地を乗り切れるかどうか分からない。私自身、まだ何の手も考えついていないが、彼本人が身を切らざるを得ない方法を提示したら、とても耐えられるとは思えなかった。

「今後なんだが、まだつながっている部下はいるんだろう？」私はさらに突っこんだ。

「もちろん」

「そういう連中から話を聞いてみよう。紹介してもらえれば、あとは私がやる。ただしこれは、諸刃の剣になるぞ」

「というと?」村木が身を乗り出した。

「誰がこの不正輸出にかかわっていたか、まだ分からないんだよな?」

「……ああ」低い声で村木が認めた。

「もし、私が話を聞く人間がその張本人だったりしたら、厄介な事になる」

「そうだな」村木が嘆息を漏らした。「情けない話だ。自分で作った会社なのに、社員の行動を把握できてなかったんだから」

「そういう社風だったんだろう? それはしょうがないよ」自業自得、という言葉が浮かんだが、私はすぐに頭の中で揉み消した。この表現はいくら何でもきつ過ぎる。

「誰か、心当たりはないのか」

「ないわけではない……特に中国とのビジネスを集中して担当している人間が、三人ほどいる」

「容疑者と言っていいだろうな。彼らに気づかれないように、調査を進めたい」

「分かった」

「それで?」私は、ずっと持ったままだったグラスをテーブルに置いた。「お前としては、どういう方向へ進むのがベストなんだ?」

「それがはっきりしていれば、もう少し対策の練りようがあるんだが」

「一番大きな問題は、事実だったらどうするか、だな。何もなければ、気にする必要はない。警察がいくらひっくり返しても、何も出てこないんだから。ただし、事実だったらどうなるか……」

「その疑いは強いと思う。警察だって、何もなければそんなことはしないはずだ」村木がうなずく。

「お前が責任を問われることはないと思うが、会社は厄介な目に遭うだろうな。お前はどっちを守りたい？　お前自身か、会社か……」

「それを決めかねているから、お前に相談したんだ」村木がまた水割りを呷《あお》る。かなり色が薄いが、あまりいい呑み方ではない。

「ちょっと考えていることがあるんだが……」まだ言わずにおこうと思っていたが、つい口にしてしまった。

「何だ？　何か上手い手があるのか」村木が身を乗り出してきた。

「いや、まだ言わない。情報が少ない状態だと、使えるかどうかも分からないから。もう少しはっきりさせてから言うよ」

「……そうか」がっくりしたのか、村木がうなだれる。顔から血の気まで引いたようだった。

「とにかく、できることはやる――調べてみよう」

「助かる」

膝に両手を当て、村木が深々と頭を下げる。こいつが頭を下げたことなどあったかな、と私は訝《いぶか》った。四十二年前――学生時代の村木は、とにかく強硬派だった。態度だけでなく、言葉も。議論になると相手を徹底的に叩き潰し、自己批判にまで追いこむ。当時の私にはそれが謎だった。その一年あまり前まで柔道漬けの生活を送っていた村木は、いったい何のきっかけで、学生運動に身を投じたのか。

当時、そういうことをじっくり話す機会はなかった。学生運動そのものは下火になりつつあり、私自身も、自分がどうしてそういう場に身を置いているか、明確に説明できなかったからかもしれない。「どうしてこういうことをしている？」などと根源的な問題を話し合ったら、互いに言葉に詰まっていたのではないだろうか。

私たちは、単に「遅れてきた子どもたち」だったのかもしれない。熱の名残りに惹かれていただけなのだろう。

「顔を上げろよ」私は戸惑いながら声をかけた。顔つきも佇まいもひどく変わってしまったが、こんな弱々しい態度は村木らしくない。どうせなら、昔のように堂々としていて欲しかった。

ようやく上体を起こした村木の顔には、ほっとした表情が浮かんでいた。私も少しだけ気持ちが緩んで、ウィスキーを一口、少し多めに流しこんだ。刺々しさが消え、酒の味は気分で変わるものだと改めて気づく。

「ところで……もう一つ、聞いていいか？」

「何だ？」村木が警戒心を露わにする。

「お前はどうして会社を手放したんだ？」

「言う必要、あるか？」村木の表情が、また硬くなる。

「私も、信頼できる若い奴に全面的に任せて、会社を手放したばかりなんだ。だから、こうやって東京に出て来て、お前の相談にも乗れる」

「そうか」村木が腕を組んだ。「上手く説明できないんだが」

「時間はあるよ」私は左腕を持ち上げ、腕時計を示した。

「いい時計してるな」村木が目を見開く。「オーデマピゲか」

「よく分かるな」

「時計に凝った時期もあったんだ。でも今は……最後はこれだな」

村木が左腕を突き出す。グランドセイコー。地味な時計である。しかし、信頼性は極めて高く、国産の機械式腕時計では、文句なしの最高峰だ。

「何となく分かるよ」私も、何本も時計を試してきた。最終的に——現段階で辿り着いた「最後の一本」が、スポーツモデルのロイヤルオークである。シンプルだが上質。

昔は様々なブランドのクロノグラフを愛用していたが、次第にごてごてしたものが好みに合わなくなってきた。

「余計なものがいらなくなったというかね」村木が時計の風防を指ですっと撫でた。

「俺、去年六十になったんだ」

「ああ」

「それで何だか、急にがっくりきて……いや、体調が悪いとか、何か問題があったとか、そういうことじゃない。ただ、欲がなくなってしまったんだ」

「欲？」私は首を傾《かし》げた。

「物欲とか、金銭欲とか……まあ、性欲も、かな。お前は違うか？　自分で商品を転がして金儲けする——何十年も自然に続けてきたことが、急に虚しくなった」

「十分儲けたからだろう」

「それは、な……」村木の喉仏が上下する。生々しい話を打ち明けるのを躊躇っている感じだった。「これからは贅沢をしないで、大きな病気にかからなければ、もう金のことなんか心配しなくていい。個人用の預金通帳を見て、ふっとそういう気持ちになってね」

彼はどれだけ儲けてきたのだろう。「贅沢をしないで」「病気にかからなければ」老後も安泰というのは、私も同じである。所詮一人暮らしだし、東京よりは静岡の方が物価も安い。死ぬまで静岡で暮らすかどうかは分からないが、とにかくあくせくする必要がないのは事実だ。

「金の心配がなくなったら、仕事をする気もなくなった、ということか」

「商売は、数字でしか評価されないだろう？」どこか寂しそうに村木が言った。「そのために何十年も必死に頑張ってきたんだけど、急にそれが虚しくなった。だから、会社から手を引いたんだ」

「思い切ったな」

「お前も同じだろう」

「私は……ちょっと違うかもしれない」警戒しながらやんわりと否定した。自分の意見を少しでも否定されれば、途端に猛烈に攻撃をしかけてくる——唾を飛ばしながら議論する四十二年前の村木の姿を思い出していた。「今まで、社員にいろいろ迷惑をかけてきたから、その恩返しの意味もある。いつまでも私が上に立っていたら、伸び伸び仕事ができないだろう。それに新しい社長も、もう五十歳だから、少しでも長くトップでいてもらおうと思ってね」

「お前、そんなに優しい人間だったか？」村木が皮肉に唇を歪める。

「優しいから、わざわざ東京へ来たんだよ……とにかく、明日から動く。お前の方で、下準備を頼むよ」

「分かった」

「飯を食わないか？」私は誘いかけてみた。

「そうだな」村木がちらりと腕時計を見た。

「都合悪いか？」

「いやいや、そういうわけじゃないんだが……中華というか、ラーメンはどうだ？」

「ラーメン？」

「渋谷の大師軒《だいしけん》」

ふいに、記憶がどっと頭の中で溢れた。場所は……そう、明治通り沿いで、渋谷駅から恵比寿駅に向かって少し歩いたところ。外からはすぐに客が溢れてしまいそうなほど狭く見える店だったが、実は奥に深い造りで、個室もあり、私たちはよくそこに入りこんでいた。いつの間にか、私たち専用の部屋のようになったのだが、今思えば店主も鈍いというか、鷹揚というか……極左の学生活動家たちのアジトになっていたわけだから。

もっとも、大師軒にいる時の私たちは、自分たちの活動について話すことは一切なかった。人目のあるところで余計な話をしないというのは暗黙の了解だったし、何故かあの店に入ると、そういう話をする気分ではなくなったのだ。

「何が美味かったかな」私は記憶をひっくり返した。店の雰囲気はよく覚えているのだが、何を食べていたかは記憶にない。

「いろいろあったけど、結局はラーメンだったかな。他の店に比べて、こってりしてた」

「今でも行くのか？」

「たまに——年に一回ぐらい、思い出したようにね。十年ぐらい前に改築して、ずいぶん綺麗になったよ」

それは何より——四十二年前でもかなりガタがきていて、隙間風が吹きこむような店だったのだ。

「どうだ？　それとももう、脂っこいものは食べられないか」

「いや、大丈夫だ。胃は若いから」

「よし」村木の顔に、初めて見る本物の笑顔が浮かんでいた。

村木を助ける、贖罪の旅。そこで私は、過去と対決している。村木、佐知子。そして久美子。

そう、久美子。

会いたいのか、と自問した。会うべきなのか？

会いたい。全てがあやふやなこの世界で、それだけは間違いない。私が東京にいる、第二の目的。

味の記憶はどれだけ確かなのだろう。

プルーストの『失われた時を求めて』なら、マドレーヌで過去を思い出すところだ。しかし大師軒のラーメンを食べても、私の人生は四十二年前に戻りはしなかった。こんな味だっただろうか、と何度も首を傾げただけである。村木は「こってり」と評していたが、濃厚な味に慣れた今の私には、それほどとは感じられなかった。

6

村木と別れ、マンションに向かってぶらぶらと歩き出す。バッグが重い……中に入っている文芸誌のせいだ。まるで久美子との想い出が、実体化して重みを持ってしまったように。かつて「人間の魂の重さは二十一グラムである」と発表したアメリカの医師がいたはずだが、想い出は重さに換算できるものだろうか。濃い想い出なら、その分重くなるのだろうか。

非科学的だ。

私は首を横に振り、明治通りをゆっくりと歩き続けた。ふいに、ここに——二四六号線との交差点のところに、渋谷警察署があったはずだと思い出す。警察権力の館。

そこに身柄を持っていかれたら最後、という感覚が当時はあった。実際、私たちにとって警察は身近な人民の敵であり、本隊の動きとは別に襲撃計画を検討したことさえあった。今考えると、あくまで机上の空論である。

そして全ては、ゼロポイントで吹っ飛んでしまった。

記憶にある建物ではなかった。目の前に現れたのは、巨大なオフィスビルのような建造物である。ここも改築されたのか……私の知っている渋谷は、既に記憶の中にしか存在しないのだろう。

警察署を右手に見ながら、六本木通りを上って行く。途中で通りを渡り、青山通りへ。宮益坂の天辺《てっぺん》まで来た時、ようやく警察から十分離れた、と安心した。びくびくすることはないはずだ、と自分に言い聞かせたが、用心する気持ちが一パーセント残っている。何事も、「完全」ということはない。

マンションまで辿り着いて、ふと思いついた。

久美子に会おうとしたら、私には手がある。

もちろん、彼女の名前は電話帳には載っていないし、簡単には連絡先を調べようもないだろう。しかし私には、パイプがある。ただしそのパイプは、久美子には直接つながっていないかもしれない。だいたい私の方とは……やはりとうに塞がっているだろう。だが、試してみない手はない。私は四十年以上、極めて慎重に——あるいは臆病に暮らしてきたのだが、生来は図々しく大胆な人間だと自覚している。相手が嫌がっても平気で突っこんで行き、その結果さらに嫌われる悪循環に陥ったことも珍しくない。

エレベーターの前まで行って引き返し、地下の駐車場に入る。ベンツに乗りこんでエンジンをかけ、水温計が動き出すまで待った。今のベンツはメインテナンスフリーといってもよく、多少乱暴に扱っても壊れることなどないが、初めてベンツを買った時には、ディーラーから「暖機運転は必ずするように」と口を酸っぱくして言われた。今でもそれを律儀に守っているわけで、我ながら融通が利かない人間だと思う。新しい動きに適応できないというか……。

「よし」誰が聞いているわけではないが、声に出してみる。気持ちは逸《はや》っていたが、同時に深く大きな不安もあった。自分は受け入れられるのか……そもそも向こうが、自分を認識してくれるかどうか。

さすがに分かるだろう。

血は濃いものだ。

車を出そうとして、私ははっと気づいてエンジンを切った。ほとんど酔ってはいないが、酒を呑んだのは間違いない。警察に捕まったら面倒なことになる。

気が緩んでいるんじゃないか、と自分を叱責する。自分はまだ、許されたわけではないはずだ。どこから矢が飛んで来るか分からないのだから、ミスは絶対に避けたい。

手がかりは中途半端だった。そもそも弟の和彦が今どこに住んでいるかが分からない。

和彦の身の上については、先日、佐知子が雑談の中で教えてくれた。四十二年前は家族のこともよく話していたから、彼女としてはサービスのつもりだったかもしれない。

スマートフォンを取り出し、その時書き留めたメモを呼び出す。和彦の勤務先は海《かい》雲書店《うんしょてん》だ。

佐知子は、和彦がここに勤めていることしか知らなかった。しかし年齢からして――今年五十二歳だ――それなりの役職にあると考えていいだろう。海雲書店といえば、明治からの伝統を持つ一流出版社だが、弟がここに勤めているのが、私には意外だった。何しろ私が最後に彼を見た時には、野球のユニフォーム姿だったのだ。引退間際の長嶋に影響されて、地元の少年野球チームに入ったばかり。その頃は、どれほどの才能があるのかよく分からなかったが、長じて高校、大学でもプレーしていたことは聞いていた。大学までやったなら、子どもの頃から夢見ていたプロ入りの可能性も出てきたはずだが、そうはいかず……その夢を叶えられるのは、何万人に一人だろう。

一流出版社で働いているといっても、それは挫折の果ての結果ではないかと私は想像した。

どうするか……運転席でしばし考える。海雲書店までは遠くない。どうせなら会社の近くまで行って、直接呼び出して会った方がいいのではないか。何しろ電話は、切られたらおしまいだ。

和彦は恐らく私を憎んでいる。だが本当のところは、会ってみないと分からない。あれこれ想像するだけでは何も変わらないことを、私は経験で知っている。

海雲書店は、私が想像しているよりもずっと大きな会社のようだった。都心の神保町に、まだ新しい自社ビル。本好きとしては、最近の出版不況のニュースが気になるが、海雲書店には関係ないのかもしれない。建物の階数を数え始めたものの、二十階までで諦める。そこから上は、夜空に溶けているようだった。

無数にあるように見える窓の多くには灯りが灯っているが、人の出入りはない。出版社というと二十四時間営業のようなイメージがあるが、夜になると人の出入りは裏口からになるのかもしれない。正面入り口らしき場所の横には巨大なガラスケースがあり、そこに最近の物らしい出版物が並んでいた。

ここにずっといても、何も始まらないだろう。昼間ならともかく、この時間では受付から呼び出してもらうこともできない。そもそも和彦がどの部署に配属されているかも分からないので、私はあらかじめ調べておいた電話番号の一つにかけてみることにした。いかにも二十四時間営業らしい部署——週刊誌の「平成タイムス」編集部だ。

「はい、平成タイムス編集部」死にそうな声で応答があった。まだ夜には早い時間だが、相手は徹夜の二日目に突入しようとしているのかもしれない。

「申し訳ありませんが、下山和彦はそちらに勤めているでしょうか」

「下山……下山という人間はいませんが」素っ気なく、今すぐに電話を切ってしまいたいとでも考えているようだった。

「下山和彦の兄です」私は慌てて言葉を継いだ。「海雲書店に勤務していることは分かっているんですが、勤務場所が分からないんです」

「ご家族ですか?」相手の声が急に疑わしげになった。「ご家族なのに、勤務場所が分からないんですか?」

「海外にいて、十五年ぶりに帰って来たもので」私はさらりと嘘をついた。「ずっと連絡を取っていなかったんです」

「ちょっと待って下さい」

相手の声が消え、その直後、分厚いカーテンの奥から叫ぶような、「すみません」

ってきた。

という声が聞こえた。もしかしたら、アルバイトかもしれない。

その後、何も聞こえなくなった。じりじりしながら待っていると、別の男の声が戻ってきた。

「すみません、取り次ぎはできないんですよ」

ということは、少なくとも和彦がこの会社にいるのは間違いないわけだ。その事実を突きつけたくなったが、我慢する。ここはあくまで下手に出て、和彦と連絡を取らないと。

「何とか連絡は取れないでしょうか」

「ええと、そうですね……」相手が必死に考えている様子が窺える。すぐに電話を切ることもできるのに、門前払いするつもりはないようだった。「じゃあ、伝えておきますので、そちらの連絡先を教えていただけますか」

一安心して、私は自分のスマートフォンの番号を伝えた。果たしてこれで連絡がくるか……電話を切ってから、相手の名前を確認しなかった失敗を悟ったが、もう一度電話して聞き直すのも無意味だ。今日は一度引き上げるしかないだろう。

それでもしばらく、会社の前に立ち尽くしていた。都心部らしく、街からは急速に人が消えつつあり、寒さが身に染みる。改めて、静岡は温暖な地なのだと思い知った。東京との数度の気温の違いを、私の肌は敏感に感じている。向こうでは、まだコートなしでも歩き回れる日が多いのだが、今は薄手のコートでは少し厳しい。

「緩んでるな」思わず独り言をつぶやいてしまう。二十年も静岡市で暮らし、向こうの温暖な気候に体が慣れてしまったのだろう。

十分……スマートフォンが鳴った。和彦がコールバックしてきたのか？　画面を見ると、見慣れぬ番号が浮かんでいる。しかし、先ほどかけた「平成タイムス」の番号と市内局番が同じだとすぐに気づいた。海雲書店の中からかかってきている——やはり和彦だ。

すぐには通話ボタンを押せない。躊躇。かすかな恐怖。四十二年ぶりに話す弟——第一声は何が適当なのだろう。留守電に切り替わる直前に電話に出た。

「悪い冗談ならやめてくれないか」

私が話し出す前に、向こうの声が耳に飛びこんでいた。昔の印象がない——当たり前だ。最後に話した時、和彦はまだ声変わりもしていなかったのだから。

「和彦か？」

沈黙。私の言葉を吟味しているのは明らかだった。彼が疑うのも理解できる。和彦は私のことを何も知らないはずだ。生きているか死んでいるかも分からないだろう。それが突然連絡を取ろうと電話してきても、にわかに信じられないのは当然だ。私でも疑う。コールバックなどするはずがない。

「本当に兄貴なのか?」

「そうだ」

「何とね」急に、和彦の声から力が抜けた。「生きてたのか」

「ああ」

「とっくに死んだかと思ってたよ。親父とお袋の葬式にも顔を出さなかったぐらいだからな。親父は十年前に、お袋は八年前に亡くなったんだぜ」非難の言葉は、びりびりと帯電しているようだった。

「知らなかったんだ」

「そういう言い訳をするわけか……東京で何が起きていたか、何も知らなかった?」

「ああ、知らなかった」

「無責任過ぎる」和彦の声に、冷酷な怒りが滲《にじ》んだ。「勝手に行方不明になって、勝手に戻って来て……四十年ぶりか?」

「正確には四十二年ぶりだ」

「何とね」呆れたように和彦が言った。「俺も年を取るわけだ。兄貴はもう還暦か?」

「そうだ」

「今、何やってるんだ」

「何もしていない」嘘をつくわけにはいかず、私は正直に打ち明けた。

「ということは……」和彦の声が一気に暗くなった。「金か？」

「何だと？」私はかっとして、つい声を荒らげた。意味は分かっていても、「どういうことだ」と聞き返してしまう。

「何もしてないなら、金もないんだろう？　金が欲しくなって、俺に声をかけてきたのか？　ひどい話だな」

「金はある。そっちこそ、金は必要ないのか？」

低い声で言うと、和彦が黙りこんだ。私は自分の金が弟に奪われるのではないかと心配した。実際私には、和彦に金を渡すべき理由がある。両親の面倒も見させ、自分では何の責任も負ってこなかったのだ。

その件は後回しにしたい……しかし、避けて通れないかもしれない。

「あんたに金をもらう理由はない」強烈な突き放し。

「そうか」

「いったい何なんだ？」

「情報が欲しいだけだ」

「情報？」和彦の声のトーンが高くなる。「何言ってるんだ。だいたい兄貴、今何をやってるんだ？」

「今は何もしていない――仕事は」繰り返される質問に、私はまた苛立ちを覚えた。

「引退か」

「六十になれば引退する。普通の会社員でもそうだろう」

「とにかく」和彦が溜息をついた。「何の情報か知らないけど、俺には関係ない」

「お前なら分かるはずなんだが」

「もしも知っていても、兄貴に話すつもりはない」

「久美子のことだ」

またも沈黙。しかも今度は重く冷たかった。電話を切られる――私は覚悟したが、ひたすら沈黙が続くだけだった。

「とにかく、一度会えないか？」

「どうして俺が兄貴に会わなくちゃいけないんだ」

「本物かどうか、その目で確かめてみたらどうだ」

「……分かった」

私は一瞬驚き、言葉を失った。今までの調子から、絶対に拒否されると思っていたのだが。しかしすぐに気を取り直し、「今、会社にいるのか？」と訊ねる。

「ああ」

「私は、会社のすぐ近くにいる」

「分かった。正面で待っててくれ」

こちらの返事を待たず、和彦は電話を切ってしまった。果たして来るかどうか……もしかしたら、寒い中で延々と待たせるのではないかと私は想像した。四十二年前のことを思えば、それぐらいの嫌がらせは可愛いものだ。

五分後、一人の男がビルの角を曲がって姿を現した。

和彦……なのか？　私は自分の記憶力に自信を失っていた。大きな男——軽く百八十センチはあることが驚きだ。しかし考えてみれば、最後に会ったのは和彦が十歳である。私は十八歳。私は当時から身長が変わっていないが、和彦の背は恐らく、四十センチほども伸びている。当たり前か……当時はまだ小学四年生だったのだから。

五メートルほど間を置いて、和彦が立ち止まる。怒りが滲んだ目つきで私を睨んだが、何も言わなかった。私は二歩だけ前に出て、うなずきかけた。

「私だ」

「ああ、分かる……たまげたな」和彦が首を横に振る。「何だってまた、四十年以上も経ってから東京へ戻って来たんだ？　いや、もしかしたらずっと東京にいたとか？」

そういう方法を考えたこともあった。何しろ東京は、世界に冠たる大都市である。身を隠そうとしたら、これほど簡単な街もないはずだ。

「いや、東京にはいなかった。足を踏み入れたのは四十二年ぶりだ」

「逃げてたわけか」

「ああ——それは認める。しかし、お前は変わったな」

「すっかりオッサンだよ」和彦が自嘲気味に言った。

「どこで話をする？　お茶か、それとも酒にするか？」

「いや」和彦が首を横に振った。

「向かい合って、じっくり話をする気にはなれないか」

「当たり前じゃないか」和彦がいきなり、強い言葉を叩きつけた。「四十年ぶりにいきなり現れて、情報が欲しい……何なんだよ、それは」

「幽霊だと思ったか」

「そうじゃない……とにかく、ここではまずい。ちょっと歩こう」

和彦が踵《きびす》を返し、早足で歩き始めた。私も後に続き、その背中に向かって話しかけた。

「歩きながら話すのは勘弁してくれ。集中できない」

「近くに公園があるんだ」

一瞬振り向き、和彦が言った。その後は、私との会話を拒否するように、ひたすら早足で歩き続ける。こんなところに公園があっただろうか——神保町も学生時代にはよく来た街だが、記憶にない。

和彦は靖国通りを渡り、細々とした裏道に足を踏み入れた。場所は明治大学——今は巨大なタワーマンションのようになっている——の裏辺り。和彦は、緩い坂を、まったくスピードを緩めずに上っていく。左側には学校……校庭が見えてきた。この先には確か、山の上ホテルがある。

坂をほぼ上り切る直前、「錦華坂」の道標を見つけた。東京——特に山手線の内側は起伏に富んだ地形で、坂の名前を拾い上げていくと切りがない。その道標の先で、和彦は左に折れた。急な下り坂になっているのだが、そちらへは向かわず、すぐ近くの小さな公園に入って行った。

本当に小さな公園で、遊具の類があるわけでもない。「公園」ではなく「緑地」が正解ではないだろうか。そういえば、名前を記した看板の類さえなかった。しかも敷地はそのまま、遊具などが置いてある「お茶の水幼稚園」の園庭につながっている。外部の人でも勝手に幼稚園に入りこめるようになっていて、大丈夫なのだろうかと心配になった。

階段に敷かれた石はごつごつしていて、歩きにくそうだった。和彦は園庭へ下りようとはせず、錆の浮いた手すりに腰かける。私は緊張を宥《なだ》めるために煙草に火を点けたが、和彦にすぐに忠告された。

「この辺も禁煙なんだ」

「そうか」長く一息吸ってから、煙草を携帯灰皿に押しこむ。まったく、やりにくい世の中になったものだ。

「いったい何なんだよ」独り言のように、和彦がぶつぶつとつぶやく。「今さら、久美子さんに何の用なんだ」

「さっきも言ったが、情報が欲しいだけだ。お前なら分かる情報だと思う」

「勘弁してくれよ」和彦が顔を上げる。しかし私とは、目を合わせようとしない。

「まさか、変な情報じゃないだろうな」

「お前が考えているようなことじゃない」

和彦は、私の過去を想定しているのだろう。四十年前の学生運動……その頃私が何をしていたか、何を考えていたか、当時の和彦は当然知らなかっただろうが、長じて様々な情報が頭に入って来たはずである。

「だいたい、今までどこにいたんだ?」

「あちこちを転々としていた」

「ひどい人生だな、ええ?」皮肉を吐いて、和彦が今度は真っ直ぐ私を見た。すぐに顔をしかめ、「そうでもないか」と自分の言葉を否定する。「ひどい人生だったら、そんなにきちんとした身なりはしていない。金はあるんだな」

否定はしない。今日の私は、濃いグレーの背広に、上質なカーフの茶色いストレートチップを合わせていた。背広は静岡の紳士服店でオーダーしたもので、体にぴたりと合っている。ワイシャツが第二の皮膚なら、このスーツは第三の皮膚だ。車は一千万円ほどするベンツのEクラス、死ぬまで困らないだけの預金もある——逆に、和彦の方がしょぼくれた感じだった。海雲書店といえば、出版界の代表的な企業だから、給料もトップクラスだろう。しかしジャケットには皺が寄り、ジーンズもわざとダメージ加工したというより、長年穿《は》き続けて自然にへたってしまった感じだった。しかも足元はスニーカー。私の感覚では滅茶苦茶な格好である。出版界では、こういう格好でも許されるのだろうか。

「仕事はちゃんとしてきた。人の役に立ってきた自信もある」

「だけど家族をひどい目に遭わせた。違うか?」

まったく反論しない、あるいはひたすら頭を下げ続けるという選択肢もあった。だが私は、かすかな不快感を覚えていた。和彦は甘えているだけのようにも見える……思わず、指摘してしまった。

「私の戸籍は抹消されていないだろう」

「ああ?」

「失踪宣告はなかったのか?　確か、七年間行方が分からなければ、死亡したとみなされるはずだ」

「それは、俺は知らない。親父たちが何を決めたかも聞かされてないからな」

「私を捜そうと思えば、できたはずだ。住民票をたぐっていけば辿り着けた」

実際には、そう上手くはいかなかっただろう。あの一件の少し前、私は住民票を横浜市に移していた。警察に追われにくくなるように用心したのだが、それがその後の逃亡生活にはプラスになった。住所を転々とする中でも、様々な住民サービスを受けることはできたのだから。もっとも、なるべく目立たないようにするために、病院は避け続けていた——病院の世話にならないために、ずっと体を鍛えてきたのだ。

「親父たちも、私を厄介払いできてよかったんじゃないか？　面倒な息子が自ら姿を消したから、これ幸いとばかりに知らんぷりして放置した——違うか？」

「俺は知らない」和彦がそっぽを向いた。しかし次の瞬間には、また正面から私を睨みつけてくる。「俺たちがどんな思いでいたか、兄貴は知らないだろう」

「ああ」

「後ろ指を指されるっていうのは、ああいうことだよ。俺たちまで犯罪者扱いだ」

「私は犯罪者じゃない」そこは譲れないと、私ははっきりと言った。「だから親父たちも、変な負い目を感じる必要はなかったんだ」

「自分たちがどう考えようが、世間はそうは見てくれない」

「そうか……それについては悪かった。だけど、どっちにしても時効だろう。もう四十年以上も昔の話だ。お前も立派な人間になったじゃないか」

「何をもって立派と言うか、だな」和彦の口調が皮肉っぽくなる。

「野球は？」

「いつの話だよ」和彦が肩をすくめる。

「いつまでやってたんだ？」分かってはいたが、話のとば口にするため、私は敢えて訊ねた。

「大学までだ」

「立派なものじゃないか」私は両腕を広げた。「大学まで続けたら、スポーツエリートだ」

「でも俺は、そこでこぼれ落ちた。プロにはなれなかった。なるつもりだったのに」

私は無言でうなずいた。何十年経っても、乗り越えられない挫折はある。学生時代の数年間、心も体も捧げたことが、結局成就しなかった――その辛さは私にも容易に想像できる。私自身、同じようなものだ。私の場合、事情があって挫折したわけではなく、自ら逃げ出したのだが。

和彦が黙りこむ。冷たい風が木立の間をすり抜け、葉を揺らした。私はまたも、東京の晩秋の寒さを肌で実感した。

「どうして出版社に？」私は質問を続けた。

「いろいろあってね」

「そうか……苦労したんじゃないか?」

「簡単に言わないでくれ!」

低い声で、和彦が爆発する。本当は、頭の中が沸騰しているのではないかと私は想像した。大声を出せないのは、ここが街中だから……。

「兄貴は勝手過ぎる」

「それは分かってる。だけど私も、多くの物を捨てた」

「勝手に捨てたんじゃないか」

「そうせざるを得なかったんだ」

「今さら言い訳かよ……だから、兄貴たちの世代は嫌いなんだ。絶対に、自分が間違っているとは認めない。謝らない。自己批判とか総括とかいうのは、どうなったんだ?」

答えようのない質問だった。和彦が指摘しているのは、私たちより数歳年長の団塊の世代の特徴である。私たちは、彼らの間違いや弱点を研究し、自分たちはそういう陥穽《かんせい》にはまらないようにしてきたつもりだったのだが……さらに下の世代から見れば、同じようなものかもしれない。

だが私は、謝らない。謝れない。謝ったら、十八歳以降の人生を全て否定することになる。今さら――六十歳になってそんなことになったら、小さな破滅だ。生活は変わらなくても、心はずたずたになる。

「ところで今、どんな仕事をしてるんだ？　出版社といっても、いろいろあるだろう」

「文芸だ」

「小説か」

「ああ」

意外だった。和彦が小説を読んでいたような記憶はない……いや、それも彼が十歳の頃の話だ。自分はその後の、そして今の和彦のことは何も知らない。絶対に驚いた表情は浮かべないようにしよう、と私は密かに決めた。何事もなかったかのように、全てを受け入れる……いずれにせよ、これは私にとってプラスの状況である。文芸担当なら、久美子とも接点があるのではないか？

「俺は仕事として、ここで働いているだけだ」

「そうか」

「それで……何で久美子さんの話なんだ？」

「新連載が始まったのは知ってるか？」

「知ってはいる。久しぶりの連載じゃないかな。でも、まだ読んではいない」

「お前の名前が出ている」

和彦がすっと顔を上げる。目を見開いたが、驚いた様子はなかった。何か知っているのかもしれない。この二人は、四十年以上前からずっとつき合いが続いているのではないか。久美子からは事前に、和彦の名前が出ることを聞かされていたとか……。

「私の名前も出ている。しかも舞台は、四十二年前、長嶋が引退した日になるようだ」

「そうか……」和彦が顎を撫でる。

「何とも思わないのか？　人の私生活を書く……私小説とはいえ、そういうのは問題にならないのか」

「兄貴は、書かれると都合の悪いことがあるのか？」

「単なる一般論だ」私は即座に否定した。

「それで？」

「彼女に会いたい」

「何のために」和彦が短く質問を続ける。

「この小説――彼女が『１９７４』を書く真意を知りたい」

「そして、都合の悪いことは書かないように脅すつもりか」

「私には、都合の悪いことは何もない」

「どうだかね」和彦の台詞《せりふ》には、露骨な悪意がこもっていた。

「お前は何を知ってるんだ」

「さあ。俺は何も知らないことになってる。そういうことにしようと親には言われた。警察に、散々突かれたせいだ」

やはりそうか……私は顎に力を入れて表情を引き締めた。あの頃警察は、大規模な学生運動との最後の対決局面にあったはずである。少しでもヤバいことをした人間は、一網打尽にしようと狙っていたはずだ。あの事件は、格好のタイミングだっただろう。

しかし私は逃げ切った。

それに、家族が何か知っていたはずもない。自分が何をしていたか、まったく話していなかったし、気づかれないように細心の注意を払っていたからだ。様々なテキストは全て、一人暮らしをしているメンバーの家に置かせてもらっていた。誰かが私の部屋を調べても、何の役にも立たない英米文学を勉強し、余った時間にバイトに精を出す、ごく普通の学生の姿しか浮き上がってこなかっただろう。

「何も知らなかったんだから、知らんぷりでよかったじゃないか」

「警察がうろうろしてたんだぞ。近所の人にどんな目で見られたか、分かるか」和彦が睨みつけてくる。「俺は、小学校でもひどい目に遭ったよ。今だったら、いじめや無視がもっとひどかったかもしれないな」

「そうか」

「たまげたな。謝罪の言葉もないのか」和彦が目を見開く。「冗談じゃないぜ。俺たち家族がどれだけ苦しんだか、分かってるのか。親父もお袋も、苦しみ続けて死んだんだぜ」

「想像はできる」

「久美子さんだって……」

「久美子がどうしたんだ」その名前を口にしただけで胸が痛む。久美子に迷惑をかけたのは間違いないのだ。彼女も今でも、あの日のことを忘れていないに違いない。そしてあの連載は、私に対する断罪になるかもしれない。しかし、事前に彼女から話が聞ければ、覚悟もできる。覚悟の上で斬られよう。

あるいは……彼女の想いは別のところにあるのでは、と私は期待もしていた。

「久美子がどうしたんだ」私は繰り返し訊ねた。

「会うつもりなのか?」

「ああ。だから、連絡先を教えて欲しいんだ」

「うちの会社は、久美子さんとはつき合いがない。最近久美子さんは、響栄社《きょうえいしゃ》としか仕事をしていないからな」

「そうか……」響栄社は久美子がデビュー作を出した出版社でもある。毎年何冊も新刊を出すタイプの作家ではないから、必然的につき合う出版社は限られてくるのだろう。「だけど、調べられるだろう？」

「どうして俺が調べなくちゃいけない？　いや、何で兄貴に教えなくちゃいけない？」

「頼んでるんだが……」

「人に物を頼む時の態度じゃないな」和彦が鼻を鳴らし、膝を叩いて立ち上がる。「自分がしたことを考えてみろよ。人に物を頼める立場じゃないだろう。それに、久美子さんに会うのは絶対に駄目だ」

「どうして」

「あの人は、特別な作家なんだ。余計なことはしないし、人にもなるべく会わないようにして、ただひたすら書く――そのペースを乱す権利は俺にも他の誰にもない」

「つないでくれてもいいんじゃないか？　俺が会いたがっていることを伝えてもらって、彼女がＯＫすれば……」

「いい加減にしろよ、兄貴」和彦が溜息をついた。「どうしてそんなに、自分勝手になれるんだ？　滅茶苦茶じゃないか。勝手にいなくなって、四十年ぶりに戻って来たと思ったら、自分ではできないことを人に頼みこんで……どうしたら、そんな身勝手な人間になれるんだ？　まともじゃないよ。だいたい俺は、久美子さんの連絡先は知らない。知ろうとも思わない」

　和彦が、私の脇を早足ですり抜けて行った。

　私はそこまで勝手なことを言っているだろうか？　それに和彦は、何か隠しているような気がする。たとえ普段はつき合いがなくても、有名作家の連絡先は、文芸編集者なら摑んでいるものではないか？　個人的には知らなくても、会社内にはデータがあるのではないだろうか。「顧客名簿」はどんな会社にとっても最大の財産であり、出版社の場合、作家の住所録がそれにあたるはずだ。

　和彦はすぐに、闇に消えた。しかし私は何となく気になって、小さな公園を出て跡を追い始めた。和彦は背中を丸め、会社の方へ向かって急ぎ足で坂を下っている。途中、スマートフォンを取り出して、電話を始めた。

「ああ……和彦です。お久しぶりです」

　そこで周囲を見始めたので、慌てて道路の端に寄って彼の視界から外れる。距離が開いており、和彦もそれほど声を張り上げているわけではないので、言葉は切れ切れにしか耳に入らなかった。

「……そうです。いや、大した用事では……できればお願い……では、メールで……久美子さんも風邪に気をつけて……」

　私は思わず歩みを止めた。電話の相手は久美子？　どうやらそのようだ。つまり和彦は、私に嘘をついていた。スマートフォンに連絡先が入っていて、しかも頻繁に話しているような印象である。

二人は今でも連絡し合っているのか？　恐らくそうだ。そして和彦は、私を騙そうとした。

何故だ？

7

もやもやとした気分のまま、私は翌日、午前六時に目覚めてしまった。寝袋での睡眠は、さながら修行でもするようなものだった。それもまた、今の私には相応しいということか。

腹が減った……昨夜はラーメンをたっぷり食べたのだが、その後の和彦との対面で気を遣ったせいで、カロリーが消費されたのかもしれない。朝飯をどうしよう、と寝袋に入ったまま考える。このマンションの一階にはカフェがあるのだが、こんな時間には開いていないはずだ。となると、近くのコンビニエンスストアのサンドウィッチか……どうにも侘しい。私は普段、朝食だけは必ず自分で用意するようにしている。

一日の始まりにしっかり食べるのは大事なことだし、栄養バランスも自分で調整できる。

しかし、まずは食べる前に運動だ。体を動かしていないと、すぐに錆びついてしまうのでは、という恐怖心がある。東京へ来てから三日目。昨日、一昨日と何もしていないから、早くも体が重くなっている感じがする。

スーツケースに入れておいたトレーニングウェアを引っ張り出して着替える。顔だけ洗って、まだ新しいアシックスのランニングシューズを履いて外へ出た。

まず、ゆっくり歩きながらストレッチをする。夏場はいきなり走り出しても大丈夫なのだが、冷えこみ始める秋口以降は、入念に体を解《ほぐ》してやる必要がある。以前——五年ほど前だろうか、真冬に走り始めてすぐに脹脛《ふくらはぎ》を痛め、一か月ほど走れなかったことがある。あれは実に馬鹿馬鹿しい怪我だった……。

道がよく分からないので、迷いそうもないコースを取る。宮益坂や道玄坂の強烈な傾斜は下半身に優しくなさそうなので、青山通りを都心へ向けて走り出すことにした。確かこの通りはひたすら真っ直ぐで、しかも平坦だという記憶があった。

さすがにまだ人が溢れる時間ではないので走りやすい。体が解れてくるのを感じると、少しだけスピードを上げた。快適……東京の空気が不味くないのが不思議だった。四十年前は、幹線道路は特に排気ガス臭く、夏はしょっちゅう光化学スモッグの警報が出ていたものだが。

　表参道、外苑前と地下鉄の駅の出入り口を次々に通り過ぎる。あまり遠くまで行ったら迷うかもしれないと考え、青山一丁目の交差点を右折した。このまま進めば、青山霊園に行くのではなかったか……街路樹が整然と並んだ中を走って行くと、記憶にあった通り、右手に青山霊園が姿を現す。途中の交差点でまた右折し、霊園の只中を突っ切って走って行く。私と同じようにジョギングしている人と、何度かすれ違った。その度に頭を下げようと思って思いとどまる。静岡では、ジョギング中に同好の士に会うと、顔見知りでなくても挨拶するのが自然なのだが、何となく東京ではそれがそぐわない気がしていた。

　青山霊園を抜け、陸橋を渡ったところで迷う。この先が交差点になっているようだが、直進するとどこへ行くのだろう。何となく、右折すれば青山通りに戻れそうな気がするのだが……一瞬迷った末に、私は右に折れた。ほどなく、表参道の交差点に出てほっとする。まだまだ走れるが、道に迷うと後が面倒だ。

　青山通りを左折。すぐに、先ほど通り過ぎた光景が眼前に戻ってきた。よしよし……このままマンションまで戻れば、だいたい五キロぐらいではないだろうか。週末には十キロ走ることもあるが、平日朝のジョギングならこれで十分だ。

　呼吸は落ち着き、体も温まっている。ジャケットがいらないぐらいになってきたが、ゴールまでもう少し。止まって脱いでいる時間が惜しい。前を大きく開けて風を導き入れると、すっと体が楽になった。東京も、場所を選べば走るにはいい街のようだ。東京マラソンが、あれだけ人気を集めるのも分かる。少なくとも今日の私は、走っている時間の長さをまったく感じなかった。とにかく、十メートル進むごとに風景が変わって飽きない……ビルなど何を見ても同じように思えるが、東京ではビル一つ一つに個性があるのだ。

マンションの近くまで戻り、結局コンビニエンスストアで朝刊と朝食を仕入れる。せめて近くにファミリーレストランでもあれば、温かい朝食が摂れるのだが、渋谷駅周辺には見当たらなかった。ああいうのは、やはり車で乗りつける郊外向けということか。

部屋に戻り、シャワーで汗を洗い流す。汚れ物はどうしようか……近くにコインランドリーがあるかどうかも分からなかった。学生が多い街なら、コインランドリーなどいくらでもあるのだろうが、渋谷駅周辺には、基本的に学生向けの小さなマンションなどは少ない。生活していくことの難しさをつくづく感じた。いっそ、生活用品一式を揃えてしまおうかとも思ったが、この部屋は私名義ではなく、あくまで会社の持ち物である。いつまでも居座るわけにはいかない。

濡れた髪をタオルで覆ったまま、サンドウィッチと熱いコーヒーで朝食にする。床であぐらをかいて朝食を摂るのはひどく行儀が悪い感じがして、キッチンのカウンターで立ったまま食べた。小さい椅子が欲しいところだ。フローリングの床に直に座っては生活できない。

将来がはっきりしない生活は、かつては馴染みのものだった。特に、東京を出てから最初の数年……各地を渡り歩き、決まった仕事もなかった時期には、今日と明日のことを考えるだけで精一杯だった。危ない仕事に手を染めたことで、精神的に荒れたこともある。その後安定した生活を送れるようになると、私は「予定」を最重要視する人間に変わった。今も、毎日の予定がきっちり埋まり、それが半年後、一年後まで続いていないと不安になる。

現在の私は、不安定な状態にあるのだ。村木と久美子——いずれも過去につながる二つの要素が、私の人生を揺らしている。

とにかく、やれることをやるまでだ。今日は、村木が最も信頼している部下に会うことになっている。ただし、村木は抜き。かつての社長がいると、遠慮して喋れないかもしれない。

約束の十時までにはまだ間がある。私は今日最初の煙草に火を点け、新聞を隅から隅まで読んだ。テレビがないのが痛い……朝はいつも、ずっとニュースを流して情報を仕入れていたのだ。不動産業は客商売だから、経済情報以外のニュースも頭に叩きこんでおくと、何かと役に立つ。新聞のニュースは半日遅れだし、スマートフォンでニュースを追い続けるのは疲れる……いや、今はそんな風に気を遣っても意味はない。今日、私が相手にするのは「客」ではないのだ。

私は、村木の会社のスタッフと、恵比寿駅の西口にあるチェーンのカフェで落ち合った。村木の会社は東口にあり、距離的にはそれほど離れていないが、東京では線路のこちらと向こうでは別世界になることも珍しくない——つまり、心理的にはずいぶん離れた感じになる。会社の人間にはバレにくい場所だろう。

この店を指定したのは村木だという。さすがに気の利く男だ。しかも喫煙席で待っているようにとも言ったそうで、私の中で村木の株は二段階ほど上がった。ただし相手は煙草を吸わないようで、迷惑そうな顔をしている。しかも緊張しているのが一目で分かった。

名刺を交換し、相手の名前をすぐに頭に叩きこむ。松島来人《まつしまらいと》。何だか最近の子どものような名前だが、目の前の男は、明らかに三十歳を超えている。きっちりスーツを着てネクタイを締め——最近は、クールビズの時期が終わってもノーネクタイで通す失礼な人間が多い——髭も綺麗に剃っているものの、顔には疲労の色が濃い。

「松島さん、ですね」私は名刺と彼の顔を交互に見た。「煙草は吸いますか?」

「いえ」

「じゃあ、禁煙席に移りましょう」私は腰を浮かしかけた。

「下山さん、吸われるんですよね？」

「ここはちょっと、煙がきつ過ぎる」私は苦笑を浮かべて見せた。「煙草を吸う人間は、自分の煙は気にならないのに、他人の煙は我慢できないんですよ。ここは、空気清浄機の効きがあまりよくないようだ」

「いいんですか？」遠慮がちに松島が言った。

「ああ。禁煙席の方が空いているようだし」

私は、薄く黄色に色づいたガラス壁の向こうを見た。禁煙席の方が広いせいもあるが、比較的余裕がある。対して喫煙席の方はぎっしり埋まっていて、まるで集団自殺でもしようとするかのように、全員が忙しなく煙草をふかしている。

禁煙席に移った途端にほっとした。最近、若い頃のようには煙草が欲しいと思わなくなっており、自然に禁煙できる日も近そうだ。実際今、体には必要以上のニコチンが染みこんでしまっているような気がする。肌から煙が吸収されるかどうかは分からないのだが。

コーヒーを一口飲み、松島の様子を観察した。どうにも落ち着かない……両手を腿の下に置いて、うつむいたまま体を微妙に左右に揺らしている。小柄なせいもあって小学生のような態度だったが、居心地の悪さは私にも容易に想像できた。

「村木の会社には新卒で？」

「あ、はい」松島が、アッパーカットを食らったような勢いで顔を上げる。

「何年目？」

「ちょうど十年になります」

「じゃあ、仕事は一番脂が乗り切った時期だね」

「いやあ、難しいことばかりです。景気もよくないし……」

私はまたコーヒーを一口飲んで「さて」とつぶやき、「前振り終了」の合図とした。松島も敏感に気づいたようで、慌ててアイスカフェラテをストローで吸い上げる。厳しい話の前に、糖分を補給しておこうとでもするようだった。

「村木からだいたいの話は聞いている」

「はい」

「君は……接近してきた相手の正体に気づいたんだな？」

「はい、跡をつけました」

「だったら間違いないな。君は、その相手とは何回会ってるんだ？」

「三回です」

「どういうきっかけで？」

「私は……その……キャバクラだったんですが」松島の耳が赤く染まる。

「店で偶然会った?」

「そうなんです。話の上手い人で。自分も貿易関係の仕事をしていると言って、話を始めたんです」

「キャバクラか……」

客同士が知り合いになって仕事の話をする場所ではないようなイメージがある。

「あの、キャバクラは最初だけですよ」慌てて言い訳するように松島が言った。「その後二回は、お茶を飲んだり、軽く食事をしただけで」

「そういうことは、よくあるんですか?」

「そういうことって、どういうことですか?」松島が首を傾げる。

「偶然ライバル社の人間と知り合って、仕事の話をするようになること」

「ないでもないですね……溜まり場があるんですよ。同じ業種の人間がよく行く店なら、情報交換の場になってますから。ただしキャバクラで知り合うのは初めてでしたけど」

「たぶん、行動パターンを読まれてたんだろうな」私は顎を撫でた。慣れない電動カミソリを使ったせいか、剃り残しが鬱陶しい。いつも髭は、五枚刃のカミソリでゆっくり剃るのだ。「もしかしたら、監視や尾行があったのかもしれない」

「ええ」松島の耳がまた赤くなる。「そう考えると、キャバクラで摑まったのは相当恥ずかしいですよね」

「でも、プライベートだろう?」

「ああ、まあ……もちろんそうです。キャバクラでの接待は、少なくともうちはやってません」

「そういうところ――リラックスしている場所で近づいて、少しずつ親しくなって、情報を取ろうとしてたんだろうな」

「ええ……でも、少しずつじゃなかったですよ。最初から結構、ぐいぐいくる感じでしたから」

「そんなに強引に?」

「普通は、取引先のこととか、いきなりは聞かないものですよ。どこの会社だって、一番大きな秘密ですからね。だから、最初に中国の会社の名前が出た時点で、『あれ?』と思ったんです」

「なるほど」

喫煙室を離れたせいか、急に煙草が恋しくなってきた。とはいえ、今さらガラス壁の向こうには戻れない。今のところは、話が上手く回っているからよしとしよう。松島は協力的だから、こちらが知りたいことは全部教えてくれるはずだ。早く話が終われば、外へ出て一服できる。

「ちなみに、今まではいい感じで会話ができているね」

「はい?」松島が怪訝そうな表情を浮かべる。

「具体的な名前が一つも出ていない。用心深いのはいいことだ」

「ああ……はい。その方がいいですよね」

「意識して、気をつけよう」私は店内を見回した。誰が聞いているか分からない……今のところ、私たちの話に注目している人間はいないようだが。「それで、中国の会社なんだけど……そこは、有名なところなのかな?」

「いいえ。日本人では知ってる人はほとんどいないと思います」

「なるほど」私は手帳を取り出し、「兵器産業?」と書きつけて松島に示した。

「そういう業種ではないです」松島が否定する。

「商社?」

「そうですね」

私は「兵器産業」という文字を徹底的に黒く塗り潰した。このやり方は、四十年前に学んだ……メモは取るな。メモした時はすぐに黒く塗り潰して、できるだけ早く廃棄しろ。今考えると警戒し過ぎなのに、そうすることが格好いいと思っていただけかもしれないが、一度身についた癖は直らない。

「つまり、向こうもどこかにつないでいたということか。最終的なクライアントは分からない……」

「ええ。中国のビジネスの仕組みは、よく分からないですよね。私は専門じゃないですし」

「あなたは本来は、どの辺の担当を？」

「東南アジアです。今は観光ビジネスに絡むことが多いですね」

「それは、商社の仕事とは縁遠い感じがするけど」私は無意識に首を傾げた。

「何でもやるのが商社ですよ」

松島が苦笑する。そういえば、この男はずいぶん色が黒い。東南アジア焼け、ということか。

「だったら、あなたに接触してきたのは、あまり上手い手だったとは言えないね」

「ええ。同じ会社でも、他の社員がやっていることはあまり分かりませんから」

「社員それぞれが独立独歩ということだね」

「それが社長の方針です」

またも「社長」。しかも過去形で話していない。彼の頭の中では、村木は依然として「社長」なのだろうと私は思った。

「向こうも、下手な鉄砲数打ちゃ当たる、の感じだったのかもしれないな」私は腕組みをした。

「そうですね。誰が担当なのか分かりませんから、とにかく手当たり次第に話を聞いて、何とか割り出そうとしたんだと思います」

「割り出せたんだろうか」

「それは……分かりません」松島が、居心地悪そうに体を揺らした。「向こうがどういう動きをしているかは、まったく分からないんですよ」

「それはそうだよな……でも君は、何かおかしいと気づいたわけだ」

「ええ。後輩と話していて、その後輩に対しても、偶然知り合った相手が、中国の話をしてきたって分かったんです。偶然にしてはでき過ぎというか、相手の様子を聞いたら、私が会った人間とそっくりだったんですよ」

「ライバル社が探りを入れてきたとは考えられなかった？」

「質問の内容が、そういう感じじゃなかったんです。同じ業界の人間だったら、知りたいポイントは一つですよね？」

「金、か」

私が言うと、松島が薄い笑みを浮かべてうなずいた。

「ところが、質問の内容が違った？」

「具体的な取り引き内容まで聞いてきたんですよ。この仕事では、暗黙の了解で、普通はそういう話はしません。もちろん、聞かれても答えませんしね。一番秘密にしたいところでしょう」

「なるほど」

「でも向こうは、全然構わずに何度も聞いてくるんですよ。だから、商社の人間じゃない――嘘をついているとすぐに分かったんです。案の定、嘘だったんですけどね」

ずいぶん大胆なことをした。向こう――警察も、かなり間抜けだと言えるが。素人に尾行されて、何も気づかないとしたら、ろくな刑事ではない。

「三回接触して、その後は？」

「三回だけです」

「最後に会ったのは？」

「半年ぐらい前ですね。その時に、警察官だと分かったんです」

「尾行は大変だったんじゃないか」

「やり過ぎだったかもしれません」松島の顔が赤くなった。「気づかれてないといいんですが」

「社長にはいつ報告したんだ？」

「その直後です」

とすると、村木は半年近く、悶々《もんもん》としていたわけだ。その半年に彼が受けていたプレッシャーを考えると、村木に対して同情せざるを得ない。

「この件、社内で他に知っている人は？」

「私と後輩……それに社長だけです」

「賢明な判断だね」私は松島を褒めた。「あまり話が広がると、ろくなことにならない。業務にも支障が出るだろう」

「そうですね。それに社長が、『俺が何とかするから任せろ』と言われたので」

その「何とかする」が、四十年以上も会っていなかった旧友に助けを求めることだったとは。村木も相当追いこまれている。

「村木も大変だったと思う……それで、だ」私は手帳を閉じて一呼吸置いた。「この件は、本当だと思うか？」

「はい？」

私はすぐにまた手帳を開き、「不正輸出」と書きつけて松島に示した。松島の喉仏が上下する。

「あり得ない話じゃない……と思います」松島が低い声で認める。

「それは想像かな？」

「いや、実際に中国の商社と取り引きがあったのは間違いないんです」

「ブツは？」

「工作機械」

それが怪しいわけだ……私は、顔が強張るのを意識した。最近の工作機械は、コンピューター制御の精密なものだろう。そのパーツが軍事産業に転用されるというのは、いかにもありそうな話だ。この件で相談を受けて以来、私は過去の事件をひっくり返してみたのだが、実際に、兵器製造に転用可能な製品が不正輸出された事件は何件かあった。立件されていないだけで、実際にはもっと多いかもしれない。警察は、全ての事件を立件するわけでもないだろうし。

「その件については、詳しく調べましたか？」

「いえ」松島の顔から血の気が引く。「そこまでやるのはちょっと……小さい会社ですから、変な動きがあればすぐに分かるんです。でも、正確に調べるのは難しい。過去の取り引きに関するデータはサーバーに蓄積されていますけど、アクセスするとログが残るので、調べていたことがすぐにバレてしまうんですよ」

「そこを何とか、できないかな」

「あの……下山さん？」

「何かな」

呼びかけられ、私は顔を上げた。松島の顔には、疑念の色が浮かんでいる。

「もしもこれが本当だったら、どうするんですか？　本当に警察……本格的に調べられたら、まずいんじゃないですかね」

「どうしたらいいかは、私にもまだ何とも言えないんだ。村木には何とかしてくれって言われたんだけど、私だって、こういうことの経験があるわけじゃない」

「……ですよね」

「だからとにもかくにも事情をできる限り知ってからでないと、対策の立てようがないんだよ。そういうことがあったのかなかったのか、まずそれだけでも分からないと」

「失礼なことを聞いていいですか？」

「もちろん」私は笑みを浮かべてうなずいてやった。

「社長はどうして、下山さんに頼んだんでしょうか」

「昔からの友だちだからね」

「でも、相談するなら弁護士とか……いろいろいると思います」

「こういう状態だったら、弁護士でも対応できないんじゃないかな」私は佐知子の顔を思い浮かべた。「それに、弁護士は金を取る」

「下山さんは金を取らないんですか」松島が目を見開く。

「ああ」

「どうしてですか？　厄介な……危険なことじゃないんですか」

「そうかもしれない」うなずき、私は先ほど手帳に書きつけた「不正輸出」を黒く塗り潰した。最初の「兵器産業」と合わせて、小さなページは完全に黒くなってしまった。

「それならどうしてですか？　俺にはちょっと……理解できない」

「私も会社を辞めた――手放したばかりでね。暇なんだ。それに友だちの頼みは断れない。私は、村木に借りがあるんだ」

その「借り」について村木ときちんと話し合ったことはないが、間違いなく存在している。私は悔いているし、村木にもしこりとして残っている。何も言わなくても感じあえる。だからこそ、身を削ってでも、村木のために働かなければならない。向こうが私を今でも友だちと思っているかどうかは分からない。体良《ていよ》く利用できる存在と考えているだけかもしれない。

今は、それでもいいという気持ちだった。

8

私は松島をじっくりと説得した。一刻も早く会社のデータベースにアクセスし、取り引きの実態を把握すること——松島は渋り続けたが「村木のためだ」と押し通すと、結局は折れてくれた。村木がどれだけ社員に信用されているかと考えると、少し羨ましくなる。

やはり彼は、体育会系のノリで社員をまとめ上げてきたのだろうか。もっとも今の村木には、そんな覇気はない。この危機を乗り越えられても、今後の人生に明るい展望があるとも思えなかった。

松島を先に帰し、新しいコーヒーをもらって、改めて喫煙室に入った。久々に肺に煙を入れてほっとする。手帳を広げ、先ほど松島に書きこんでもらった幾つかの名前を頭に叩きこんだ。問題だと思われる、中国の商社の名前。中国担当だった二人の社員の名前。暗記したと自信が持てたところで、また黒く塗り潰し、ページを破って丸める。本当は灰皿の中で燃やしてしまいたいが、カフェでそれはまずいだろう。結局、丸めたページはコートのポケットに落としこんだ。

コーヒーを飲み干し、店を出る。出たところが駒沢通り、そして地下鉄日比谷線の出入り口だった。渋谷まで戻るには、やはり山手線を使った方がいいだろうと考え、JRの駅に向かって歩き出す。しかし、渋谷駅構内の様子を思い出すと、不安になってきた。「迷宮になっている」というのは本当だったのだ。工事中で、どこに何があるのかまったく分からない。東横線の改札がなくなっていたことにもびっくりした。

地下に移ったらしいのだが、大きな路線の改札がなくなっただけで、駅の表情は大きく変わるものだと実感した。いっそ、歩いて帰ろうか……少し歩けば明治通りに出るはずで、そこから渋谷まではひたすら真っ直ぐ行けばいい。しかしそのルートでは、また警察署の前を通るのだと思い出した。何も起きないだろうが、できれば避けたい。我ながら弱気だ、と自嘲気味に考えてしまう。しかし、四十年以上も背中を気にしながら生きていると、どうしても周囲に目を配るようになるものだ。

結局山手線を使って渋谷に戻った。ホームに降りて、一番近くの階段を上がると、出た先は「中央改札」。それがどこなのかも分からず、取り敢えず改札を出て右の方へ行ってみた。新宿方向へ向かって右側だから、こちらが山手線の内側になるのは間違いない。

ちょうど、東横線改札の跡地に出た。わざわざ「ここに六十三年間、東横線渋谷駅の改札口がありました」と看板が掲げられているものの、今は単なる壁である。実際にここに改札があったかどうかは思い出せない。もしかしたら私は、過去の記憶を無意識のうちに消去してしまったのだろうか。

それにしても、渋谷駅の「壊れ具合」は凄まじい。今や「駅舎」と言える感じですらなくなっているのだ。仮設の壁と天井のみ。この状態を見ても、完成した時の様子がまったく想像できない。案内看板も分かりにくく、どっちへ向かえばマンションの方へ抜けられるのか、まったく見当もつかなかった。

結局、ヒカリエの方へ向かった。明治通りを跨《また》ぎ越す通路——これも仮設のようだ——を抜けて行くと、まだ新しい複合ビルの二階部分に出る。坂の街らしく、このビルは一階ではなく二階部分が、駅からつながる自由通路になっているようだ。歩いている人の平均年齢は、絶対に三十歳に届かない。何となく後ろめたい——自分が場違いな存在だと意識して、背中が丸まってしまう。都会の真ん中であろうと、何も遠慮する必要はないのだが。

自由通路を出ると、急に強い風が吹きつけてきた。この辺はビルが建ち並び、不規則な風が吹くようだ。ますます背中が丸まってしまう……右側のビルに、喫茶店が入っていた。もう一杯コーヒーを飲んで煙草でも吸うか、と考えたが、結局そのまま通り過ぎてしまう。

道路はすぐに行き止まりのT字路になる。左右を見回すと、右が青山通り、左が宮益坂のようだ。宮益坂に出れば、私のマンションに辿り着く。そちらへ向かって歩き出した瞬間、後ろから右肩を叩かれた。

右足の踵《かかと》を軸に素早く半回転すると同時に、後ろへ——先ほど前を向いていた方へ飛びのく。この東京に、私の肩を気楽に叩く人間がいるはずもない。せいぜい、村木か佐知子ぐらい……しかし彼らなら、脅すような真似はせず、まず声をかけるだろう。

見たこともない男が立っていた。私より十歳——もう少し年上か。小柄なのは、年のせいで背が縮んだからかもしれない。白いシャツにグレーのズボン、茶色のカーディガンを着た上に、サイズが一回り以上大きいグレーのツイードのジャケットを羽織っていた。ちらりと視線を下に落とすと、柔らかそうなウォーキングシューズ……七十代の男性が、晩秋に街を歩き回る時のごく標準的な格好だ。私は絶対に、死ぬまでこういうウォーキングシューズは履かないようにしようと決めている。柔らかいだけで、長時間歩き回るには適していないし、何よりも足元がだらしなく見えてしまう。

「下山君だね」

下山「君」？　私は心の中で首を捻《ひね》った。六十歳になって「君」づけされることがあるとは思ってもいなかった。佐知子は「下山君」と呼ぶが、これはかつての同級生だからである。頭の中で、必死に記憶をひっくり返した。高校か大学の恩師？　いや、こんな顔に見覚えはない。

「下山英二君」

「失礼ですが」私は背筋を真っ直ぐ伸ばした。相手が誰かは分からないが、ここは静かに、大人として対応しなければ。

「ああ、これは本当に失礼したね」男が額に手を当てる。もう少し勢いがよければ「ぴしゃり」と音がしそうだった。「私は、安永功《やすながいさお》と言います」

「申し訳ありませんが、私が知っていないといけない方ですか？」

「いや」急に声を潜める。「私は君を知っている。しかし君は私を知らないはずだ。

私は、そこまでヘマはしなかったと思う」

警察官——いや、元警察官だとぴんときた。体が固まる。心も。完全にフリーズしてしまい、頭の片隅では何か言わなくてはならないと思いながらも、言葉がまったく出てこなかった。誰かに首を絞められたようだった。

「少し話ができないかな」

「何の話ですか」

「昔話だよ」安永が笑みを浮かべる。好々爺という感じだったが、目が笑っていない。

「あなたがどんな方かも知りません。話をする意味も義務もないと思いますが」

安永がすっと近づいて来た。年齢の割には素早い動きで、私の耳元で「元公安一課」と囁く。それだけ言ってさっと身を引き、悪戯《いたずら》っぽい笑みを浮かべた。今度は完全に笑っている。

馬鹿にしているのか、と私は一瞬むっとした。だが、内心の想いが顔に出ないように必死で耐える。ここはできるだけ穏やかに、しかしはっきりと振り切らねばならない。

「いやいや、大袈裟な話じゃありません。だいたい私はもう、現職の警察官ではないんだから」

　この男が、平気で「警察官」と口にするのが気になった。こんな人通りの多いところで……しかし、周囲を見回してみると、私たちの会話を気にしている人間など一人もいない。道の真ん中に立って、通行の邪魔にもなっているのに、舌打ちする人間もいなかった。東京では、他人のやることに一々怒ったり、気にしたりしてはやっていけないということか。

「そもそも私は、警察とは何の関係もありません」

「本気でそう思ってたのか？　君は用心深い人のようだが、私の見立て違いかな」

「とにかく私は、警察との関わりはまったくありません。無事故無違反ですから」

「公安は、交通違反とは関係ないよ」安永が苦笑する。

「そうですか。警察のことはよく知らないので」私はさっと頭を下げた。「とにかく、交通違反さえやったことがないんですから。誰か、人違いじゃないですか」

「いや」安永が短く否定する。妙に自信たっぷりの口調だった。「君が久しぶりに東京へ戻って来たという話を聞いてね。これは大事《おおごと》だと、慌てて飛んで来た」

「戻って来たというのは、ちょっとおかしいですね。私は元々、東京には縁がない人間ですから」

「静岡で不動産屋をやってるんだって？　不動産屋なんて言っちゃまずいか。立派な

「どうしてそういうことをご存じなのか、分かりませんが」

「調べるのはこっちの仕事なんでね。引退しても、それは変わりません」

「引退しても警察の仕事をしているとなったら、けじめがつかないんじゃないですか？　一生、仕事をやってるようなものでしょう」

「個人的に、だよ」

「そういうことをしていいんですか？」

「まあ、いろいろ事情もあるから」安永が耳を掻いた。ひどく気楽な様子で、先ほどの「大事」という言葉とは釣り合っていない。

　私は、背中に汗が伝い始めるのを感じた。いったい何なんだ……四十二年前、自分が公安一課に目をつけられていたことは分かっている。はっきりした証拠があったわけではないが、あれだけ執拗《しつよう》に学生たちを追い回していた公安一課が、私を見逃すわけがない。こちらがいかに地下に潜り、活動している証拠が出ないようにしていたとしても、必ず嗅ぎつけられる——他のセクトの連中が次々に引っ張られるのを見ていれば、自分もノーマークではないと覚悟ができていた。だからこそ必死に逃げ回った結果、今に至ってさすがにもう何もないだろうと、少しだけ安心していたのだが。

　いったいどれだけしつこいのだ？　私は警察について「外」から見た姿しか知らな

い。本当は何を考え、どんな風に捜査を進めていくかについては、想像の範囲を出ないのだ。

「とにかくちょっと、お茶でも飲みませんか。何だったら食事でも」

「見ず知らずの人とお茶を飲んだり食事をしたりする習慣はありません」

「私は君を知ってるけどね」

「どうしてですか?」

「それを、私の口から言わせないで欲しいな……もう四十年以上も経ってるんだ。今さらどうこうしようってつもりはないし、ちょっと昔話をするぐらいはいいでしょう」

「お断りします」小声で、しかしはっきりと私は拒絶した。こういう手合いは、とにかく切ってしまわなければならない。あの頃と同じ……逃げ回って、何とかレーダーの画面から消える必要がある。

「まあまあ、そう言わずに」

「お断りします」もう一度きっぱり言って、私は踵を返した。また肩を摑まれたらどうするかと不安になったが、取り敢えず手は伸びてこない。

急ぐな……慌てて逃げ出したように思われてはいけない。自分には何らやましいところはなく、ただ迷惑しているだけだと思わせなければ。

警察が、そんなに簡単に騙されるはずもない。私は何とか振り向かないように努力したが、彼の視線が背中に突き刺さるように感じていた。

私は、複雑な経路を辿って歩き続けた。尾行や監視は当然あるものだと考えねばならない。もしかしたら、マンションの場所もとうに割り出している可能性もある。しかしあそこに戻らないわけにはいかない……今の私にとっては非常に便利なアジトなのだ。ホテルに逃げこめば姿を消せるかもしれないが、それも馬鹿馬鹿しい。何より、動きにくくなるのが嫌だった。

あちこちを歩き回ったあとで、私は一度マンションに戻って来た。家に立ち寄ったふり……で、一階のカフェに入る。エスプレッソ専門のカフェで、若い客で賑わっている。軽食も摂れるようだが、私は取り敢えずエスプレッソのダブルショットを頼んだ。強烈な苦みで、意識を鮮明に保っておかないと。

カウンターでエスプレッソを受け取り、入り口に近い席に陣取る。ここなら安永が入って来ればすぐ分かるし、全面ガラス張りなので外の様子も窺える。何か動きがあれば、間違いなく気づくはずだ。

歩き回っている最中、何か気配はあったか、と自問する。

なかった。もちろん私は武道の達人ではないから、誰かが背中を見張っていたらすぐに気づくわけでもない。だが今は、一際《ひときわ》神経質になっているから、尾行されていたら何らかの異変は察知していたと思う。

エスプレッソを飲みながら、ガラス越しに周囲を見回す。取り敢えず目に入るところに、安永の姿はなかった。もちろん、こちらからは死角になる電柱の陰にでも隠れている可能性はある。

渋谷の警察署の前を通ったのがいけなかったのだろうか。実は自分は手配されていて、それに気づいた警察官が動き出したとか……いや、違う。少なくともこれは、合法的な捜査ではないはずだ。安永は、「引退しても」と言っていたから、定年になっているのは間違いない。引退した人間が現職の警察官を手伝って捜査するなど、考えられなかった。もちろん、特殊な事情があれば別かもしれない——警察にとっても総力戦になるとか——が私がそれほどの重要人物とは思えない。事件はとうに終わっているのだから。今さら気にする人がいるとは思えない。

コーヒーは三口で飲み干してしまった。一口飲んだ瞬間に砂糖が必要だったと気づいたが、無視する。これで目が覚め——脚の休憩にもなった。朝方走った疲れに、無駄に歩き回った疲労がプラスされている。まったく、冗談じゃない……。

わずかな休憩で、何とか疲れは取れた。一息ついて、背の高い椅子から滑り下りる。最近のカフェはインテリアに凝り過ぎて、格好だけの背の高い椅子が多いんだよな、と文句が浮かぶ。

店を出て、また周囲を見回す。道路を渡り、カフェの向かいのビルに背中をくっつけんばかりにして立った。これで背中を取られる心配はないし、周囲もよく見える。安永の姿が見えなかったのでほっとして、スマートフォンを取り出した。こんなところで話すべきではないかもしれないが、まだ家に戻る気にはなれなかった。

「ちょっと話があるんだ」

「何？」

佐知子は迷惑そうだった。仕事の邪魔をしてしまったのかと慌てて詫びたが、怪訝そうな口調は去らない。

「どうしたの？　ずいぶん慌ててるみたいだけど」

「電話では話しにくいんだ。少し時間をもらえないかな」

「何かあったの？」

「あった。でも、それを電話で話せないんだ。今、事務所だよな」私は強引に話を進めた。「三十分でもいい。時間を取ってくれないか？」

「分かった」佐知子がすぐに反応した。「私の方で、何か準備しておくことは？」

「話を聞いてくれるだけでいい。どうするかは、聞いてから判断してもらえないかな」

「警察ね……」私が話し終えると、佐知子が目を細めて顎を撫でる。

「安永という男だ。聞き覚えはないか？」

「ないわね。だいたい、もう定年になってるって言ったんでしょう？　何も怖いこと、ないじゃない」

「一応、調べられれば……もしかしたら老けて見えるだけで、実際には現役かもしれない。だったら面倒なことになる」

「あなた、本当に大丈夫？」

「何が」少しむっとしながら私は言った。

「妄想じゃないの？　警察は、そこまでしないわ」

「どうして分かる。弁護士だからか？」

「あなたが今言ったことは、私たちが四十年前によく言ってたことでしょう。警察の陰謀……連中は何をするか分からない」

「ああ」

「そういうことは、実際にはなかったの。私たちが勝手に想像して、びくびくしてただけよ」

「そんなことはない」私は反射的に否定したが、自分が何かを知っているわけではないと思い直した。そう、ある意味妄想……しかし「警察は何でもやる」という考えが間違っているわけではあるまい。奴らは権力そのものなのだ。

「とにかく、気にはなるわね」佐知子はこれ以上議論を発展させるつもりはないようで、あっさり話を打ち切った。「ちょっと調べてみるけど、何かできるとは思わないでね」

「警察に狙われているとしても？」

「被害妄想よ」

話は平行線を辿るばかりで、ふいに馬鹿馬鹿しくなった。自分は怯えているだけなのか？　堂々としている彼女が普通ではないか？　気持ちを落ち着けようと、煙草を取り出す。途端に、佐知子が冷たい声で「禁煙」と告げた。だが私は、煙草をしまわなかった。取り敢えず手近に置いておいて、視界に入るだけでも助かる。

「ちょっと時間をもらえる？」佐知子が立ち上がった。「そう言えば、お茶も出してなかったわね。何か飲む？」

「ああ、コーヒーをもらえれば。ここのコーヒーは美味い」

「人間よりも機械の方が当てになるわね。いつでも確実に、美味しいコーヒーが出てくるから」

佐知子が出て行くのと入れ違いになるように、女性職員がコーヒーを持って入って来た。私が知らない方法で密かに合図していたのでは、と思えるほどのタイミングの良さだった。

「ちょっと……いいですか」私はつい声をかけた。

「はい」ちょうどコーヒーカップを置いた彼女が、静かに応じる。まるで私が声をかけるのを予期していたようだった。

「彼女は……吉塚はどうですか?」

「どう、というのはどういう意味ですか」

「弁護士として。あるいは上司として」

「優秀です」即答だった。

「仕事がやりにくいことはない? きついタイプでしょう」

「私たちは、いろいろな先生をサポートしていますから」

「彼女ぐらいなら大人しい方とか?」

何も言わず、小さく微笑みを浮かべて一礼した。それで私は、佐知子がかなりきつく職員たちに当たり、動かしているのだろうと想像した。恐らく基本は、四十二年前とさほど変わっていない……いや、さらにきつくなっているのだろう。弁護士の仕事というのは、基本的に「闘争」である。もちろん「調整」も「相談に乗る」こともあるだろうが、議論が嫌いな人間は、まず弁護士になろうと思わない。徹底して相手と議論し、叩き潰すのが嫌いだったら、まず弁護士になる資格はないのだ。佐知子は議論に強かったし——村木のような「議論のための議論」が好きなタイプではなく常に理路整然としていた——そういう資質は、弁護士の仕事をしているうちに、さらに磨かれたはずである。

一人コーヒーを飲みながら、佐知子の戻るのを待った。居心地が悪い……何だか、この会議室に軟禁されているような気分になってきた。手帳を取り出し、白紙のページを凝視する。右手にはボールペン。昔からよく、こういうことを——書かずとも書く用意だけする——やったものだ。紙と筆記具が、指先から脳にヒントを送ってくるような気がする。難しい取り引きの最中、こうやっているとふいに上手いやり方が浮かんだりしたものだが……今は駄目だった。

これは金で解決できる問題ではないだろう。だからといって、このまま放置しておくと追いこまれる予感がする。

やはり、警察はしつこい。

一種の純文学作品として読んだチャンドラーの『長いお別れ』の最後の一節は、未だに私の頭に焼きついている。「警官にお別れを言う方法は未だに発見されていない」。

私はずっと、妄想の中で生きてきたのかもしれない。佐知子が言う通り、警察は下手な陰謀を展開したりしないものかもしれない。全ては私の想像の世界で……監視、尾行、県を跨いでの追跡。しかもそれは代々引き継がれ、自分は永遠に警察のターゲットになっている――。

そうではない証拠もある。一つが免許証だ。私は東京を離れた後も、ずっと運転免許は保持し続けていた。当然、私がどこに住んでいるか、警察は把握していたはずである。しかし接触がなかったのは……可能性は三つある。私は白紙のページに「①」と書きつけた。

①静岡県警は無能である。

つまり、私が「あの」下山英二だということに気づかなかった。この情報を摑んでいたのは警視庁だけで、他県警とは一切情報を共有していなかった。

②意図的に泳がせた。

直接の容疑はなく、ただひたすら動静を監視していた。だがそれが、四十年以上も続くわけがない。チャンドラーの名台詞は、必ずしも真実ではないはずだ。四十年というと、警察も二世代か三世代ぐらい、代わっている。そこまで引き継ぎが徹底されるものだろうか。

③そもそも私はターゲットではなかった。

警察がずっと追いかけるほどの大物ではなかったということだ。実際私は、本隊の活動を全て知っていたわけではない。だからこそ、企業爆破の現場を目の当たりにして怯え、逃げ出したのだ。

書きつけた三つの仮説を、全て黒く塗り潰した。この思考実験には意味がない。本当にどうなのか知っているのは、警察だけなのだから。それにしても……「③」の可能性が頭に浮かんだことに、私は衝撃を覚えていた。自分のやったことに対する自負……を持ってはいけないと思う。明らかに違法行為だったのだし、それで傷ついた人もいたはずだ。しかし警察は、大したことがないと判断していたら……。

これまでの全人生を否定されるようなものだ。

いや、それはない。

完全に塗り潰したつもりが、「③」だけが薄らと見えている。私は、やはりターゲットだったのでは、と思えた。安永がいきなり接触してきたことこそ、その証拠ではないか。

「お待たせ」

ノックもなしにドアが開き、佐知子が会議室に入って来た。メモに視線を落としたまま、向かいに腰かける。

ほどなく、佐知子がメモから顔を上げる。

「安永功という刑事は、間違いなく警視庁に在籍していたわ。もう十四年も前に定年になっているけどね」

「ということは、今は七十四歳か」

「そうなるわね」

つまり、一連の事件が起きた時には三十二歳……勤め人としては中堅と呼ばれ始める年齢で、まさに働き盛りだったことになる。

「今は？」

「そこまでは分からないけど、とにかく辞めた人間なのは間違いないわね。最後は、公安総務課の警部……でもこれは、辞める時の一階級昇進だから、実際には警部補だった」

「管理職じゃないか」

「係長級以上を幹部と呼ぶなら、それも間違いではないけど」佐知子が皮肉っぽく言った。「何なの？　あなたは何だと思ってるわけ？」

「昔の話を蒸し返した。実際、昔の話をしたいと言っていたから」

「それ、本当に昔話をしたかったんじゃない？」佐知子が首を傾げる。「実際、あるらしいわよ。昔衝突した学生と機動隊の連中が、その後偶然再会して、いつの間にか呑み友だちになったとか」

「まさか」私は思わず声を荒らげた。「それは、どちらにとっても当時の自分の行為を否定するようなものじゃないか」

「一種の部活……というか、スポーツみたいなものだと思っていた人も多いみたいよ。ということは、学生の側から見れば、機動隊はライバルチームみたいなものでしょう。何十年も経ってから、『いやあ、あの時は……』みたいな話になってもおかしくないと思うわ」

「下らない」私は吐き捨てた。「本当にそんな気持ちになるとしたら、当時真剣じゃなかった証拠だ。デモだけやっていたような連中は、やっぱり戦力として計算してはいけなかったんだ」

「下山君……そういうの、間違ってると思うわよ」

「何が」

「先鋭化した自分たちこそがエリート、みたいな考え。そのせいで、学生運動は七〇年代半ばに完全に壊滅した——あなたなら、そういうことはとうに分かってたと思うけど」

私は思わず黙りこんだ。学生運動の最終盤に現れた私たちは、自らの失敗でその幕引きをしてしまったと言っていいだろう。先鋭化すればするほど、大衆の支持を受けられなくなる。そんなことは、身を以て体験してきたのに。

私の一九七四年は、まだ終わっていないのかもしれない。四十二年前から自分の人生は一歩も前進していないのではないか。

『1974』第三章　爆発

何？　経験したことのない爆音と震動、それに飛び交う悲鳴と怒声に、私の思考は完全にストップしてしまった。体も。

固まったまま、何が起きたかを想像しようとしたのだが、状況は私の想像が及ぶ範囲を超えていた。交通事故、と最初に頭に浮かぶ。バスと大型トラックが正面衝突したとか。

音がしたのはどっち……南の方だ。向こうには内幸町の駅がある。ちょっと……私は顔から血の気が引くのを感じた。和彦は内幸町の駅から図書館に歩いて来るはずだ。もしかしたら、何かに——今起きた何かに巻きこまれて遅くなっている？

冗談じゃない。大事な人の弟だし、私にとっても和彦は「お気に入り」なのだ。一人っ子の私は「こういう子が弟ならいい」とぼんやり考えたこともある。それはあながち、叶わぬ夢ではないと思うけど……今はそれどころじゃない。

私は慌てて交差点に向かって走り出した。ちょうど信号が青に変わったので、そのままスピードを上げて交差点を渡る。渡り終えて初めて、空が暗くなっていることに気づいた。にわか雨……のはずがない。それに、息苦しくなっている。空中に何かが舞っていて、普通に息をするのも難しい。

人が押し寄せて来る。それも異様な姿で。背広がぼろぼろになったサラリーマンや、何故か裸足のＯＬさんも。異様な光景を自分で直接見ても、私はなお現実を把握しかねていた。

――来るな！

突然怒鳴りつけられ、足がすくんでしまう。声の主は、若いサラリーマンだった。怒鳴られたことより、彼の姿を見たことで、私は凍りついてしまった。怪我している。頭に怪我したのか、流れ出した血で顔の右半分が赤く染まっていた。興奮しているせいか痛みは感じていないようだが、それでも軽傷でないのは明らかだ。

――何があったんですか。

私は辛うじて質問を吐き出した。声が震えているのが自分でも分かる。

――爆発だ、爆発！　早く逃げろ！

サラリーマンは私の脇をすり抜けて——実際にはちょっと肩が触れただけで私が倒れそうな勢いだった——逃げて行く。振り返る暇もなく、私はのろのろと前に進み始めた。爆発って……さっきの衝突音のようなのがそれ？　揺れも？　地面が揺れるほどの爆発って、どういうことだろう。ガス管？　爆撃？　様子がよく分からないのは、もうもうと立ち上る煙のせいで視界が悪化しているからだ。

それで私の記憶は、近しいある事件に辿り着いた。三菱重工爆破事件。今年の八月に、ここからもそれほど遠くない丸の内の三菱重工が爆破された事件では、八人もの方が亡くなった。何より私に強烈なショックを植えつけたのは、路上を白く染めるほどに崩れ落ちたガラスの山と、そこに倒れる人を写した写真だった。あのビルが、ガラスを多用したモダンな造りだったせいもあるが、爆発があまりにも強烈で、周辺のビルの窓ガラスまで吹き飛んでしまったのだという。

今回も、あんなことが……ガラス片で血まみれになって倒れている和彦の様子を想像すると、私は気を失いそうになった。こんなところで、こんなことで……気づくと私は、現場から逃げようとする人の波に逆らって走り出していた。和彦君、と叫びながら。その声は、恐怖や痛みによる悲鳴にかき消されてしまい、一メートルと前に届かないかもしれない。それでも私の喉は嗄《か》れ、涙が滲んだ。

ビルの前に倒れている人がいる。警察官が一人、ひざまずいて頭を抱えてやっているが、ぴくりとも動かない。眼鏡がずれ、額から血が流れ落ちていた。同僚の人だろうか、ワイシャツ姿の中年男性が、倒れている人を指差しながら、早く！　と叫んでいる。救急隊員を呼ぼうとしているのだろうか……でも、現場はまだ混乱の最中だ。遠くで救急車やパトカーのサイレンが聞こえるが、一向に近づいてくる気配がない。

地獄。

地獄という言葉を使うのは簡単だ。でも私は、地獄を知らない。それが存在しているかどうかも分からない。

むしろ戦場と呼ぶべきかもしれない。戦場だったら、新聞やテレビで見たことがある。人の命が、急に軽くなる場所だ。そういう意味で、今この街が戦場になっているのは間違いない。

——和彦！

叫ぶ。もう一度、和彦、と。しかし私の声は、次第に大きくなってくる救急車のサイレン、それにいつまでも尾を引く悲鳴にかき消され、どこへも届きそうになかった。

9

夜になって、松島から電話がかかってきた。私は一人マンションの部屋にこもり、これからどうやって身の安全を確保しようかと心配していたのだが……彼の声を聞いて、自分が何のために東京へ来たのか、一瞬で思い出す。

「怪しい記録がありました」

「というと？」

「工作機械なんですが……取引先が、その時一回だけなんです。うちがいつも取り引きしている中国の会社ではありませんでした」

松島の声は低く、他人を気にしている様子だった。近くで誰かが聞いているかもしれないとでも心配しているのだろうか。釣られて私も、つい声のトーンを落としてしまう。

「相手が何者かは分かっているのか？」

「私が調べた限りではデータがない……もしかしたら、実在しない会社かもしれません」

「ペーパーカンパニーか……」

「その可能性はありますね」

「ヤバいブツだと分かっていて、間にダミーをかましたのかもしれない。その会社に売却してから先のことは、分からないか？」

「残念ながら、そこまでは……」

「そうか。かかわっていた社員は？」

「中国担当の三人のうち二人です」

「その二人は今、どうしてるんだろう？　普通に働いているのか？」

「ええ。今週は、二人揃って中国に出張しています」

「なるほど……分かった」私は顎を撫でた。

「あの、どうするんですか？」松島が遠慮がちに訊ねた。

「それはこれから決める。危ない橋を渡らせて、申し訳なかった」私はできるだけ丁寧に謝った。

「いえ、大丈夫だとは思いますけど……すみません、あまりお役に立てなくて」

「いや、今のところはこれで十分だ」

電話を切り、立ち上がる。窓辺に歩み寄り、隣のビルの壁を眺めた。少し視線の向きを変えると、ビルとビルの隙間から、渋谷の明るい街の灯りが見えるのだが、わざわざそうしてまで見るものでもない。

ミネラルウォーターのキャップを開け、一口飲んでから床の上であぐらをかく。新しい煙草の封を切って火を点け、左手で携帯灰皿の口を大きく開けた。ゆっくりと煙草を吸いながら、考えをまとめるためにフローリングの床をじっくりと眺めた。

私には、これ以上の調査は無理だろう。警察官でもないし、村木の会社に手を突っこんで調べていたら、社員に怪しまれる。問題の二人は敏感になっているはずで、感づかれたら証拠を隠滅してしまうだろう。

この中途半端な情報をどう使うか。どうやって村木と村木の会社を助けるか。もやもやとだが、アイディアらしきものが頭の中で生まれてくる。まだ現実味がない……しかし、方法はこれしかなさそうだ。何度も繰り返し考え、この方法ではどんな影響が出るかをシミュレーションする。マイナス百からプラス百まで——会社にはいい影響も悪い影響も出そうだが、現段階ではどちらに針が振れるか分からない。それこそ、やってみないとどうにもならないのだ。

私は気持ちを決められる。問題は村木本人だ。彼が私のアイディアを受け入れるかどうかは分からない。真面目に考えられず、ただあたふたするだけではないだろうか。ある意味、自分の体から肉を切り取って、相手に分け与えるに等しい行為だから。

それでも、時には血を流さなければならないんだぞ、村木。私は、すっかり老けた彼の顔を思い浮かべ、無言で話しかけた。

腕一本、足一本失おうが、生きてはいける。腕や足を庇《かば》っているうちに、どこかに致命的な銃弾を受けてしまうこともあり得るし、私としては、倒れる彼を見たくはなかった。

明日、きちんと話そう。そう決めて、私はもう一度スマートフォンを手にした。まずは佐知子に連絡だ。

村木への通告の場には、佐知子にもつき合ってもらうことにした。また、息が詰まりそうな弁護士事務所の会議室……佐知子は前の予定が長引いて少し遅れそうだと連絡してきていた。村木が現れるまで、あと五分。私は相変わらず美味いコーヒーを啜りながら、久美子の小説に目を通していた。もう二回も読んだのだが、もしかしたら何か見落としているかもしれない――久美子が、私にしか分からない暗号を書きこんでいるのではないかと、行間も含めて入念に再読する。

メッセージは読み取れなかった。

彼女の真意は何なのだろう。作家なら、いかに自分のことを正直に書くにしても、第三者に対しては気を遣うはずである。知り合いを作品に登場させるにしても、名前や容姿を変える……そうしなかったが故にトラブルになったケースを、私も知っている。久美子が私や和彦の名前を出したことには、特別な意味があったはずだ。和彦も当然、自分の名前が出ていることは知っている――彼女がこの小説を書き始めたことも知っているはずだ。そもそもどうして嘘をついたのか……久美子と連絡が取れるのは間違いないのに。

目次で久美子の写真を見る。そこだけ、文芸誌とは異質の美しさ……元々美しい顔は、完璧な化粧で輝きを増している。女優と言っても通りそうだ。しかし彼女は、ことさら自分を露出しない。己のフィールドである文芸誌や雑誌のインタビューでは写真が載ることもあるが、ネットはまったくやっていないし、テレビで観たこともない。

それ故、彼女に対する私の想像は膨らむばかりだった。

ノックもなしにドアが開き、村木が入って来る。私は開いていたページに指を添え、文芸誌を伏せた。雑誌であってもページの端を折らないのは昔からの癖で、印刷物への敬意を自分なりに表しているつもりだった。

「遅れてすまん」

私は腕時計を見て「まだ約束の一分前だ」と言った。微笑みかけてやろうと思ったものの、顔の筋肉が自由に動かない。これからシビアな話をしなければならないと意識すると、笑っている場合ではないとも思った。

「それで、どういう話に……」

「その件は、吉塚が来てから話そう。同じ話を繰り返すのは馬鹿らしい」

「ああ……それより、珍しいもの、読んでるな」

「これか？」

「今時、文芸誌を読んでる奴なんかいないだろう」重大な話をする前に緊張を解そうとでもいうのか、村木が軽い調子で続ける。「文学部時代の名残りか？」

「小説は、昔からずっと読んでいる」

「あのクソ忙しい時期に、よく小説なんか読んでる暇があったな」

「寝る時間を削ってただけだ。若い頃は、無理もできたんだよ」

「今は無理ができないな……お互いに」

私はうなずいた。そもそも村木は、小説を読むようなタイプではなかったが。恐らく仕事を始めてからは、ビジネス書や啓発書をとっかえひっかえ読んでいたのだろう。新聞は日経しか読まないとか。

金儲けのために。

あれほど嫌っていた金儲け……私も人の事は言えないが、当時の仲間たちはほとんど運動から離れ、大学を卒業してからは普通に働いてきたはずだ。何というか……その方がはるかに簡単だったと思う。一国の全てをひっくり返す革命は、簡単には成就しない。特に日本では、フランス革命のような市民革命は、史上一度も起きていないのだ。明治維新は、同じクラス内における権力交代に過ぎなかったし、第二次大戦の後に日本を変えたのはアメリカである。革命に比べて、金儲けのどれほど簡単なことか。私たちは団塊の世代の少し下で、「しらけ世代」とも呼ばれたが、上の世代の熱気を引き継いでいた人間も少なくない——私たちのように。

「しかし、そういうの、面白いのか？」

「面白いから読んでるんだけど、不思議か？」

「月刊誌だろう？　連載の内容なんて、一か月もすると忘れるじゃないか」

「それはそうだけど」私は苦笑した。忘れたら、前の月の物を引っ張り出せばいいだけなのに。「まあ、忙中閑あり、というところかな。数少ない趣味なんだ」

もちろん、何に注目して読んでいるかは明かせない。久美子の存在は、仲間たちには内緒にしていたのだ。運動とは関係なく自分につながる、唯一の女性《ひと》。私は、そっと指を抜いた。変に突っこまれたら厄介な事になるかもしれない。万に一つ、村木が久美子の小説の読者である可能性もあるし。

ノックもなしにドアが開き、佐知子が顔を見せた。両手にコーヒーカップを一つずつ持っている。

「下山君の分はあるわね？」

「大丈夫だ」冷えかけていたので、新しい、熱いコーヒーが欲しかったが我慢する。今は少しでも、時間を無駄にしたくない。

「じゃあ、始めましょうか」

佐知子が村木の横、私の正面に腰を下ろす。最初にこの会議室で、三人で会った時と同じ位置取りだ。

「松島君と話をした」私は切り出した。

「ああ」村木がうなずく。

「彼から何か、報告は受けたか？」

「いや……一々教えなくてもいいと言っておいた」

「そうか。一応、結論を出した。いや、これはまだ私なりの結論で、何か決めたわけじゃない。あくまでアドバイスとして聞いて欲しいんだが」

「お前の結論なら、俺の結論だよ」

そんなに簡単に言ってしまっていいのか？　私は彼を牽制しようとしたが、結局口にはしなかった。あくまで彼自身の判断で決めるべきことである。

私は佐知子に視線を向けた。自分の判断は、まだ彼女にも伝えていないが、佐知子は静かにうなずいた。取り敢えず話してくれということか、村木と同じように、私の判断に黙って従うということか……どちらでもいい。私はコーヒーを一口飲み、村木の顔を真っ直ぐ見据えた。

「警察へ行こう」

「ちょっと待ってくれ」村木が椅子の肘かけを摑んで身を乗り出した。「どういう意味だ？」

「今言った通りだ」私の結論を自分の結論と言っていた割には、大した慌てようである。さっきのは口先だけだったのかと、私は小さな失望を覚えた。

「自分で罪を認めるということか？　俺は何もしてないのに？」

「何もしていなければ、警察に行っても怖いことはないだろう。どうだろう、吉塚？」

「それは……いきなり逮捕されるようなことはないでしょうね」話を振られた佐知子が同意した。

　私は、昨日の松島とのやり取りを二人に説明した。村木の表情は渋いままで変わらない。恐らく、私が聞き出したことぐらいは、とうに知っているのだろう。

「警察がこの事実まで摑んでいるかどうかは分からない。中国担当の二人にすでに接触していれば、情報を引き出せているかもしれないが……この二人はどうなんだ？　警察と会っているのか？」

「それは分からない」

「そうか」私は顎を撫でた。「わざわざ確認する必要はないな。下手に刺激すると、隠蔽工作に走るかもしれない」

「ああ」村木がうなずく。目が潤んでいる……自分で興し、育てた会社が風前の灯だと思っているのかもしれない。

「警察が動き出す前に、こっちから事実関係を告げる——要するに、恭順の意を示すわけだ」

「警察は既に、ここまでの情報は摑んでいるかもしれないわよ」佐知子が指摘する。

「実際に警察がどこまで知っているかは分からない。これは一種の自首だ。自分から出頭すれば、警察も容赦してくれると思う」

「自首と出頭の違いは、分かってる？」佐知子が少し皮肉っぽく訊ねる。

「自首は、警察がまだ犯罪事実や容疑者を把握していない段階で名乗り出ること。出頭は、既に容疑者が分かっている状態で警察に行くこと。当然、自首の方が警察の受けはいいし、罪も軽減される」

四十二年前の私たちには、絶対にあり得ないことだったが。自首はすなわち仲間を、組織を裏切ることだった。

「警察が事実関係をどこまで摑んでいるか分からない以上、自首と判断されるかどうか、分からないわよ」佐知子が指摘する。

「それでも、こっちが警察に尻尾を振った事実は残る。警察としては、悪い印象は持たないだろう。積極的に捜査に協力する——そう言うだけで、だいぶ違うはずだ。それに何より、村木は事件に関係していないんだから」

「それはそうだが、監督責任は残るんじゃないか？」村木はまだ不安そうだった。

「お前が判子を押していない——あるいは、取り引きの内容をはっきり知らされないままに判子を押したとすれば、責任はないと言っていいと思う。そうじゃないかな、吉塚？」

「証明するのは相当難しいけど……犯意については、判決でも判断が分かれたりするから」佐知子の表情は冴えない。

「そういうことにしてしまえばいいじゃないか。村木は一種の被害者。事件は、二人の社員が勝手に暴走してやったことで、会社も一切関係ない、やはり被害者……それでどうだ、村木？」

「いや、しかし」村木がいきなり声を張り上げる。「俺にとっては大事な部下——部下だった二人だ。優秀だし、会社に金を落としてくれた」

「でも、裏切ったんだぞ。恐らく取り引きの過程で手にした裏金を、自分たちの懐に入れていたんだろう」

「それは分からない……」村木の口調は歯切れが悪かった。

「悪いことをした連中を庇うなよ」私はできるだけ冷たく言った。「お前にとっては大事な二人だったかもしれないけど、永遠はないんだ。人はいつかは裏切る……そういうものじゃないか？」

「お前はシビア過ぎるよ」

「そうかもしれない。でも、大事なのは会社とお前を守ることだし、これが一番、損害を小さくする方法だと思う。積極的に捜査に協力すれば、警察だって情状酌量するはずだ」

「私も同意見よ」佐知子が言った。「そもそも最初から、落とし所はそこしかないと思っていた。でも、私が言った時は、あなたは受け入れなかったわね」

「それは……」村木が、決まり悪そうな表情を浮かべる。

「私じゃなくて、下山君のアドバイスなら受けるわけね」佐知子が皮肉っぽい笑みを浮かべた。「とにかく警察も、自分から名乗り出て来た相手に対しては、それなりに処遇を考えるものだから」

「それに、そもそも事件化できるかどうかも分からない」私は言葉を続けた。「事実があっても、警察だって全て立件してるわけじゃないだろう。だから、わざわざ名乗り出て情報を提供しても、結局は何でもなかった、ということになるかもしれない。でも、それならそれでいいじゃないか。警察がどう動くか分からずに、このまま気を揉んでいるよりはましだと思う」

「もしも事件にならなかった場合、二人の処遇はどうしたらいいんだろう」村木が不安そうに言った。

「それこそ、お前が気にする問題じゃないだろう。今は経営の一線から身を引いているんだから。どうするかは、今の社長に任せればいい」

「そうは言っても、な」

村木の態度の微妙な変化が気になった。仕事に対するやる気をすっかりなくし、ただやきもきしているだけだと思っていたのに、今もまだ、会社の行く末を本気で案じているようだった。それは、まあ、いい……手を引いた創業者がまた経営に首を突っこんできたら、現経営陣は嫌な顔をするかもしれないが、会社の危機となれば話は別だろう。

「下山君、警察にもついて行ってあげたら?」佐知子が突然切り出した。

「私が?」私は鼻を指差した。「いや、私は……」

「警察が怖いの?」

昨日の今日なのに、どうしてこんな挑発的なことを言うのか。彼女は、安永の存在や警察の動きなど、どうでもいいと思っているのだろうか。

「何とも言えないな」私は答えを濁した。

「頼まれたことなら、最後まで責任を持つべきじゃない?」

「弁護士の君が行った方が、説得力もあると思うけど」

「あなた、いい加減に過去を清算したら？」

「してないっていうのか？」

私は、佐知子と睨み合った。見解の相違……いや、ここは彼女の方に理がある。過去の清算――それは私にとっても大きな課題なのだ。課題ということは、すなわち解決していない。

「とにかく、私はこの件、あなたに何とかしてもらうように頼んだわよね」佐知子がしつこく念押しする。

「ああ」

「そしてあなたは受けた。受けた以上、最後まで面倒を見るべきだと思うわ」

私は村木に視線を向けた。ゆっくりと顔を上げ、佐知子に同意するようにうなずく。やれやれだ……警察署に足を踏み入れると考えると頭がくらくらし、冷や汗が背中を伝ってくるようだが、何とか堪《こら》える。村木のために、四十二年ぶりに東京へ出て来たのは間違いないのだし、警察へ行くというアイディアは私のものだ――佐知子も最初から同じ結論を出していたとはいえ。

「できない」では済まないだろう。

「あなた、昨日の話を気にしているのかもしれないけど……」

佐知子の指摘に、私は無言で首を横に振った。気にしているのかしていないのか……一晩経って気持ちが落ち着いたのは確かである。向こうの意図は分からないが、今さら私をどうこうできるはずもない。

「分かった。じゃあ、もう少しきちんと準備を整えてから、警察へ行こう」

ほっと息を吐いた後、村木が「助かる」と小声で言った。

「それと吉塚、こういう時に――警察に提出する時用に、適当な文書のスタイルはあるだろうか」

「書式には、特に決まりはないと思うわ。事実関係が分かればいいんじゃないかしら。必要なら、警察の方で調書を取るでしょう」

「調書、ね」つぶやいて、私は唾を呑んだ。「昔は、そんなものを取られたら人生の終わりだと思っていたけど」

「今は、そんなものがなくても人生の終わりが近づいているでしょう。私たちも年なんだから」佐知子が皮肉を吐く。

「君、ずいぶん口が悪くなったな」私はつい、からかってしまった。

「長年弁護士をやってると、自然にそうなるのよ」

「それより、お礼をしないといけないよな」村木は、ようやく少し元気を取り戻したようだった。

「金のこととか考えているなら、やめてくれ。私は、そういうつもりで静岡から出て来たんじゃない。飯でも奢ってもらえれば、それでいい」

「それだけじゃ悪いよ」

何かで返す……貸し借りなしにするのは、長年会社を経営していた人間として当然の感覚である。もちろん金は儲けたいが、恩に着たままの状態を嫌う経営者は案外多い。自分が身を引く時、プラスマイナスゼロの状態にしておきたいというか……私も、その辺は常にきっちり計算している。奢られたら奢り返す。便宜を図ってもらったら、他のことで世話を焼く。

ふいに思いついた。ずっとテーブルに伏せていた文芸誌を引き寄せ、バッグにしまってから佐知子に告げる。

「むしろ、吉塚にお願いがあるんだ」

「私は高いわよ」佐知子が冗談めかして言う。

「会いたい人がいるんだ。何か、伝《つて》がないだろうか」

「誰？」

「作家なんだけど……」

「作家？」佐知子が眉根に皺を寄せる。「あなたが作家に会いたい？　何か、変な感じね」

「こいつは今でも文学青年なのさ」村木が助け船を出す。いつの間にか、すっかり軽い調子を取り戻していた。「もはや文学老人に近いかもしれないけど。なあ?」

老人とは呼ばれたくなかったが、私は無言でうなずいた。

「ファンとして会いたいということ?」佐知子は納得した様子ではなかった。「作家の事情はよく分からないけど、会うのはそんなに難しいの? トークショーとかサイン会とか、よくやってるじゃない」

「そういうことはあまりしない人なんだ」

「会いたいなんて、どれだけファンなの?」からかうように佐知子が言った。

「ファンというか、聞きたいことがあるんだ」

「本人との直接交渉は……難しいでしょうね。ファンが会いたがっているなんていう理由で弁護士が出て行ったら、向こうも警戒するでしょう」

「だから、出版社の人を紹介してもらえないかと思ってね。そっちから攻めていけば、上手くいくかもしれない」

「どの出版社?」

「響栄社」

「大手じゃない」佐知子が目を見開く。

「会社そのものを相手にするわけじゃない。会いたいのは直接の担当者だ……でも、私が一人でそこまで行き着くのは、相当面倒だと思う」

「でしょうね」

「そこを、弁護士の知恵とコネで何とかしてくれないか？」

「やってみてもいいけど、当てにはしないでね」

「ああ」彼女に頼んだからと言って百パーセント大丈夫とは思っていない。

「それで、今回の村木君の件はチャラ……そういうことでいいわね？」佐知子が確かめるように言った。

「もちろん」

「分かった」佐知子が手帳を広げる。「それで、その作家の名前は？」

「伊崎久美子」

「あなた、知ってる？」佐知子が左を向いて、村木に訊ねた。

「いや」村木が苦笑しながら首を横に振る。「俺は法学部だからね。文学青年でもなかったし」

「そういうのに、文学部も法学部も関係ないと思うけど」佐知子が村木をからかう。

「要するに小説に興味がないんでしょう？」

「君は知ってるのか？」私は佐知子に訊ねた。

「ごめん、私も知らない。知ってないとまずい人？」

「そういうわけじゃない」

そういうものだろう、と私は一人納得した。久美子は大ベストセラー作家ではない。ゆっくりしたペースで創作活動を続け、出した本は必ず高い評価を受けるものの、今までたっぷり金を儲けたかどうかは疑問だ。むしろ、生活はぎりぎりかもしれない。以前は、「長者番付」で作家の年収がある程度は分かったものだが、私は久美子の名前をそこで見たこともなかった。ましてや普段小説を読まない人間が、彼女の名前を知るはずもない。誰でも名前を知っている作家というのは、百万部のヒット作を出した人間だけである。一万部で採算が取れ、十万部で大ヒット、百万部に届けばもはや社会現象——文芸評論家がどこかに書いていたのを思い出す。

少なくとも久美子は、そういう作家ではない。部数や金で語るべきタイプではない。小説好きの人が愛する、小説に愛された作家だ。

10

その夜、私は村木の食事の誘いを断り、一度静岡に戻った。

久美子に会えるかもしれない。

自分一人ではどうしようもなくとも、佐知子が間に入ってくれれば、何とかなるのではないか。その日のために、準備も万全に整えておかねばならない。

東京から二時間強——厚木インターチェンジ付近で渋滞に摑まったものの、その他は順調で、ベンツも快調に走った。というより、高速でこそ本領を発揮するのがベンツという車である。普段は一般道を走る機会が圧倒的に多いから、何となくエンジンの機嫌が悪いのだ。

途中から新東名に入る。こちらの方が圧倒的に車が少なく、自分のペースを保てるのだ。時に、スピードメーターが百二十キロ以上を指してしまい、慌ててアクセルを緩めざるを得なくなったが……スピード違反で、警察のお世話になるわけにはいかない。結局途中からは、クルーズコントロールを百キロに設定して、ハンドル操作だけに専念した。退屈なドライブだが、不思議と眠くはならない。まるで学生の頃に戻ったよう——久美子のことを考えると、興奮して頭が沸騰しそうだった。

八時に静岡インターチェンジを出る。ここから自宅までは二十分ほどだ。

この時間帯の静岡市は既に静かで、車も少なくなっている。夕飯がまだだったので、どこかで食べていこうかと思ったが、ロードサイドの店には食指が動かない。最近は、どこへ行っても郊外の光景は似たようなものだ。チェーン店ばかりで、営業で県内のあちこちを走り回っていた時など、自分がどこにいるか分からなくなることもしばしばだった。

インター通りを北西に向かって走り、新幹線と東海道本線を越えたところで右折車線に入る。右に折れて東海道に入り、しばらく線路沿いに走れば、間もなく静岡駅だ。

一人で食事をするのは、何となく侘しい。私は左手でハンドルを握ったまま、右手でスマートフォンを取り出して……ながら運転はやめた。久美子のことを考えて興奮しているせいか、気が緩んでいる。地元だからといって、警察が見逃してくれるわけではないのだから、十分気をつけないと。

交差点を右折してすぐのところにあるコンビニエンスストアの駐車場に車を乗り入れた。ちょうど煙草が切れているから、電話をかけるついでにここで買っていこう。

それにしても……と思う。私が東京を離れた頃、コンビニエンスストアはごく珍しい存在――確かまさにその年に、東京にセブン‐イレブンの日本一号店ができたばかりだったと思う。地方にも一気に広がり始めたのはバブル期で、静岡でも街角に一軒ずつという感じで店が建ち並んだ。今回、東京へ戻って驚いたのは、多くのコンビニエンスストアが、駐車場のないビルやマンションの一階に入っていたことである。車社会で広い駐車場が必要な地方都市と、公共交通機関が発達した東京の違いを、そんなところで実感した。

煙草を買い、車に戻って一服しながら、食事を誘う相手を考える。会社の人間以外に、一緒に食事を摂れる相手はいない。しかし家族持ちの稲垣は当然、家に帰っているだろう。もう食事を終えているかもしれない。となると、もう一人……すぐに金山《かなやま》の電話番号を呼び出す。時に金山と食事を共にするのは自分の義務でもある、と私は考えていた。

「ああ……社長」

金山はしわがれた声で電話に出た。風邪でもひいているのか、と私は心配になった。金山はだいたい、季節の変わり目には風邪をひく。それで一週間ほど休むのだが、何故かインフルエンザにはかからない。予防接種は受けていないのだが。

「風邪ですか？」

「ええ、ちょっとばかり」思い切り咳払いすると、急に声がクリアになる。「失礼しました。何か？」

「飯、食いましたか？」

「いや……」

「それは駄目ですね」私は少しきつく言った。金山は夕飯を抜いてしまうことがままある。朝食は常に食べないから、一日一食、昼飯だけの時も珍しくないのだ。だから私は、時折金山を強引に夕食に誘っている。「つき合いますから、一緒に食べませんか？」

「社長、東京だったんじゃないですか？」

「ちょっと戻って来たんですよ。ずっと運転していて、夕飯を食べ損ねました」

「私は構いませんけどね……今、どこにいるんですか？」

「駅まで、車で五分ぐらいのところですよ」

「いいですよ……どうしましょう」

「毎度で申し訳ないですけど、『ロッソ』でどうですか」

「ああ、私はもちろん歓迎ですよ。先に行って待ってましょう」

「金山さん、今、どこにいるんですか？」

「会社です」

「まだ？」定時は六時。私は無駄な残業をしないよう社員に徹底していたから、よほどのことがない限り、この時間まで残っている社員はいない。金山は数少ない例外だった——少なくともここ三年は。

「書類仕事が溜まってましてね。でも、もう出られますから。席を取っておきます」

「お願いします」

電話を切り、金山はまた元通りになってしまったのだろうか、と私は恐れた。

金山は私より三歳年上で、会社創業時からのメンバーである。稲垣が右腕なら、彼は左腕。元々、静岡の地場の不動産屋で番頭格だったのを、私が引き抜いたのだ。地元に根づいた商売の方法は、この男から学んだ。

夫婦共稼ぎ――というか、金山の妻は十年前に、念願だったイタリアンレストランを呉服町に開いた。静岡にしては本格的な店で、私の会社でも忘年会はここで行うのを定例にしていた。しかし彼女は三年前に急死してしまい……以来、金山は抜け殻になった。仕事はきちんとしてくれているのだが、私生活が滅茶苦茶になったのである。ちゃんと食事を摂らなくなったこともそうだし、家の荒れようときたら、まさにゴミ屋敷だった。そこで私は、定期的に彼を食事に誘い、時に抜き打ち的に家を訪れることにした。彼は私と一緒ならきちんと食事はするし、「抜き打ち監査」に備えて、家もそこそこ片づけておくようになった。会社では定年を六十五歳に決めているので、あと二年、何とか無事に過ごしてくれるだろう。

電話を終えてから十五分後、私はビルの二階にある『ロッソ』に足を踏み入れた。金山の妻の死後、シェフが買い取って店は続けており、以前と変わらぬ繁盛ぶりである。この日もほぼ満席で、店側が非常時用にいつもキープしている四人がけの席が、辛うじて空いているだけだった。

金山は席について、煙草をふかしていた。これも悪癖の一つ――金山は三十代で一度禁煙に成功したというのだが、妻の死をきっかけに、二十数年ぶりに煙草に手を伸ばしてしまったのだ。ただこれについては、私は何も言わないことにしている。何しろ私自身が喫煙者だし、一つぐらい悪癖があっても、ストレス解消になるならいい。

私が座る前に、金山が立ち上がって一礼した。何とも律儀である。この律儀さが、金山が地元で長く商売を続けてこられた理由だと思う。腰の低い人間は、信用を得やすいものだ。しかも金山の場合、それが演技ではなく生来の性格である。私が来る前に煙草を吸っていたことが意外なほどだった。普通なら煙草どころか、水にも手をつけない。何か異変でもあったのかと、正面に座った彼の顔を観察したが、特におかしな感じはしなかった。

「何にしますか？」

「この時間からコースは、きついですね」金山が苦笑する。

「じゃあ、軽くピザとパスタでも？　サラダぐらいは食べておきますか」

「結構ですね。社長、飲み物は？」

「ああ……近くに車を停めてきたので、酒はなしですね。ブラッドオレンジジュースにしようかな」オレンジ色というより赤いこのジュースは、酸味が強烈な分、体にいいような気がする。

「じゃあ、私もそれで」

「金山さんは酒でもいいんですよ」

「いえいえ、まだ仕事がありますから」

私は眉を持ち上げてみせた。残業禁止……そのタイムリミットを、もうだいぶ過ぎている。

「実は今日の午前中まで、風邪で休んでいたんですよ。その分の遅れを取り戻さないと」

「風邪なら、完全に治るまで休まないと」

「私が休んでいると、他の人たちの仕事が遅れますからね。稲垣社長にも迷惑をかけます」

「無理はしないで下さいよ」

病み上がりなら、ビタミンCが摂れるオレンジジュースもいいだろう。私は手早く注文を終えた。

「社長、私は詳しくは聞いていないんですが……東京は、新しいビジネスですか?」

金山がいきなり切り出してきた。

「いや、まったく個人的な用件です。大したことじゃないですよ」私は予防線を張った。絶対的に信頼できる仲間である金山にも、言えないことがある。

「そうですか。急に仕事を辞められるから、びっくりしたんですよ」

「すみませんね。後の予定が決まっていたので」

実際、送別会もなかった。社員全員を集めて説明だけはしたものの、我ながら素っ気なかったと思う。しかしこの件に関しては、あくまで一線の内側——他人には話せない事情だと自覚していた。誰にもつまびらかにしたことのない過去。どれほど信用している相手であっても話せない。

「ちょっと雰囲気、変わりましたか?」金山が唐突に言った。

「そうですか?」私は両手で顔を擦った。

「昔の——会社を始めた頃の必死の形相が戻ってますよ」

「ああ……そうですか」あの頃は、追いこまれていたのだと思う。自分が自殺に追いやった人のことを考え、二度とあんなことが起きないようにと自分に厳しく言い聞かせながら仕事の地固めをしていた。

飲み物、そして料理が運ばれて来るまでの間、私たちは他愛もない会話を続けた。誰が頑張っているか、サボっている人間はいないか……私は、経営者目線にならないように気をつけた。もう、会社のことに口を出せる立場ではないのだから。

金山が旺盛な食欲を発揮したので、私はほっとした。マルゲリータのピザを半分以上平らげ、ボンゴレのパスタもしっかり食べる。本当はこういうのは避けた方がいいのだが、と私は心配になった。「たまに大食い」は、一番体によくない……だが、食べないよりはましだ。ピザの最後の一切れを金山が食べ終えた時、私はつい口にした。

「金山さん、再婚する気はないんですか?」

金山が目をぱちぱちさせた。直後、「何を言い出すのか」と非難するように、私を凝視した。そのまま、手探りでおしぼりを取り上げ、指先を丹念に拭う。

「何ですか、いきなり」声はかすれていた。風邪のせいではないようだ。

「いや、まだまだチャンスはあるでしょう」

「こんなじじいなんか、誰も相手にしてくれませんよ」

　金山が寂しそうに笑ったが、それが謙遜であることは私には分かっていた。金山はもてる——夜の街で一晩過ごせば、すぐに分かることだ。何というか、上品なのだ。若い頃の写真を見せてもらったことがあるが、「貴族的」と形容するに相応しい顔つきだったのには驚いた。年相応に顔には疲れが見えるが、かつての「貴族的」な感じが今は「落ち着き」に変化し、人に安心感を与える。体形も若い頃同様のスリムさを保っているし、白髪が混じった髪も、人生の豊かな経験をイメージさせる。実際呑み屋では、自分の娘ぐらいの年頃の女の子によくもてる。父親のような安心感を与えるのだろう。要するに、「こうあって欲しい」という父親像に近い——ただし本人は、常に節度を保っていた。

　亡くなった妻を今でも愛しているが故に。

「金山さんがじじいなら、私も同様だ。三歳しか違わないんですからね」

「社長はお若いですよ」

「でも……どうなんですか？　後添えをもらっても、何の問題もないでしょう。今さら文句を言う人もいないだろうし」金山には二人の息子がいるが、とうに独立して、今は二人とも東京に住んでいる。「一人だと、何かと不便なのでは？」

「お手伝いさんが欲しいから結婚するというのは、いかがなものかと思いますが」金山が真顔で反論する。

「理由はどうでもいいじゃないですか。一人より二人の方が、生活は楽しい」

「社長こそどうなんですか？　いい加減、身を固められては」

「私はいいんですよ」

思わず苦笑いしてしまう。こういうやり取りは、この二十年間、何度となく繰り返されてきた。金山は、私がずっと独身であることを心配していて、それとなく見合いのような席をセッティングしてくれたこともある。これが私にとっては難敵だった……相手の女性も金山も傷つけることなく、断らなければならない。一線を引いた内側には、誰も立ち入らせるわけにはいかなかったのだ。

「しかし、社長も還暦ですよ」

「嫌な言葉ですねえ」私は顔を歪めた。

「今だから聞きますが……どうしてずっと結婚されなかったんですか？　機会はいくらでもあったでしょう」

「まあ、何となく、ですかね」私はまた話をごまかしにかかった。これまでずっとそうしてきたように——自分の中では理由は明白である。人を自殺に追いやった人間には、幸せな家庭を築く権利はない。

「最近の若い連中は結婚しない……何かを怖がっているような感じがします」

「私のことは、そういう連中の先駆けだと思ってもらえれば」

「社長も怖いんですか？」

「怖いというか、面倒臭いんですかね。自分の生活に他人が入ってくるのが我慢できないというか」本当にそうなのかは自分でも分からない。何しろこの四十年以上、常に一人だったのだ。

「結婚しようと思った相手はいなかったんですか」

「タイミングを逸すると駄目ですね。金山さんも前に言ってたでしょう？　結婚はバンジージャンプみたいなものだって」

「ああ」金山が薄い笑みを浮かべる。「思い切りが全てなのは間違いないですけど……あれは上手い喩えじゃなかったですね」

「金山さんもそうだったんですか？」

「ええ、もちろん。我が人生で、最も思い切ったことでしたねえ」

「ライバルが多くて、ね」

「……と、家内は言ってましたがね」

金山が苦笑したが、それは誇張でも間違いでもないと私は常々思っていた。金山の妻は間違いなく美人で、亡くなる直前まで、凛とした美しさを保っていた。若い頃は間違いなくもてた——いや、高嶺の花というタイプだったのではないか。あまりにも美人過ぎると、普通の男は声もかけられなくなるものだ。

「どうやって口説き落としたんですか?」

「それはもう、ありとあらゆる手を使って。仕事よりも、よほど大変でしたね」

「私には、そういうのはちょっと無理かな」

「いやいや……あれだけ仕事で頑張れたんだから、何でもできますよ。今からでも遅くないと思いますよ」

金山に再婚を勧めているうちに、いつの間にかブーメランが自分の方へ戻って来た……私は苦笑しながら、おしぼりを丁寧に折り畳んだ。ピザのソースがついたところが薄いオレンジ色に染まっており、かすかな不快感を覚える。手が汚れるのが嫌いなのに、時折無性にピザが食べたくなるのは何故だろう。

「本当に、社長こそ、結婚されたらどうですか。まだ全然遅くないと思いますよ」

「今さら、ねえ」私は紙ナプキンで指先を擦った。

「いや、六十歳になってこそ滲み出る魅力もあるでしょう。それに社長はまだお若い。どうして会社から手を引かれたのか……詳しい事情は聞きませんけど、人生をもう一度やり直すいいチャンスじゃないですか」

「そうですかねえ」同意できない。この年になって……というのも本音である。しかしそれが、本音の一番外側の一枚だと、すぐに認めた。本当の本音は、まだずっと奥に隠れている。それを見つめることは、自分の愚かさ——若さ故の愚かさのようなものを認めるも同然だ。今さら、だ。今さらどうしろというのだ？

しかし私には一つの信念があった。自分は、久美子の人生に責任を負わねばならないのではないか？


遅くに部屋に戻る。出て行った時と何ら変わっていなかったが、郵便受けが一杯になっているのには参った。この辺は、何とかしなければいけないと思う。本格的に引っ越さない限り、郵便物は永遠に届き続ける。その処理のためだけに、たまに戻って来るのは面倒だった。誰かに任せるわけにもいくまい。

寝室に入り、クローゼットを開ける。場所は……探すまでもない。常に頭に入っているのだ。四十二年前と今をつなぐ、たった一つのもの。何度も引っ越しを繰り返してなくなった物も多いが、これだけは常に、一番身近に置いておいた。

いつまでもこんな物を持っている意味はないと、何度思ったことだろう。古い卒業アルバム、家族との写真、高校生の頃に読んで衝撃を受けた『中国の赤い星』。そういうものと同じで、過去に置き去りにしたはずである。今は色褪せ、すり切れかけ、四十年以上の歳月を嫌でもイメージさせる。

あの頃の私は、必死だった。大学へは真面目に通い——英米文学の勉強は自ら望んだことである——夜中には仲間たちとの活動。空いた時間は全てバイトに費やし、理想のために金を供給していた。そんな中、どうやって彼女とつき合っていたか、今となっては不思議でならない。男と女の関係は、時間の制約をも乗り越えるということか……仲間たちにばれていたら、と考えて冷や汗をかいたこともあった。厳しく自己批判を求められるほどではなかったかもしれないが、冷たい目で見られたのは間違いないだろう。もちろん、「恋愛禁止」などの規則があったわけではない。実際、男女間のトラブルは結構あった。組織内部のことなら比較的簡単に解決できたものの、問題は外部の人間と恋愛関係になること……「情報漏れはこういうところから起きる」と、当時は目つきの鋭かった村木が、ぽつりとこぼしたことがあった。

その後の歳月。

ずっと、肌身離さずこれを持ち歩いていた自分は、何をしたかったのだろう。意味などないはずなのに。

しかし今、ようやく意味が分かった。

運命というものはある。再会の日——ついにこれを渡す日が来たのだろう。もちろん、当時とは意味合いが違っている。今はただ、四十二年前に自分が何をしたか、何を考えていたかを説明するための素材に過ぎないはずだ。それでも、何も言わないよりは言った方がいい。彼女だって、面と向かって話せば、きっと分かってくれるはずだ。

そこから先のことは……考えないようにしよう。妄想からは何も生まれない。自分がずっと独身を通してきた理由は、金山にも言えない。自分自身、「それは違うのではないか」と何度も否定してきた。

しかし今は違う。ようやくはっきりと認める気になった。私は義理立てしていた。人を自殺に追いこむような人間は、結婚してはいけない。それに自分が幸せにできなかった女が存在している限り、一人だけ幸せになる権利はないと思っていた。

だが、二人一緒ならどうだ?

11

すぐに東京へ戻るつもりが、私は二日間、静岡に足止めされた。「自分で頑張ってくれ」と稲垣を突き放せないトラブルが発生したのだ。私が長年担当してきた顧客の古谷《ふるや》――県内にいくつかアパートを持つオーナーだった――が急死し、相続関係などのややこしい確認に追われたのである。

神経をすり減らす仕事だった。通夜、葬儀と手伝いながら、相続関係の調査を進めなければならず、ほぼ二晩徹夜になった。相続自体は厄介なものではなかった。遺言は残されていなかったから、然るべき相続人が然るべき割合で受け取るのみ――しかしこのクライアントは、私たちも知らない物件を持っていた。静岡市内にある、老朽化してもう無人になったアパートで、賃貸物件としての資産価値はほぼゼロだったが、その土地は再開発の対象になっていた。大型商業ビルができる予定で、交渉次第では、ディベロッパーから相当の金を受け取ることができる。ただし、このアパートの存在は家族さえ知らず、さながら「隠し資産」のように突然浮上してきたのだった。

放置したままでもよかったのだが、それでは信用を失いかねない。私は、クライアントの長男と何度か話し合い、責任をもって売買交渉をすると確約した。私が「億単位の金になるかもしれない」と言った時、古谷の長男は目を輝かせたものの、それも一瞬だった。長年地元の製鉄工場で働いて定年が近くなった長男は、ややこしい交渉や金の計算に怖じ気づいていたのである。

「手数料は余分に取ってもらって構いませんから、全部お任せします」

彼の最後の言葉がそれだった。クライアントの自宅を辞去した後、私は運転する稲垣に、「手数料は、相場より低くやってくれ」と頼んだ。

「いいんですか？　うちの儲けが……」

「ああ、すまない」私は助手席で首を横に振った。今日は自分のベンツではなく、会社の営業用の国産ワゴン車。ベンツで乗りつけていい場合とそうでない場合があり、今回は明らかに後者だった。「私が口を出すべき話じゃなかったな」

「いや、それは構いませんけど、その気になれば相当儲かりますよ。あの土地の広さと場所を考えたら、億は超えるでしょう。手数料だけでも、相当なものですよ。補償金を上乗せさせる手もあると思います」

「ディベロッパーから余計に分捕るのは構わないが、その分はクライアントの家族に渡してやれよ。今のところクライアントは、引き継いだアパートの経営も続けていく気だから、このままいい関係を続けるべきだ。うちにもずっと手数料が入るんだから、長く儲けられるいい話じゃないか」

「社長、クライアントには甘いですよね」

「ああ」私はすぐに認めた。過去の罪があるが故に……自分が破滅に追いこんでしまった一家のことを考えると、仕事でも罪滅ぼしが必要に思える。果たしてこういうことが罪滅ぼしになっているかは分からなかったが。「まあ、今回はともかく……今後は俺抜きでも上手くやってくれ」

「すみません、お手数をおかけして」ハンドルを握ったまま、稲垣がぺこりと頭を下げる。

「いや、急ぎの用事もなかったから」

「きちんと独立しないといけませんね」

「そうだよ、もう社長なんだから」

「なかなか実感が湧きませんが」

それも理解できる。この「ねじれ」は私の責任だが……最初から稲垣を社長には据えていたが、社員は会社を興す資金を用意した私を「社長」と呼び続けていた。稲垣も然り。こんなことなら、最初から稲垣を社長と呼ぶよう、徹底しておけばよかった。稲垣の居心地の悪さをちゃんと考慮に入れなかった自分の気の回らなさを、今さら悔いる。

「一段落したし、飯でも食べるか？」

「いや、ちょっと片づけないといけない仕事がまだありますので」

「そうか」相手のペースも考えないと。「じゃあ、しょうがないな」

「社長、どうしますか？　どちらまでお送りしします？」

「家まで頼む」

「東京へは……」

「明日にでも、戻ろうと思う」佐知子が「上申書」を用意しているはずだ。それで、警察へ行く用意は整う。佐知子を急《せ》かすつもりはなかったが、今夜辺り、そろそろ電話してみてもいい。

稲垣に家まで送ってもらい、部屋に上がってすぐにジョギングウェアに着替える。夕飯の前にひとっ走り……このところ、生活のリズムがすっかり乱れていることを意識した。学生の頃は、その日の朝になっても何が起きるか分からず、ハプニングに踊らされる毎日を「刺激的だ」と感じていたものだが、あれは若さ故の勘違いだったと思う。その後の、明日をも知れぬ日々にうんざりし、今は決まりきった仕事、決まりきった食事のリズムを守ることに執着している。

ところがここ数日は、滅茶苦茶だ。自分で選んだ道とはいえ、六十になってすっかり生活のペースがおかしくなってしまった。

静岡でも、十二月が近くなればさすがに冷たい風が吹く。私は入念にストレッチをしてから走り出した。いつもと同じ、駿府城公園を回るコース。自宅マンションから公園周回コースまでは体を解す準備運動で、そこから先が本番になる。一周約一キロ。これを五周して、家まで残りの距離はジョギングでクールダウンというのが、いつもの手順である。

この辺りは、お濠を見ながら走れるのがいい。歩道の幅は広くフラットで、足に負担もかからない。皇居一周に比べれば短いコースだが、走る快適さは五分五分ではないだろうか。皇居一周の場合、結構アップダウンがあるそうだし。

駿府城公園というと、静岡県民にとっては「県庁の所在地」である。他にも裁判所、税務署などの役所、文化会館や中央体育館などの施設、それにいくつもの学校が公園を取り巻くように存在する文教地区でもあった。静岡市内——県内でも間違いなく一等地だ。公園の中も綺麗に整備されていて、散策にはちょうどいいのだが、私はこの中は走らない。中の道路が複雑に入り組み過ぎていて、距離が摑みにくくなるのだ。

二周目でようやく汗をかき始める。呼吸が軽くなり、一方で足にはそれなりの負担……これがいい。しっかりアスファルトを蹴る感触は、ある意味生きる実感を与えてくれる。

三周目、四周目と同じペースを保つよう意識する。最後の五周目は、思い切ってスピードを上げた。それまでがマラソンのペースなら、千五百メートル——一気に中距離並みのスピードにする。息が上がり、足ががくがく言い始めるが、何とか宥めながら最後の一周に挑んだ。いつもこうしている——最後に厳しい山場を設定しているのだ。

今日は……ペースが上がらない……ようやく五周を終えた時には、私はほとんど倒れそうになっていた。額を垂れ落ちた汗が目に入り、痛くて仕方がない。立ち止まって膝に両手を当て、うつむいて呼吸を整える。貧血気味な感じさえした。頭を下にしているうちに、何とか意識がはっきりしてくる。

背中を伸ばし、深呼吸。そこで水を一口飲み、生き返った。大袈裟に言えば、景色に色が戻ってきた感じがする。

家に向かって歩き出すと、情けないことに膝ががくがく言い出す。こんなことは、今までなかった。まったく……人間というのは、こんなに急に衰えてしまうものだろうか。

いつもの癖でボディバッグからスマートフォンを取り出し、確認する。佐知子から着信があった。四周目を走っていた頃だろうか……メッセージは残っておらず、すぐにコールバックしなければいけないと思ったが、汗を流したまま路上で話していたら風邪をひいてしまう。私は悲鳴を上げる体に鞭打って、小走りにマンションに急いだ。

本当はシャワーを浴びたいところだが、タオルで顔の汗を拭っただけで佐知子に電話をかける。

「何だか息が荒いけど」

「ああ、ちょっと走ってたんだ」

「お盛んね」

「いや……どうした？　上申書のことか？」

「それはもうちょっと待って。今日は、もう一つの件よ」

「伊崎久美子？」瞬時に鼓動が高鳴る。

「そう。彼女の出版社……響栄社の担当者とつながったわ。向こうは会ってもいいって言ってるけど、どうする？」

「もちろん、会うよ」私はスマートフォンをきつく握り締めた。これは大きな前進だ。

「いつ？」

「これから向こうに電話をかけ直すけど、あなた、いつならいい？」

「明日以降なら大丈夫だ」

「時間は？」

「向こうに合わせるよ」午前五時に来いと言うなら、そうしよう。久美子に会うためなら、何でもやるつもりだった。

「今、静岡だっけ？」

「ああ。今夜、東京へ戻ろうと思う」先ほどまでは、明日の朝一番を考えていたが、佐知子の電話で予定を変えた。

「そんなに急がなくてもいいけど」佐知子が苦笑する。「とにかく、向こうと話をつけてから、もう一度電話するから」

「メールでいいんだけど」すぐにシャワーを浴びたい——身を清めたいと思っていた。それに私は、鳴っている電話を取り損ねるのが大嫌いなのだ。それだったら、メールをもらった方がいい。

「メールは嫌いなのよ」

「ああ……そうだったね」そう言えば今回の村木の件でも、佐知子は直接電話を入れてきた。今時、自分たちぐらいの年齢の人間はメールを普通に使いこなすのだが、彼女はどこかでこぼれ落ちたのだろうか。「じゃあ、電話を待ってるよ」

「できるだけ早くコールバックするわ」

取り敢えず汗だけでも何とかしないと。私は上半身裸になって、洗面所の鏡の前に立った。六十歳にしては引き締まっていると思うが、こういう体をいつまで維持していけるだろう。

乾いたタオルで乱暴に体を拭き、顔だけを水で洗う。それでずいぶんすっきりして、気持ちが楽になった。顔をタオルで拭いていると、電話が鳴る。絶妙のタイミングだ……と一人うなずきながら佐知子と話す。

明日、午後二時に響栄社を訪ねることになった。

やはり今晩中に東京へ戻ってしまおう。事故でもあって、明日の朝発で東京へ辿り着けなかったら目も当てられない。だいたい私は、約束の時間の五分前までにはその場所に到着していないと不安になるタイプなのだ。

よし、明日から新たな戦いが始まる。そして今回は、絶対に負けてはならない。

寝室のクローゼットから、四十二年前の大事な品を取り出す。バッグにそのまま突っこんで……と乱暴な扱いは厳禁だ。タオルでくるみ、さらに小さなバッグに入れてから、出張用のボストンバッグに納める。これで、多少乱暴に扱っても大丈夫だろう。

戦闘開始。

シャワーを浴び始めたが、まるで体がお湯を撥《は》ね返すようだった。今の自分には、それだけ気合いが入っている。

当然私は、出版社に入るのは初めてだった。さすがに緊張する……響栄社ビルの一階は広いエントランスになっていて、受付で名前を告げると、一角にあるソファで待つよう指示された。しかしここでも、いつもの癖で座らず……最近の出版物を展示したコーナーの前で足を止めた。先月出た久美子の最新刊『蒼の時間《とき》』があるのではないかと思ったが、見つからない。一瞬むっとしたが、本は毎月のように出版される。ここに並んでいるのはどれも、今月出たばかりのものだった。

「どうも、お待たせしまして」

後ろから声をかけられ、慌てて振り向く。本を見るのに夢中になってしまい、後ろを取られた——昔は、そういうことがないように注意していたのだが、さすがに気が緩んできたということか。

　私に声をかけてきた響栄社の編集者、新井瑠奈《あらいるな》は、小柄な若い女性だった。三十歳……いや、二十代半ばぐらいだろうか。丸顔にくりくりした目が目立つ。こんな若い女性が久美子の担当なのか、と少し驚いた。

「座りませんか？」

　ソファを勧められた。部屋も用意していないのかと一瞬むっとしたが、それはこちらの勝手な希望なのだとすぐに悟る。「作家に会わせろ」などというのは、一般常識としては無茶な要求以外の何物でもない。ここではひたすら下手に出ておくことにした。

　並んで座り、互いに少しだけソファの中央付近を向く。奇妙な会談で、話しにくいことこの上ないが、この際仕方がない。

「弁護士の先生から電話がかかってくるとは考えてもいませんでした。何かヘマしたかと思いましたよ」瑠奈が心配そうな表情を浮かべて切り出す。

「ヘマ？」

「名誉毀損で訴えられるとか。今は、そういうことに敏感な時代ですからね」

「とんでもない。そういう意図はまったくありませんよ」

「分かってます……伊崎さんのことですよね」瑠奈が切り出した。軽い口調は影を潜め、急に真剣な様子になる。

「ええ。昔の知り合いなんです」

「そうですか」うなずいたが、目に力がない。さながらガラス玉でも入っているかのようだった。「そういうことを言う人、たまにいるんですよね」

「そういうこととは？」

「知り合いだから、作家さんに会わせろとかって」

「私は実際に知り合いなんですが」

「伊崎さんは、人に会いません」

「人に会わなければ、生きていけないでしょう」

「いや……必要ない人には会わないという意味です」

「必要かどうか、あなたには判断できないでしょう」私はついかっとなって言った。

「いえ、私が判断していいことになっています」瑠奈は引かなかった。若い割に強情というか、芯が強そうだ。

「まさか」私は唖然として瑠奈の顔を見た。「誰と会うかまで、あなたに任せているんですか？」

「ええ」瑠奈は涼しげな表情を崩さなかった。「面倒だから、全部こっちで判断していい、と言われています」

「しかし、仕事の話もあるでしょう？　そういうことは、事務所やエージェント任せなんですか？」

「伊崎さんは、事務所も持っていませんし、エージェントもついていません」諭すように説明し、瑠奈が溜息をついた。「日本の作家さんは、だいたいそういう感じです。テレビ出演についてだけ芸能事務所と契約したり、税金対策で事務所を作ったりはしますけどね」

そんなものか、と私は呆れた。作家の仕事の実態は知らないが、それでよく仕事が回るものだ。面倒臭い金の計算まで、全部一人でやっているのだろうか……。

「とにかく伊崎さんは、面倒なことを全て排除する主義なんです。執筆の邪魔になることは一切しません。例えば、映像化の話も全部断っているんですよ」

確かに私が知っている限り、久美子の小説を原作とするドラマや映画は一度も作られていない。それを指摘すると、瑠奈はうなずいて認めた。

「映像化がどうして邪魔に？」

「映像化は大変なんです。勝手にやって下さいって言うわけにもいかないので、あれこれ打ち合わせやチェックも必要です。だいたい、映像側の都合で話が進みますから、無駄に時間を取られるんですよ。それに、こちらからは何を言っても通じないことが多いので、ストレスを感じる先生も多いですよ」

「それで彼女も……」

「ええ。デビュー直後に映像化の話が進んでいた時に、向こうの態度に嫌気がさして、喧嘩を売るような感じで断ったそうです。何でも、先生にも出演の話があったんですけど、それが『出してやる』みたいな感じで」

「彼女が喧嘩？」私は思わず身を乗り出した。久美子なら映画出演もこなせそうだと思いながら、彼女が喧嘩したというイメージが出てこない。「喧嘩したんですか、彼女が？」

「いや、私は直接見たわけではないので……私が担当になる——会社に入るずっと前の話ですから。うちの会社では、伝説のように言われています」

「まさか」

「はい？」私のつぶやきに、瑠奈が敏感に反応して首を傾げた。「何が『まさか』なんですか？」

「彼女はそういうタイプじゃない——喧嘩するような女性じゃないんだ。もっと大人しくて礼儀正しい……」私は言葉を途中で切った。あの頃私は彼女を「お嬢様だね」とよくからかい、その都度久美子は顔を真っ赤にして否定していた。実際に父親は弁護士、母親は勤務医の、まさにいい家の子だったのだが。

「よくご存じですね」

「それは……彼女が子どもの頃から知っているから」

「ずいぶん昔の話ですね」瑠奈が大きな目をさらに大きく見開く。

「それほど古い知り合いということです。だから、彼女につないでもらえませんか？」

「それはできません」瑠奈がきっぱりと言い切った。「先生には、気を煩《わずら》わせて欲しくないんです」

「私は、そういう存在ではない」

「あなたがどうのこうのという話ではないんです」瑠奈も喧嘩腰になりつつある。

「誰にも会わせない——それが原則です」

「それじゃ、彼女の社会生活は成り立たないのでは？」

「そんなことはありません」

「馬鹿な」本気で腹が立ってきた。「家族はどうなるんですか」

「それは、下山さんが知る必要のないことじゃないですか？　それに、先生が子どもの頃からの知り合いなら、ご家族のことも知っているでしょう」

墓穴を掘った、と私は悟った。余計なことは言わず、ひたすら平身低頭して頼みこむべきだったのだ。

「せめて私の名前を伝えてもらえませんか。会うか会わないかは、彼女自身に判断してもらえばいいでしょう」

「無駄だと思います」瑠奈は、いつの間にか冷静になっていた。「今まで何度も、こういうことはありませんでした。でも、先生がお会いしたことは一度もありません」

私はそれでも、彼女の手に名刺を押しつけた。会社の名刺なのだが、今の私にはこれしかない。嫌々ながら、瑠奈が受け取る。

「しかし……」少し場の雰囲気を和ませようと、私は話を変えた。「あなたも、若いのに強情だ」

「先生を守るためです。私、先生と仕事をしたくて、この会社に入ったんですから」

「憧れの人？」

「ええ」瑠奈の瞳が急に輝きだす。「最初に読んだのが、『徴《しるし》』でした。中学生の頃だったんですけど、あんなにキラキラした小説は初めてで……衝撃でした。私も先生みたいに小説を書きたいとも思ったんですけど、才能がないのはすぐに分かりましたから、先生と一緒に仕事をする方向に目標を変えたんです」

「彼女の作品で人生が変わった中学生は、たくさんいそうだ」『徴』は特にそうだろう。主人公は女子中学生。母親を亡くしてからわずか三日間の出来事を怒濤のように描き――筆致は全作品中で一番迫力がある――成長と再生の予感を綺麗に残して終わるストーリーだった。まさに中学生に読んで欲しい作品。

「先生の作る世界観は、それぞれの作品でまったく違うんですよね。完全に独立した世界……先生は、自分のことをまったく書かずに、いくつもの世界を創り上げてきたんです」

「ああ……そういう意味では、今度連載が始まった『１９７４』はどうなんですか。ああいう風に、実際の出来事を背景にして書いたことはなかったんじゃないかな」

「そうですけど……」瑠奈の表情が暗くなる。「連載は別の人が担当していますので、私は内容についてはまだ、先生と話していません」

「彼女……今はどんな感じになってるのかな」

「それはお話しできません。絶対に」瑠奈がまた殻に閉じこもった。久美子の情報は一つも漏らさないという固い意志が、はっきりと透けて見えた。


渋谷のマンションに戻り、はたと困った。今回静岡から持って来た、四十二年前の想い出の品……これをしまっておく場所がない。家具すらない部屋なのだ。私にとって大事なこの品を、床に置いておくわけにはいかない。かといって、常に持ち歩いていたら、なくしてしまう恐れもある。

考えた挙げ句、寝室のクローゼットの上の棚に置いておくことにした。女性が、バッグなどを置くようなスペースである。鍵がかからないので不安にはなるが、取り敢えずこれで満足するしかない。一安心したところで、まだ佐知子に電話していなかったことに気づいた。作戦が上手くいったわけではないが、骨折りしてくれたのだから、きちんと礼は言っておかないと。リビングルームの床にあぐらをかき、佐知子の携帯電話を呼び出す。

「ああ、下山君……どうだった?」

「断られた」私は正直に打ち明けた。

「やっぱりね」佐知子があっさり言った。

「やっぱりって? 予想してたのか?」

「そう……言っちゃ悪いけど、あなたがやってることって、ストーカーと紙一重よ」

「まさか」私は思わず声を荒らげた。「私は犯罪者じゃない」

「いや、でも、ねえ」佐知子の口調は歯切れが悪かった。「いきなり作家に会わせろって、どう考えても熱心さの度が過ぎるファンでしょう。ストーカーと呼ばれても文句は言えないわよ」

「私はそういう人間じゃない」

「でも、ファンなんでしょう?」

「ファンだけど、それ以上の存在なんだ」

「そういう発想がストーカーそのものなのよ。悪いことは言わないから、この件は忘れた方がいいわ。私の評判も考えてね」

「君の評判は関係ないだろう」

「変な人間を紹介した弁護士には、悪い評判が立つわよ」

「私は変じゃない」私はむきになって弁解した。「何もおかしいことはないだろう」

「ねえ、あなた、私に何か隠してる？」

「何が」言い当てられ、私は声が裏返るのを意識した。

「伊崎久美子って、あなたにとってどういう存在なの？　ただのファンじゃないんでしょう？　だいたいあなたが、好きな作家に会いたがって、私に仲介を頼むこと自体がおかしいわよ。そういう自分勝手なこと、絶対にしない人でしょう」

「私は昔から自分勝手だよ」

「四十二年前のこと？」佐知子が敏感に反応した。「あの時はあの時。あなたの行動は分からないでもない。でもこの件に関してはとんでもなく自分勝手というか、滅茶苦茶よ。どういうことなの？」

　私は口を閉ざした。言っていいかどうか分からない。今さら佐知子が気にするとは思えないが、四十二年前、私は活動の空き時間に女にうつつを抜かしていたのだ。しかも相手は高校生。当時の基準でも今の基準でも、褒められた話ではない。しかし、これ以上変人扱いされるのに耐え切れず、もしかしたらさらに佐知子の協力を得られるかもしれないと考え、思い切って打ち明けることにした。

「彼女は昔の恋人なんだ」

嫌な沈黙が流れる。何か言わなくてはと頭の中で次の台詞を考え始めた瞬間、佐知子が口を開いた。

「いつの話よ」呆れたような口調。

「大昔だ」

「大昔って、いつ」佐知子はしつこかった。声には苛立ちが感じられる。

「細かい事はいいじゃないか」彼女のしつこさに早くも辟易し、私は素っ気なく答えた。だいたい、正直に答えられるものでもない。

「こういうの、あなたらしくないわね」

「何が？」

「昔の恋人にこだわってるなんて。過去は捨てたんだと思ってた」

私はまたも黙りこまざるを得なかった。彼女の言葉は真実を突いている。確かに私は、過去を捨て——あるいは封じこめてきた。その中でたった一つ変わらなかったのが、久美子に対する気持ちである。忘れようとしても、文芸誌や新聞の広告で、彼女の輝くような美しさを見る度に思い出してしまった。

「何で今さら、会おうと思ったの？　何か変化でもあった？」佐知子が質問を重ねる。

「何十年分もの気持ち、ということかな」新しい連載のことは口に出さなかった。調べたら分かってしまうだろうが、積極的に話す気にはなれない。

ふいに心配になる。久美子が、『１９７４』で「あの日」について書こうとしているのは間違いない。それは、私たちの敗北の日でもあるわけで……久美子はもちろん、あの事件と私の関わりを知るはずもない。彼女にとって私は、「英米文学が好きで文学部に進んだ文学青年」でしかなかったはずだから。ただ、あれから四十年以上の歳月が経過している。彼女は何かのきっかけで、あの日何があったか、そして私がどういう人間かを知った可能性もありそうだ。

「話す気があるなら、聞くけど」

「君に相談すると、高くつきそうだからな」

「別に、弁護士として聞こうとしているわけじゃないわ」

「単なる興味で？」

「もう、いい加減にしてよ」

佐知子が乱暴に言ったが、それほど怒っている様子ではない。何だか、昔の感覚が蘇ってきた……真面目な議論の最中に突然誰かがつぶやくジョーク。それに対して真面目に反応する人間は、「鈍い」と馬鹿にされた。

「まあ……話すかもしれない。でも今は無理だ。頼みを聞いてもらったのに申し訳ないけど」

「私は、まあ、いいけど……それより、上申書が完成したから、一度一緒に目を通してくれない？」

「村木はどうする？」

「都合がつけば、彼も一緒に」

「じゃあ、できたら今夜にでもどうだろう。食事でもしないか？」

「いいわね」佐知子の声が急に緩んだ。「じゃあ、私の方で村木君に確認しておくから。下山君の予定は？」

「私は空いてる。時間も場所も任せるよ」

電話を切り、何となく床に寝転がってしまう。硬い床の感覚は背中や腰にきついが、これでいいのだと何故か納得してしまう。「鉄のベッドで民族の魂を鍛え直す」という一節が、ジェイムズ・ジョイスの小説にあった気がする……鉄のベッドはともかく、民族の魂とはどういう意味だろう。あれは、故郷アイルランドに対するジョイスの感情の吐露だったのか。

電話が鳴った。佐知子は仕事が速い……と思ったが、画面に浮かんでいたのは彼女の番号ではない。一瞬間が空いた後に、和彦の携帯だと思い出した。何となく、出るのが躊躇われる。嫌な予感がした。しかし、録音されたメッセージを後から聞くのが嫌で、手を伸ばした。

「もしもし？」

「兄貴か？」

「ああ」

「ええと……ちょっと会えるかな」

遠慮がちな申し出に、私は警戒した。言いにくい――あるいは危険な事情を抱えているのは間違いなさそうだ。

「いつだ？」

「できれば、今日」

「夜までは空いている」私はなるべく、感情を抑えたままで話した。和彦が感情的になればなるほど、こちらは冷静に対応しなければならない気がする。

「じゃあ、大丈夫だよな」和彦の念押しは、どこか遠慮がちだった。

「私はいつでもウェルカムだ」

言いながら、私は警戒心を高めていた。あれほど再会にうんざりしていたのに、突然向こうから声をかけてくるとは。四十二年前、私たちの仲間は「家族が一番危ない」と互いに警戒していた。家族は、とかく余計なことに首を突っこんでくるものだし、自らの弱さで事情を打ち明けてしまうこともあるだろう。実際、「母親に泣かれた」という理由だけで活動を離れていった人間もいた。私にすればあり得ない判断だったが、「こういうことはいつでも起きる」という教訓は残った。

「じゃあ、四時でいいだろうか」

「構わない。場所は？」

「できればうちの会社の近くで」

和彦が喫茶店の名前を挙げた。チェーン店ではなく、個人経営の店のようである。そしてふいに、ぴんときた。その店なら、四十年以上前、久美子と一緒に入ったことがある。まだ暑い夏の盛り、神保町の書店を歩き回った後で一休みしたのだった。暑さのせいで、久美子は体調が悪そうだった……。

「そこなら知ってるよ」

「ずっと東京にいなかったのに？」和彦が疑わしげに訊ねる。

「あそこは昔からある店なんだ」

電話を切り、私はクローゼットを開けた。四十二年前の記憶はまだそこにある。ひどくはかなげで、色褪せて見えた。実際にすり切れかけ、変色もしているのだが……中身はそのまま、入れ物だけ変えようかとも考えた。所詮入れ物なのだから。

だが全ては、四十二年前と同じであるべきだとも思う。

あの日止まった時を、今になって動かそうというなら、唯一当時との記憶をつなぐこの品から再開するのがいい。

「響栄社の新井と会っただろう」

四十年以上前の雰囲気を懐かしがる間もなく——店の様子はまったく記憶になかったが——和彦は、私が席につくなり切り出した。私の心の中では、早くも警戒警報が鳴り始めた。どうしてこんなに早く情報が伝わっている？　出版業界は、やはり情報の伝達が速いのだろうか。

「会ったとも会ってないとも言えない」

「そういうの、やめてくれよ」うんざりした口調で和彦が言った。「会ったことは分かってるんだ。新井本人から聞いたから」

「どうしてお前に連絡がいくんだ？」

「あいつとは昔から知り合いなんだ。狭い業界だから……とにかく新井は、兄貴の名前を見ただけでぴんときたそうだ」

「下山なんて、珍しい苗字じゃないぞ」

「こんなことは絶対に認めたくないけど、俺と顔が似てるんだってさ」

「兄弟だからな」

和彦が苦々しげな表情で私を睨みつける。最大限の屈辱を受けた、とでも言いたげだった。その怒りは簡単には消えず、次第に顔が赤くなってくる。爆発するかと身構えた瞬間、ウェイトレスが水を持ってやって来た。私はじっくりとメニューを眺め渡し——時間稼ぎだ——コーヒーを注文した時には、和彦の顔色は平静に戻っていた。

「兄貴は、昔からそうだな」

「何が？」水を一口飲んで、煙草に火を点ける。

「はぐらかしてばかりだ。相撲なら肩すかしだよ。観客にブーイングされても文句は言えない」

「私は横綱じゃない。だから、勝つためにはどんな手でも使う」

「家族相手に相撲かよ……兄貴は今まで、誰と戦ってきたんだ？」

「そんな話はどうでもいいじゃないか」

ここはやはり、はぐらかすしかない。四十二年前、私はあらゆるものと戦っていたと思う。政治、閉塞した学生運動、そして家族。そう、家族は捨て去るべきものだった——本当に縁を切ることになるとは思ってもいなかったが。

「どうでもよくない。兄貴、要するに四十年前は逃げたんだろう」

私は何も言わず、和彦の目を凝視した。逃げたとは絶対に認められない。認めたら、このまま自分の四十二年間が崩れ去ってしまいそうだった。

「何で認めない？」

「そういう事実はないからだ」

「誰がどう見たって、逃げたじゃないか」

和彦が一瞬声を張り上げ、慌てて首をすくめる。この男は昔からそうだ。目立つことが大嫌い。勉強はできるのに、教室では滅多に手を挙げないタイプだった。どうしてこんな風に引っこみ思案になってしまったかは分からないし、今さら聞く気もなかった。

「その件を話し合うつもりはないよ」

「何が起きたか……だいたいは分かっていた。兄貴は何も言わなかったけど、そんなこと、雰囲気で見当くらいつくからな。親父とお袋がどれだけ心配したか、分かるか？　予想通り警察が話を聴きに来て、でも親父もお袋もはっきりしたことは知らなかったから何も言えなくて……本当は、こっちから捜索願を出したいところだったんだ。実際、近くの警察署には相談にも行ったけど、鼻であしらわれた」和彦が一気にまくし立てる。「ふざけた話だよ」

「そうだな。そういう対応は、警察としては間違っている」

「誰のせいでそうなったと思う？　全部兄貴のせいだぜ。過激派の家族が捜索願を出して、警察が受けると思うか？　警察にすれば容疑者なんだから」「容疑者」から先の台詞で、和彦が再び声のトーンを落とす。

「私は容疑者ではなかった」

「よく言うよ」和彦が鼻を鳴らす。「だったら何で警察が調べに来たんだ?」

「警察が逮捕状を持ってきたか? 違うだろう。参考人として話を聴きたかったのかもしれないが、それ以上ではない」

「しかし……」和彦の目が吊り上がる。

「もしも警察がずっと私を追い回していたなら、こんな風に呑気にはしていられない。久美子に会う余裕もない」

「じゃあ、兄貴は……何もしていないのか」

「刑事責任を問われるようなことは一切、ない」

断言したが、最後の「ない」の前で一瞬間を置いた。本当にそうかどうかは、裁判できっちり裁かれないと分からないことだ。こちらの考えと司法当局の判断が、必ず合致するわけでもない。

「それは信じていいんだな」

「ああ。だから……」

「俺は協力しない」和彦が低い声でぴしりと言った。「兄貴が久美子さんに会いたがる理由は想像できる。でもそんなのは、自分勝手過ぎるよ。兄貴は昔からそうだよな？　自分が絶対に正しくて、世間を敵に回しても戦えると思っていた」

「どうしてお前に分かる？　俺が東京を離れた時、まだ十歳だっただろう」

「十歳では分からなくても、十五歳になれば理解できることもある。言われた言葉は覚えてるものだしな。とにかく、兄貴は勝手過ぎる。世間のことも、相手のことも分かってない……」

　コーヒーが運ばれて来て、和彦が口を閉ざす。私と別の意味で、この男は透明になろうとしているのかもしれない。会社が近いからこの店はよく利用するのだろうし、そこで「大声で喧嘩していた」などと悪評を立てられたくないのだろう。

　私は薄茶色の液体が入った和彦のグラスに視線を投げた。アイスカフェオレか何かだろう。和彦が「あ？　ああ」と驚いたように言ってうなずく。

「寒くないのか？」

「俺は冬でも冷たい飲み物専門なんだ」

「風邪をひきそうだな」

「慣れればこの方がいい……そんな話じゃないだろう」和彦は急に怒りを思い出したようだった。顔がまた赤く染まってくる。「とにかく兄貴は、世間を知らな過ぎる。世間を変えようとしたのかもしれないけど、結局は世間を学ばなかっただけじゃないか？　何となく印象だけで語って批判して、いいところは何も学ばずに、自分たちの理想を押しつけようとした――ガキだよな」

「肯定も否定もしない」弟の痛烈な罵倒に、私は耳が赤くなるのを感じながらも静かに言った。「一つだけ言えるのは、あの頃私は十八歳だったことだ」

「十八歳なら何でも許される――子どもだからな」和彦は前のめりになった。「だけど、実際はずるい話だ。誰でも大人になるんだぜ？　でも兄貴は、いい年をしてまだ大人になり切っていない。世間は、そういう人を許さないいんだよ」

「私が子ども？　まさか。今まできちんと社会的責任を果たしてきたぞ」

「きちんとした大人は、四十年以上前に捨てた恋人に会おうなんて考えない。相手が迷惑するとは思わないのか？」

「そんなことは、実際に話してみないと分からないだろう」

「久美子さんは迷惑するだけだ」

和彦がずばりと断じる。だがそれは、私にとってはつけ入る隙になった。言葉を切り、両手を握り合わせ、ゆっくりとテーブルに身を乗り出す。

「何だよ」不気味さを感じたのか、和彦が頬を引き攣らせた。

「どうして久美子が迷惑すると分かる？　お前、彼女と会っているのか」

「いや」和彦が目を逸らした。

「だったら何故断言できる？」

「そんなの、常識じゃないか。四十年も前に勝手にいなくなった恋人がいきなり戻って来たからって、涙を流して喜ぶと思うか？　そんな内容の恋愛小説だったら、絶対に売れない。売れないっていうのは、内容が下らないからというより、誰もそんなことを信じないからだ。リアリティがまったくない」

「お前は一般論に頼り過ぎだ。どんなことにも特殊ケースはある」

「自分が特別だと思う人間は、大抵つまらない、平凡な人間なんだ。だからこそ、自分を大きく見せたがる」

　和彦の罵倒は身に染みてこなかった。私はむしろ頭の中で、和彦が久美子と電話で話していたという事実を突きつけるべきかどうか考えていた。嘘を暴けば、彼も引き下がる――久美子との間に橋を架けてくれるのではないかと思ったが、この情報はまだ先に取っておくことにする。もっと際どいタイミングで、ぎりぎりで使いたかった。

「とにかく、無駄だから」和彦が立ち上がる。

「何が」私は和彦を見上げながら訊ねた――全身が見えるようになって、私は弟の老いをはっきり意識した。大きな体は弛《たる》んでいるし、白髪の増えた長髪は、どこか汚らしい。身なりに気を遣わずに五十歳を超えるとこんなものなのか……長嶋茂雄に憧れた、はつらつとした野球少年の面影は、もはや微塵もない。

「久美子さんに会おうとしても無駄だ。業界総出で彼女を守るし、久美子さんは出版業界以外の人とはつき合いがない。兄貴には、彼女と会うチャンスはないんだよ」

「そんなことはまだ分からない」

「しつこいジイさんは、一番手に負えないぞ。諦めないと、今度は他のことで警察の手を煩わすかもしれない。ストーカーは、今は大きな社会問題なんだ」

「社会問題？　これは私の個人的な問題だ」

「兄貴の常識と、世間や警察の常識はずれてるんじゃないか？　何かあっても、俺は絶対に庇わないからな。むしろ兄貴が二度と社会に出て来られないように、全力で戦う」

実の弟に宣戦布告される人生……これが、私が自ら選んだ人生なのだ。

12

私は家族を裏切り、組織を裏切り、自分を新しい環境に置いて、何とか一人だけ生き残ろうとしてきた。

だが当時は、そうするしかなかったのだ。他にどんな手があっただろう？　座して東京にいて、警察の捜査の手が伸びてくるのを待つ？　その間びくびくしながら大学に通い、人目を憚《はばか》って久美子と会いながら？　冗談ではない。何が起きるか分からなかったから、久美子とは距離を置く必要があったのだ。もしも私に捜査の手が伸びても、久美子に悪影響がないように……そう説明すれば、和彦も納得してくれたかもしれない。だがこの件は、久美子だけに直接話さねばならないことだった。あの頃の私の、本当の本音。血のつながった弟であっても、教えるわけにはいかない。

村木や佐知子とは、午後六時に渋谷で会うことになっていた。和彦との面談はわずか三十分で終わってしまったので、時間が余っている。私は靖国通りを行き来しつつ、古本屋を覗いた。昔はこの通りを、一日に何往復もしたものだ。少しでも安くあげようと、古書店を何軒も回って値段をつき合わせた。

今、本を買うのに金を惜しむことはない。月に一度、静岡市内の書店、さらには名古屋にまで足を延ばして、金額を気にせず買い物籠を一杯にするのが、私の最高の楽しみである。

様々な本で籠を埋めてきたが……やはり久美子の本は別格だ。

今でも覚えている。初めて彼女の本を手にしたのは、バブル真っ盛りの一九八八年だった。当時世話になっていた不動産屋の社長のお供をして、北陸へ出張した時である。空いた時間にふらりと本屋に入り、平台に並んだ本に「伊崎久美子」の名前を見つけた時は、腰が抜けるかと思った。伊崎久美子。珍名ではないが、ありふれた名前でもない。見返しで確認すると、経歴に「一九五八年、東京都生まれ」とあった。これで私は、「あの久美子」なのだと確信が持てた。後には、様々な媒体で彼女の顔を見ている——私は彼女の変化もずっと見続けてきたわけだ。今も、十六歳当時と何ら変わらぬ印象である。もちろん古い順に並べていけば、変化ははっきりするだろうが。

その時見つけた本が久美子のデビュー作で、発行から一か月足らずのうちに四刷に達していたことに私はすぐに気づいた。今とは比べ物にならないほど本が売れていた時代ではあるが、新人の作品がこれほど急に売れるのは、やはり珍しかっただろう。どうも彼女は、通常ルート——出版社主催の新人賞を受賞——ではない形でのデビューを果たした様子だった。持ちこみだったのだろうか……編集者は忙しく、持ちこみを嫌うというが。

久美子のデビュー作『白い絆』は、精緻かつ静謐な、二百ページほどの作品だった。特に何が起きるわけではない——いや、物語が始まる前に、既に大きな事件が起きている。三十八歳の女性が、十歳になったばかりの一人息子を交通事故で失い、その遺骨が墓に入るのが冒頭。物語の前半は、自分の半身とも言える存在を失った自身の気持ちの描写、そして様々な人たちの珍妙な振る舞いを描くことに費やされる。誰もが主人公に気を遣うあまり、ばたばたした行動に走る。中盤以降は、彼女自身が内面的な克服を得て立ち上がり、最高ではないにしても、緩やかな希望を抱かせて終わる。

滂沱《ぼうだ》の涙を誘うような感動作ではない。しかしいつの間にか、胸の奥にじんわりと温かいものが溢れ出す――「アロマキャンドルが灯るようだ」と評した書評家もいた。

二作目、三作目と続くにつれ、私は彼女が抱き続けているテーマは「喪失」なのではないかと推測し始めた。どんな人でも喪失は経験する。いわば永遠不変のテーマだ。彼女はストーリーやキャラクターを変えながら、常に何かを失った悲しみ、そこからの立ち直りを描こうとしているように思えた。

その頃には、久美子は女性誌によく登場するようになっていた。さながらグラビアのような凝った構図と衣装の写真に彩られ、自作を語る――しかし決してプライバシーには触れない。彼女は何十年も前から、孤高の雰囲気を保ち続けてきたわけだ。

一軒の古書店で、唐突に彼女の本のタイトルが目に入ってくる。『ぬるい暮らし』。ああ、と私は思わず書棚から引き抜き、レジに持っていった。単行本も文庫版も持っているのだが、これは彼女の唯一のエッセイ集である。短く積み重ねられたエッセイは、彼女の生活の一端をかいま見せてくれ、私は覗き見しているような興奮を味わった。

「わたしはたまねぎが好きだ」で始まる一文「たまねぎ」で、彼女は一風変わった料理を紹介している。

ざくざくに切った（レシピなら正確に一センチ幅というところだろうか）たまねぎ一個を鍋に入れ、醤油、酒、みりんをそれぞれ大さじ一杯ほど入れる。あとは梅干しを一つ。梅干しは、減塩などの弱いものではなく、塩気も酸味も強ければ強いほどいい。火を点けると、たまねぎの水気が出て沸騰してくるので、そのまま蓋をして五分ほど。たまねぎがくたくたになったらできあがりで、梅干しを解して全体に混ぜ合わせ、皿に移す。青みもいらない。いろいろ試してみたが、紫蘇も邪魔になる。

私がこのメニューを発明したのは、高校受験の時だった。そう、大事な大事な高校受験（若者たちよ、今よりずっと競争が激しかったのだ）。それなのに母が家におらず、一人で夕食の準備をしなければいけない時があって、本当は必死に参考書を見ていなければならないのにと思いながら（実際、ちょっと泣いた）冷蔵庫を開けて、天啓に打たれたのである。

以来私は、どうしようもなく忙しい時にこの料理を作る。

私は久美子から実際に、この料理の話を聞いたことがあった。つき合い始めて間もなく、彼女が高校一年生の六月頃……「料理はできるのか」と何気なく質問したところ、彼女が教えてくれた珍妙な料理がこれだった。何だか味が弱いような気がしたものだが、この料理こそ、作家である「伊崎久美子」が、私の恋人だった「伊崎久美子」と完全に合致した瞬間である。

彼女はどこか、変わったところがあった。

このエッセイ集は、そういう彼女の、微妙に世間の常識とずれた部分をユーモアたっぷりに描いていて、私は面白く読んだ。世間的にも好評だったはずだが、第二弾が出なかった理由は今なら分かる。恐らく彼女は、プライバシーを大事にし、自分の城に引きこもり始めたのだ。エッセイでは、別に嘘を書いても——完全にフィクションの自分を作り上げてもいいのだろうが、久美子はそれをよしとしなかったので、私生活の切り売りをやめたのだろう。

いずれにせよこの本は、私の愛読書の一冊である。もう少し時間を潰すため、私は近くの喫茶店に入った。先ほど和彦と会った店では、苦々しい思いをしたせいで、コーヒーの味など分からなかったのだ。

靖国通りから一本入った細い路地にある喫茶店。壁に大きな絵が何枚もかかっているのが特徴的で、こういうのは……「ジャズ喫茶」ならぬ「アート喫茶」とでもいうのだろうか。幸い煙草が吸える店で、私はカウンターに座り、ブレンドを注文して早速煙草に火を点けた。最近、ますます煙草が減ってきて、今日はこれがまだ五本目である。自然に禁煙できる日は本当に近そうだ。

すぐに、久美子のエッセイに夢中になる。何というか……彼女の文章は、私の読むスピードとぴたりと合っていて、実に心地好い。

しかし、その心地好い時間は長くは続かなかった。

「どうも」という声。隣の椅子が引かれる軋《きし》み音。ちらりと横を向いた瞬間、私は凍りついた。元刑事の安永功。帽子を取るとカウンターに置き、深々と溜息をつく。まるで「面倒かけやがって」と容疑者に呆れるように。店のどこかで待っていたのか、コーヒーカップとソーサーを持ってきていた。

「なかなか摑まえにくい人ですね、君は」

「どういう意味ですか」私はカウンターの中を向いたまま訊ねた。直接安永の顔を見ると、怒りが沸騰してしまいそうである。水の冷たいグラスを左手で包み、それで何とか冷静さをキープしようと努める。

「私は君と話をしたいだけなんだが……静岡に行ったり東京に戻ったり、ずいぶん忙しそうだ」

「私を監視しているんですか」

「ああ」

「何のために」

「だから、話をするために」

安永は機嫌が悪そうだった。実際にそうなのかどうか、顔を見て確認しようとも思ったが、そうしたら完全に安永のペースに追いこまれてしまいそうである。私は溜息をつき、煙草を灰皿に押しつけた。まだ長い煙草一本、安永に貸しだ、と思いながら。

「話すことなんか、何もありませんよ」

「そうかな？　狼グループについて、何か我々の知らない情報を知っているのでは？」

「そういうことを、大声で言ったらいけないんじゃないですか？　ここをどこだと思ってるんです？　お茶の水ですよ。神田カルチェ・ラタン闘争の場所だ。警察関係者にとってはアウェーでしょう」

安永が乾いた声を上げて笑う。ライターの音に気づいて横を見ると、安永が煙草に火を点けたところだった。しかもハイライト。この人は命知らずか、と私は呆れた。ニコチンもタールも強い煙草を、七十歳を過ぎてもまだ吸っているとは。もしかしたら、酒も制限なしに呑み続けているかもしれない。

「カルチェ・ラタンね……今この街でそんなことを言っても、分かる人の方が少ないだろう」

「まさか」

「神保町も変化が激しい街でね。バブルの頃には地上げ攻勢が激しくて、古くからいた人たちが結構追い出された——金をもらって出て行った。あなたも不動産屋なら、そういう事情は知っていて然るべきだと思うけど」

「静岡の事情なら分かりますが、東京のことはさっぱりですね」しかし彼の言葉は私の胸を鋭く突いた。まさか、私が地上げで人を自殺に追いこんだことを知っているのだろうか……。

「カルチェ・ラタンは、君にとっても古い時代の出来事でしょう。伝説として知っているだけじゃないですか」

「当時の学生にとっては常識ですよ」

「そうでもないでしょう。本当に、私には謎でね」

「何がですか?」

「君たちは、しらけ世代と呼ばれていた。言い得て妙ですよね……上の世代が大失敗して、何の責任も取らずに社会に出たので、あなたたちは暴れる機会を失ってしまった」

「人を愚連隊みたいに言うのはやめて欲しいですね」

突然、安永が声を上げて笑う。不快な響きではなかったが、笑うタイミングではなかろう、と私はむっとした。

「いや、失礼」私の不機嫌な表情に気づいたのか、安永がすかさず謝罪した。「愚連隊なんていう言葉を聞いたのは久しぶりでね」

「そうですか。どうでもいい話です」

「どうして狼グループを助けるようになったんですか？」

私は口をつぐんだ。安永はいきなり、核心を突いてきた。四十二年間、私がひたすら避けてきた質問。どういうグループのシンパになるかは、恋愛と似たようなところがある。理論に共感するより、何となく雰囲気に惹かれるとか……勧誘に来たメンバーと気が合ってしまうこともあるだろう——私の場合はそうだった。

そのことについても、その後のことについても、絶対に言えない。今でも。私たちがシンパになって援助してきたグループは、日本の犯罪史上類を見ない犯行に走ったのだ。

「今はもう、時効でしょう。私は個人的な興味で聞いているだけなんですよ」安永はしつこかった。

「だったら答える理由はないですね？　捜査だったら別かもしれませんけど」

「捜査にすることもできるかもねえ」

「まさか」私は声を荒らげた。「裁判もとうに終わってる。社会的にも、もう歴史になっているでしょう。そんな事件を、何十年も経ってから蒸し返すのはおかしい。警察にも、そんな権利はないはずです」

「私がジャーナリストだったら話すかな」

「まさか」

「どうして」

答えると窮地に陥るぞ、と私は自重した。どうも危ない……この男と話していると、知らぬうちに本音が口を突いて出てしまいそうになるのだ。現役時代は、相当優秀な刑事だったのかもしれない。

「私は、事実を知りたいだけなんだ」急に安永の声が低くなる。「狼グループについては謎が多かった。いろいろなセクトが合同して、複雑な経緯を辿って事件を起こしていたからな。どういう人間がバックアップしていたかが一番大きな謎だった」

「そうですか」

「君は当時、警察の捜査線上に上がっていた。それは自覚していたはずだが」

「さあ、分かりませんね」私は右手を拳に握った。

「そこはとぼけなくてもいいんだ。私は知っている……実際私は、君の周辺を捜査していたんだから」

私は唇の隙間からゆっくりと息を吐いた。煙草を一吸い。コーヒーを一口。しかし気持ちは落ち着かない。この男の姿を見たことがあるだろうか？　分からない。四十年以上前の話なのだから、安永の顔も変わっただろう。

「狼グループ……東アジア反日武装戦線は、変わった組織だった。六〇年代までの大衆的な学生運動とは、方向性が明らかに違っていたからね」

　そんなことは講義してもらわなくても分かっている。日本の動きを「帝国主義」と捉え、「反日」を旗頭に過激な行動に出た——もちろん今考えれば、頭でっかちな理屈であり、しかも組織が緩かった。連合赤軍事件に対する反省から締めつけは緩く、離脱も許されていたのである。活動資金は「合法的に」得る——昼間は普通に働き、その給料を活動資金にしているメンバーが多かった。私のようなシンパも同様である。

「この事件は、私の中ではどうにも中途半端にぶら下がっているんだ。クアラルンプール事件にダッカ事件……まさか、超法規的措置なんてものが発動されるとは、考えてもいなかったよ。警察的には大きな敗北だった」

「それにしても古い事件です」

「だけど私は、全容が知りたい。逮捕されたメンバー以外に、シンパにも事情を聴いて回っているんだ」

「あなたはもう、警察官ではない」私は指摘した。「だから、そんな話を聴く権利はないはずです。もしもあなたがジャーナリストなら、取材に応じて話をする人がいるかもしれない。でも今のあなたは、単なる民間人だ」

「まったくその通り」安永がうなずく。「しかし、実際にはいろいろな人に話してもらった。何故なら、長い歳月が経っているからですよ。事件はもう終わった。歴史の教科書に書かれることになった。だから、当事者も喋れるようになるんです。今さら罪に問われることはないからね」

　本当に？　この辺の法的な判断は難しいところだ。シンパとして資金援助をしていた私たちは、拡大解釈すればゲリラ事件を起こした犯人を「幇助《ほうじょ》」していたと判断されてもおかしくない。実際、犯行には直接かかわっていないのに、逮捕された人間もいたのだ。当時の共犯者――裁判はとっくに確定している。時効についてはどう解釈されるのだろう。佐知子なら分かるかもしれないが、相談はしにくい。

「とにかく、話すことは何もありません」私は重苦しい会話の打ち切りにかかった。

「どうして。あんなに熱心に活動していたんだから、話すことはいくらでもあるだろう」

「あなたが現在でも、警察とつながってる可能性もある。私は、警察とかかわり合いになるのは絶対に嫌です。これでも忙しいんでね」

「昔の恋人に会うこととか？」

　心臓が喉元までせり上がってきた感じがした。こいつらは……警察は、人の私生活をどこまで裸にむいているんだ？　まさか四十年以上前、まだ高校生だった久美子にもしつこく話を聴いたのではないだろうな？　もしもそうだったら絶対に許せない

——胸ぐらを摑んで揺さぶってやろうと思ったが、そんなことをしたら、自分の過去を自ら認めることになる。

「君は、彼女に会うために東京に戻って来たんじゃないのか？」

「何も言うことはありません」私は背広の内ポケットから財布を抜いた。千円札を出し、カウンターに置いて立ち上がる。それから灰皿に手を伸ばして、まだ煙を上げている煙草を揉み消した。何だか順番が狂っている……普段とは調子が違うのだと意識した。

「私は、簡単には諦めない人間なんだ」

「人は、諦めることができる動物ですよ。諦めないのは、自分を守るために戦う時だけだ。私は今、自分を守ります」

「君は……」安永が溜息をつく。「どうしてそんな暗い目をしている？　いったい何を背負っているんだ？」

私は無言で店の出入り口に向かった。安永が追いかけて来る気配はない。

この男の本当の狙いは何なのだろう？　もしも私を「不快にさせる」ことが目的だったら、完全に成功している。

『1974』第四章　ある出会い

呆然としたまま、私は爆発現場を歩き回った。気持ち悪い……途中で座りこんでしまったけど、誰も助けてくれない。でもこれぐらい大丈夫。よくあることだから、だんだん慣れてきている。

何とか立ち上がり、また歩き出す。和彦はどこにいるのか……当てもなく、ただ歩き回るだけではどうしようもないと分かっていたけど、効率的な捜し方は分からない。仕方なく、忙しく行き来する人に手当たり次第に声をかけてみた。

――小学生の男の子を見ませんでしたか？

――そんな子はいない！

誰も取り合ってくれなかった。次第にむきになってくる。和彦が、ここにいないはずがないのだ。どこかでガラスの破片を浴びて、血まみれで倒れているのでは……もう病院に運ばれたかもしれない。

——ここから出なさい！

いきなり声をかけられ、私はびくりと身を震わせた。他の人たちとは違う、どこか落ち着いた口調。顔を上げると、背広姿の男が立っている。三十歳ぐらいだろうか……サラリーマンではないとすぐに分かった。左腕に腕章——「公安」の文字がある。警察官だ、とぴんときた。

——知り合いの子がいないんです。どこにもいないんです！

私は必死で訴えた。

——子ども？　どうしてこんなところに？

——あの、近くで待ち合わせていて。これから野球を観に行くんですけど。

上手く説明できない。警察官も理解できない様子で、表情も曇ったままだった。

——君、怪我は？

——大丈夫です。

——顔色が悪いぞ。

それには別の理由がある。でも、初対面の警察官に、そんなことを言えるはずもない。私はきつく唇を嚙んだ。

——とにかくここは危険だから、離れて。

——和彦君を捜さないといけないんです。

――その子は和彦君と言うんだね？

――はい。

――分かった。警察でちゃんと捜しておくから、君は安全なところまで離れて……警察署に行ってもらうのが一番いいな。そこで待っててもらえれば、間違いなく摑まるし。

私は固まってしまった。警察……こんなことが両親にばれたら、大変だ。そうでなくても私は大きな問題（これは私自身の問題）を抱えている。知り合いの子を危ない目に遭わせてしまったら、今まで（長い人生ではないにしても）積み重ねてきたものが全て崩壊するだろう。

でも、警察官はどうしても私をここから遠ざけたいようだった。私自身、よく分からなくなっていた。現場は相変わらず混乱の極みにある。逃げ惑う人や、救助活動にあたる救急隊員や警察官でごった返しているし、爆発の余波なのか、空中に埃《ほこり》が舞っていて視界も悪い。私は先ほどから、咳が止まらなくなっていた。警察官に腕を引っ張られると、逆らえなかった。体調は悪く、とても振り切って逃げられない。だいたい、現場にいても私に何ができるのか……気持ちは焦るけど、どうしようもない。何をしていいか分からない。

――久美子さん！

いきなり和彦の声が聞こえた。私は慌てて顔を上げ、和彦の姿を捜した。いた——規制線の向こうで、思い切り手を振っている。ユニフォーム姿で、今にも泣き出しそうだった。

——和彦君！

私も泣きそうだったけど、何とか声を張り上げ、手を振った。

——あの野球少年かい？

警察官が訊ねる。顔から緊張が抜けていた。

——はい。

私はかすれる声で答えた。

——じゃあ、とにかくこの現場から離れて。本当に怪我してないのか？

——大丈夫です。

警察官は、私と和彦を引き合わせてくれた。和彦は目に涙を浮かべていたけど、何とか堪えている。真っ白なユニフォームが、あまりにも場違いで、私は急におかしくなってしまった。

——念のために、名前と連絡先を教えてくれないか。

警察官が手帳を広げる。

——でも……。

――警察に名前を言うのは怖いか。

警察官が微笑みながら言ったので、私はうなずいた。いろいろ都合の悪いことがある。もちろん、どうして都合が悪いのかを、警察官に知られるわけにはいかないけど。事情は複雑だし、私も確信があるわけではない。少しの手がかり、後は想像だけだ。

――これだけの事件だ。現場で誰が何をしていたか、全部をはっきりさせないと、捜査に穴が開く。君たちが何をしていたかは分かったけど、後で確認する必要が出てくるかもしれないから、名前と連絡先を教えてくれ。

逆らえない雰囲気だった。私はまず自分の名前と住所、電話番号を告げ、和彦に関する情報も教えてやった。私が言うべきじゃないかもしれないけど、小学生に喋らせるのも可哀想だ。

――それで、これから野球見物？

メモし終えて手帳から顔を上げ、警察官が訊ねた。

――はい。

――今日だと……長嶋の引退試合かな？

警察官の顔に、羨ましそうな表情が浮かんでいたので、私は彼も行きたかったのだな、とすぐに分かった。男の人なら、やっぱり長嶋の引退には感じるところがあるのだろう。相変わらず私はよく分からないで、和彦の引率という意識しかなかったけど。

——じゃあ、早く行きなさい。もう第一試合が始まっているだろう。

——はい。観るのは第二試合です。

——じゃあ、本当の引退試合だね……ところで学校は？

答えに詰まった。自分の口からは、サボったとは言いにくい（サボるぐらい大したことはないと思っていたけど、警察官の前では認められない。どうしようもない優等生）。

——まあ、いいよ。

警察官が苦笑した。

——はい、あの……。

——いいから、いいから。ところであなた、爆発の瞬間は見てない？

——日比谷図書館にいました。

——じゃあ、ちょっと離れてたわけだ。

——はい。

——了解。

警察官が手帳を閉じた。表情は硬いものの、目は笑っている。和彦に目を向けて、気をつけて行きなさい、と言った。次に、私に心配そうな視線を向ける。

――それと君、本当に体調は大丈夫なのか？　野球も大事だけど、体はもっと大事だよ。辛いなら、病院へ行かないと。顔色が悪い。

――大丈夫です。

大丈夫と答えるしかない。私は病気ではないのだから。

――ショックで……だと思います。

――それはそうだよな。こんなことがすぐ近くで起きて、平然としていられる人間はいない。とにかく、何が起きるか分からないから十分気をつけて。

この辺から離れなさい。

――まだ何かあるんですか？

――ここは安全だとは言えないから。そうだ、名刺をあげよう。何か思い出したり、心配なことがあったら連絡しなさい。

警察官の言葉は、私の心に恐怖を植えつけた。まだ何かあるの？　また爆発が起きるとか？　急に怖くなり、私は和彦の手を引いて走り出した。地下鉄は普通に動いているのだろうか。こんな大事件の後だから、公共交通機関も停まっているかもしれない。そうなったら、どうやって後楽園まで行こう……でもたぶん、中央線は動いている。東京駅まで歩いて出て、そのまま水道橋に行けばいい。

——行こう。

和彦の足取りは重かった。どこにいたのか、怪我していないのか、聞かなければいけないことはいくらでもある。でも私は、何も言えなかった。むかむかする。それが自分の体調のせいなのか、爆発のショックのせいなのか、まだ分からなかった。

13

上申書なるものを見たことはなかったし、この書式が正しいかどうかも分からなかった。そもそも佐知子は「上申書」ではなく「ご報告」とタイトルをつけている。

私は入念に内容をチェックした。既に知っていることもあるし、知らないこともある——取り引き実態について、村木自身が改めてきっちり調べ、盛りこんだのだという。

「この、KL720というのが……」私は老眼鏡を額に上げ、当該箇所を指差した。

「問題の工作機械だ」村木がすぐに答える。

「作っているメーカーについては、書かなくていいんだろうか」私は疑問をぶつけた。

「そこは悩んだんだけど、取り敢えず書かないことにしたわ」佐知子が説明する。「タイコーさんっていう、大田区にある町工場なんだけど、この会社は当然、まったく悪意はないから。言ってみれば被害者みたいなものだし、現段階では巻きこみたくないのよ。必要なら、警察の方で調べるでしょう」

「いずれ、警察は興味を持つと思うけど」

「その時には、改めて事情聴取ということになるでしょうけどね。この書類を警察に提出する前に、タイコーさんには村木君から説明しておいてもらうわ」

「迷惑をかけるかもしれないから、あらかじめ謝罪しておかないとな」村木が真顔でうなずく。

私もうなずき返し、書類に視線を戻した。どうやらKL720という工作機械の中枢部を、ミサイル部品に転用できる、ということのようだ。この辺は私にはまったく理解できない世界だが、現代の兵器は間違いなく精密機器である。私たちの爆弾――私が製造に直接かかわったわけではないが――に比べれば、雲泥の差だ。

「結局、これが中国で実際にどう使われているかは分からないわけだ」私は村木に確認した。

「ああ。分かっているのは、向こうで買った商社――恐らくダミーの会社の名前だけだ。そこから先の流れは、我々にはまったく分からない」

「問題の社員二人は、お前が動いたことを知ってるのか？」

「いや……やはりこの件は、警察に任せるしかないだろう」

「そうだな」

私たちはさらに書類のチェックを進め、一応完成させた。終わると、ひどく疲れているのを意識する。

「じゃあ後は、これを警察に持ちこむだけね」佐知子がキーボードに指を走らせながら言った。「下山君、よろしくお願いするわね。つき添いの仕事は大事だから」

「ああ」応じたものの、声がかすれてしまう。緊張感はまったく薄れなかった。「それで、警察は……どこへ行くべきだろうか」

「所轄でいいんじゃないかしら。いきなり本部へ行っても、相手にされないかもしれない。だから、村木君の会社所在地の所轄ね」

「分かった」

本部でなくても警察は警察だ。私は両手を揉み合わせ、そこで緊張感を押し潰そうとした——冷や汗の冷たさを感じるだけだった。

「じゃあ、これで取り敢えずの打ち上げにしましょうか」佐知子がノートパソコンを閉じる。

本当は、警察に話をしてからの方がいい。肩の荷をすっかり降ろしたところで打ち上げにした方が、美味さもひとしおだろう——しかし今日の会食は、あらかじめ約束していたものだ。キャンセルする理由も見つからない。

「中華を予約しておいたわ」佐知子が立ち上がる。

「まさか、大師軒じゃないよな？」私は思わず確かめた。あそこは、六十歳の人間三人——しかも女性を含めて——が打ち上げをするのに相応しい店ではない。記憶にあるよりはずっと小綺麗にはなっていたが、あくまでラーメン屋なのだ。

「あそこはちょっと狭いし、煩いよな」村木も、先日の食事でもう十分だと思っているのかもしれない。

「静かに話せる個室のある店にしたわ」佐知子が続ける。

「そうか」

それなら密談も可能だと、私はうなずいた。ちらりと村木を見ると、明らかに緊張が抜けている。まだ早い——安心できるかどうかは、これから決まるのだ。それなのに、まるで私に全てを預け、自分はもう関係ないとでも思っているようだった。

明治通りの裏手にある、坂の途中のビル——そこの二階の中華料理屋が、打ち上げの会場だった。賑わう店だが、個室に入ってしまえばざわめきは気にならない。結構な値段……酒を呑んだら一人一万円はかかるな、と私はメニューを眺めた。私自身は、打ち上げの予算を心配するほど財布が寂しいわけではないが、村木はどうなのだろう。ビールで軽く乾杯すると、村木はさらにリラックスしてきた。上着を脱ぎ、ネクタイを緩めて、顔には珍しく笑みを浮かべている。

「安心するにはちょっと早過ぎないか?」私はつい忠告した。「まだ警察にも行ってない。向こうが実際にどういう捜査をするかは分からないんだぞ」

「ある程度、こっちでも予測はできるけどね。というか、こちらのシナリオに沿って捜査してもらうのよ」佐知子がさらりと言った。

「そんなことができるのか?」

「問題の二人が勝手に暴走して、会社にも詳しく報告しないまま犯行に走った——そういうことにしたいの」

「村木もそれでいいのか?」私は隣に座る村木に話を振った。

「実際そうなんだし、それしかないだろう」村木の表情がまた暗くなった。「結局、俺がすべきことは何か——会社を守ることだ」

「ああ」

「そのためには、二人に全部背負ってもらうしかない。あの二人が勝手にやったのは間違いないんだから。他の人間は全然知らないことだ」

「社長のお前でさえ」

「そうだ……監督不行き届きだったことは認めざるを得ない。だから、俺は責任を問われるかもしれないが、会社は何とか生き残れると思う」

「しかし、世間はそうは見ないかもしれないぞ」村木の読みは甘いのでは、と私は思った。会社ぐるみの犯行——恐らく新聞はそう書き立てるだろう。

「うちは、常に新規開拓して顧客を獲得しているわけじゃない。長いつき合いの相手が多いんだ。そういう取引先は、きちんと説明すれば分かってくれると思う。耐える時間は長くなるかもしれないが、最終的に会社は立ち直れるはずだ」

「お前はどうなる」

「村木君は、万が一罪を問われるにしても、実刑を受けるようなことにはならないはずよ」佐知子が楽観的な見解を示した。「自分でこの件に手を染めていたわけではないから。私は、送検もされないと思う」

「そう上手くいくといいけど」

「下山君、ちょっと後ろ向き過ぎない？　あなたがきちんと説明してくれれば、警察は私たちのシナリオ通りに動くと思うわ」

「ああ……」そう言われても、私はまったく自信を持てなかった。今日、二人に会う前に、また安永に監視されていたことを打ち明ける。

「しつこいわね」佐知子が鼻を鳴らす。「でも、実害はないんでしょう？」

「私の気分が悪いだけだ」

佐知子が声を上げて笑う。神経に障る笑い方でむっとしたが、上手く言い返せない。

「まあ……その安永という警官の言い分も分からないじゃないよ」村木がつぶやく。

「どうして」

「棘みたいに引っかかってるんだろう。あの件は……大きな事件だった。全容が分かったとは言えないんじゃないかな。だから、現役を退いても調べ続けているのは、理解できないでもない」

「大きなお世話じゃないか」

「大学の先生なんかは、辞めた後も自分の専門の研究を続けたりするだろう？　あんな感じじゃないかな」

「迷惑だよ。他にも、つきまとわれて困っている人間がいるんじゃないか？」

「少なくとも私は、そういう苦情は聞いてないけど」佐知子が言った。「もしかしたら、あなただけが特別なのかもしれない」

「どうして」

「だって当時、警察から事情は聴かれなかったんでしょう？　警察にとっては、たった一人、逃した存在なのかもしれない」

「だとしても、四十年以上経ってからまた調べるなんてあり得ない」

「どうかな」村木が低い声で異議を唱えた。「人間は、案外しつこいから。いつまでも昔のことにこだわり続ける……お前もそうだろう」

「俺が？　どうして」

「昔の恋人を追いかけてる。お前がそういうロマンチストだとは……意外だな」村木がぽつりと言った。「真面目一辺倒の男だと思ってたよ」

「基本的には真面目だよ」

「仲間内で、男女問題で揉めたりすると、冷たい目をしてたよな」

「美保《みほ》のこととか」佐知子がメニューを見たまま指摘した。

「よせよ」

私は思わず顔をしかめた。和田《わだ》美保——私たちのグループの台風の目だったような女である。活動においてもそうだが、男女関係においても。三角関係になること二度。かかわった四人の男は、全員がグループを抜けていった。革命の難しさよりも、女の業の深さに耐えかねて——美保本人は、最後まで居残っていたはずだ。

「彼女、どうしてるんだ」

「驚くなかれ、今も同じようなことをしている」村木が言った。「いわゆる市民運動だけどな……大学を出てからずっとだぜ？　特定のセクトに参加しているわけじゃないけど、その時々で闘争目標を見つけては首を突っこんでるみたいだ。成田、沖縄、最近は原発……ちょっと節操がないな」村木の口調には、露骨に批判めいた調子があった。

「仕事は?」

「よく分からない。結婚はしていないみたいだけど、詳しい事情は知らないんだ」

「今でもつき合いがあるのか?」

「ないわよ」佐知子が苦笑した。「でも時々、向こうから一方的に連絡がくるわ。村木君にも、でしょう?」

「ああ」村木が渋い表情を浮かべて顔を擦った。先ほどまでの緩んだ態度は消えている。

「そういう人がいるのも分かるけど、困るわね……私たちももう、六十なんだから」

「俺は六十一」村木がさらりと訂正した。

「まあ、とにかく、この年までずっと、学生時代を引きずっているのはどうかと思うわ。私たちに、デモに加われとは言わないけど、カンパを要求してくるのよ」

「応じてるのか?」

「まさか」佐知子が、髪の毛が揺れるほど激しく頭を振った。「そういうのは、一度始めたらいつまでも終わりがない。それはあなたも知ってるでしょう」

「よほどの大事故が起きない限り」

本体が警察に逮捕され、組織が壊滅状態に陥るとか。私たちは、自発的に解散したのだと思う――いや、私は最後の経緯を知らない。仲間を裏切って一人で逃げ出したのだから。

私はビールを呑み干し、手酌でグラスに注いだ。ビールも、たぶんこの後呑むことになる紹興酒も好きではない。ウィスキーもあることはあるが、メニューに載っているのはハイボールだ。生《き》のままでくれと言えば応じてくれるだろうが、そういうことに変にこだわっていると思われるのも嫌だった。あれは自分だけの楽しみでいい。

「下山……あの時、どうして逃げたんだ」

村木が突然、一番嫌な質問を口にした。私はビールを一口呑み、このまま泥酔できればと願った。四十年以上、誰にもきちんと話さなかった。和彦になじられた時に、少しは話したのだが、向こうが納得したとは思えない。

「身を守るためだ」

「それでも、一言ぐらい言ってくれてもよかったじゃないか」

「そこまでの余裕はなかった。今なら携帯で簡単に連絡が取れるけど、当時はそういうわけにはいかなかったじゃないか」

私たちに特定の「アジト」はなかった。誰かの部屋、大学の一角、時には公園……そういう場所で学習し、金の相談もしてきた。しかも連絡できる相手――一人暮らしをしているメンバーの中で、電話契約をしている人間は一人もいなかった。「あの時は、取り敢えず身の回りの物をまとめて、東京から離れることしか考えていなかった」

「俺たちには——俺にはショックだったな」村木が打ち明けた。「企業爆破事件は、あの一件だけじゃなかった。先行した三菱重工爆破事件の方が大変——何人も亡くなっているし、世間的にも大変な事件だと言われていただろう。もしも抜けるなら、あの事件の直後だったんじゃないか？　なのに、その後の三井物産の時だったのはどうしてだ？」

「私はあの時、近くにいたんだ」

「ああ……そうなのか」村木の顔から血の気が引く。

「地面も空気も揺れて、爆音が聞こえて、血だらけの人たちがふらふらと出て来て……三菱重工爆破事件はテレビのニュースで観ただけだったけど、生で見た三井物産の事件は全然違っていた。あのショックは忘れられない」

「だろうな」村木が厳しい表情でうなずく。「でも、どうして逃げる必要があった？俺たちは誰も逮捕されなかったんだぞ」

「逮捕されずに済むかどうかは、誰にも分からなかったじゃないか」

「お前が逃げたことで、俺たちは崩壊した」

私は唾を呑んだ。かすかなアルコールの味が、今はむしろ不快である。ビール瓶に手を伸ばし、人差し指でゆっくりとガラスを撫でる。冷たい感触にも、気持ちが落ち着くことはなかった。

動揺していた……怖かった……全て事実である。しかしそれを認める気にはなれなかった。私はあくまで冷静に判断し、その時に最善と思われる道を選んだだけなのだ。

それが間違いだったことは、今では分かっている。正しかったとすれば、四十年以上も後悔し続けない。

「でもその後は、皆ちゃんと生きてきたのよね」佐知子がさらりとした口調で言った。

「あなたは不動産。成功したと言っていいでしょうね」

「いや、私は罪を犯している」唐突に二人に打ち明ける気になった。四十二年前のことを上手く説明できない代わり、だろうか。

「穏やかな話じゃないな」村木が目を細める。

「自分で会社を始める前だが……熱海で地上げにかかわっていた。その時に、私が交渉していた売り主が自殺したんだ」

「まさか」村木の顔が蒼褪《あおざ》める。

「本当だ。今思えば、かなり無理に売却交渉を進めていて……もちろん、暴力的な方法ではない。ただ、精神的にかなり追いこんだのは間違いない。先祖代々の土地を取り上げられると思ったんだろうな。相場よりも相当高い金を積んだので、向こうは納得したと思ったんだが、私の見込み違いだった。売買契約が成立してから一週間ほどして、売り主が自宅で首を吊った」

今思い出しても、喉が詰まるようだ。話を聞いて、慌てて病院に駆けつけた時の家族とのやり取り。後にも先にも「鬼」と言われたのはあの時だけだ。私にすれば心外でもあった。納得の上でのビジネス——しかし相手の本音を読み切れていなかった。そして、自分が相手に投げかけた言葉の数々が脳裏を過《よぎ》った。「今時土地にこだわるのは古いですよ」「今売らないと、悪質な業者が来ますよ」「これだけ金を積んでいるのに、どこまで強欲なんですか」。一つ一つの言葉が、彼を追いこんでいたのだろう。

「あの頃は、そういうこともあったわね」佐知子は淡々としていた。

「私はそれで、仕事の仕方を変えた。罪に問われることはなくても、人を死に追いこんだのは間違いない。だから自分で会社を立ち上げて、誠心誠意やってきた」

「バブルの頃は、皆どこかおかしくなってたのよ。村木君だって、あの頃はかなり強引に仕事をしてたんじゃない？」

「まあな」村木が顔をしかめる。「結局、俺の仕事は何だったんだろうな……卒業して、十年間商社に勤めてから、自分で会社を立ち上げた。商社時代のコネを使って、日本でも海外でもガンガン仕事をしてきた。仕事が拡大していくのが、面白くてしょうがなかったんだよ。でも結局、残ったのは想い出だけなんだよな。仕事にしがみつく気はなくなったし、後は想い出話をして孫に鬱陶しがられるジジイになるだけだ」

「どうしてそこまで疲れた？」私は思わず訊ねた。私自身は、村木のために時間を割こうと会社から身を引いたのだが……。

「学生時代の嫌な想い出を振り払いたかったのかもしれない。そのためには、必死で働くのが一番だった。でも、何十億というビジネスをまとめれば、日本経済に役に立っている実感も得られたし。でも、突っ走り過ぎたんだろうな。自分の器以上の仕事をしたら、エネルギーも切れるよ。逆によく、六十まで持ったと思う」

「吉塚はどうなんだ？」私は佐知子に話を振った。

「私？」佐知子が自分の鼻を指差す。「私は、大学で学んだことを生かしたかったし、昔の仲間を法律的な面で助けられるかもしれないと思ったから……実際に弁護士になってみると、なかなか思うようにはいかなかったけど」

「二人とも、ずっと曲がらずに歩いて来たんだな」

「あなたは、一度完全にリセットした。でもやっぱり、まだ昔とつながっているんじゃない？　昔の恋人に会いたいと思うのが、その証拠じゃない？」

「そうだよ」村木が話を引き取る。「でも、四十年以上も、まったく会ってなかったんだろう？」

「ああ」

「どうして今になって？」

「ちょっとしたきっかけがあったんだ」

新連載を読んで……とは言えなかった。説明が面倒臭いし、思いこみが激しいと笑われるかもしれない。

「あのな……一つ、忠告していいか？」

「ああ」私はネクタイを中指の腹で撫でて、背筋を真っ直ぐ伸ばした。

「何十年も前につき合っていた相手……彼女を懐かしく思うのはいいと思うよ。六十になっても、女性に対する気持ちを失わないのはいいことだ。元気な証拠じゃないか」

「ちょっと、村木君、何だかいやらしいんだけど」佐知子が厳しく指摘する。

「いやいや、それは女性も同じじゃないか？」

「実際、女性の方が元気よね」佐知子が認めた。「死ぬまで女、なんてよく言うし。私がそうかどうかは、ノーコメントだけど」

佐知子は一度結婚し、四十歳を過ぎてから離婚したと聞いた。子どもはいないそうだし、離婚後の男関係がどうなっているかは、私は知らない。敢えて聞かないことにしていた。

「いずれにせよ、お前の昔の恋人が今どうしているか、分かってるのか？」村木が訊ねる。

「いや」小説の執筆だけに専念して、静かに暮らしているのは分かった。しかし家族がいるかどうかすら分かっていない。

「結婚していたらどうするんだ？　子どもや孫に囲まれて、幸せな暮らしをしていたら？　そこにいきなりお前が入っていったらどうなるかな」

「お前、そんな常識的なことを言う人間だったか？」

「下山君が非常識過ぎるの」佐知子が援軍を買って出た。「私たち、変わったのよ」

「変わった？」

「四十年も経てば、変わらないわけがないわ。でも下山君は、変わったつもりでも変わってない……たぶん、あの時に時間を封印したんでしょう」

14

時間を封印……散会してからも、佐知子の言葉は私の頭の中をぐるぐると回っていた。確かにそうかもしれない。全てを放り出して逃げ出したことで、私は自分を過去のある時点に置き去りにしてしまったのかもしれない。確かにあの日のことは、今でもありありと記憶に刻まれたままなのだ。他の出来事が全て白黒写真なのに、あの日だけは解像度の高いカラー写真であるように。

マンションに戻る気になれず、私はぶらぶらと街を歩いた。青山通りをずっと都心に向けて……息が白く、先ほど呑んだアルコールもすっかり抜けていた。先日ジョギングしたコースを、コートのポケットに両手を突っこんだまま、うつむきがちにひたすら歩いて行く。

表参道の交差点を通り過ぎたところに、ひどく古い書店があった。レンガ造りの三階建てビルの一階と二階……建物の古さから見て、私が東京にいた頃にもあったと思われるが、記憶は定かではない。他はいずれも新しい店ばかり……いつの間にかこの付近は、東京でも一番洒落た街になったようだ。

ふらふらと外苑前交差点へ向かう。銀座線の外苑前駅がすぐ近くだ。二駅分も歩いてしまったのかと驚いたが、疲れは一切ない。この時間になれば、東京も人通りは少なく、歩きやすいのだ。引き返すか……何となく左に折れると、神宮球場がすぐ近くなのだと思い出した。学生時代、一回か二回来ただろうか。プロ野球ではなく、大学野球を観るために。入学して間もなくの頃は、野球部を応援に行くのは、大学生活の基本だと思っていた。しかし結局、大学野球にではなく学生運動にのめりこんでいく……。

恐らく私は、大学への帰属意識が極めて薄かったのだと思う。佐知子たちといて楽だったのは、無意味な組織の規律や引き締めがなかったからかもしれない。ただ理想に惹かれて集まった人間たち。本隊がはっきりした組織を持たず、指揮命令系統もちゃんとしていなかったのを、そのまま引き継いだだけ。上下関係を作らない、硬直した官僚組織にはしない――言ってみれば私たちは「群体」だったのだ。「サンゴやホヤみたいに、無性生殖した生物が固まりになって生きている。全体には脳も神経もない」といういささか気味の悪い喩えをしたのは、先ほど話題に上った美保だった。私より二歳年上の彼女は社会学部に在籍していて、生物学的視点から人間社会を分析していた。そこから出てきた理論だというが……釈然とはしなかった。個々の個性や考えはなくても、全体として大きな方向へ向かって行けばいいと言っているようなものではないか。これは共産主義ではなく、全体主義的な考え方だ。

学生運動から抜け出した後の四十二年間は、むしろ快適だった。仕事を転々として、後半のほぼ二十年間は自分で「城」を作って、その中に隠れていられた。

神宮球場の手前には秩父宮ラグビー場がある。道路側に駐車場、その奥に競技場……こんな感じだったかな、と首を捻る。どうも「あの日」以外のことは、すっかり記憶から抜け落ちたようだった。

あの日。

私は地獄を見て、それまでの自分の全てが間違っていると悟った。あの日の出来事が、リアルに脳裏に蘇る。


本隊は、私たちには決して具体的な行動計画を明かさなかった。その理由は様々に想像できる。計画が漏れるのを恐れたのかもしれないし、私たちに警察の捜査が及ばないように気を遣っていたのかもしれない。あるいは両方の理由か。

だが、情報というのは、必ずどこからか漏れる。そうでなければ、あれだけ隆盛を誇り、中学生の私の目から見たら明日にも革命が起きそうだった学生運動が、短期間に終わるわけがない。あの時も、私の耳には情報が入ってきていた——美保経由で。

彼女は私にだけ、本隊の計画を打ち明けていたのだ。それを聞いた時にまず思ったのは、その瞬間を自分の目で見たい、ということだった。後から新聞やテレビのニュースで観るのではなく、直接確認したい。危険なのは分かっていたが、気をつければ大丈夫だろうと自分に言い聞かせ、私は日比谷に赴いた。

衝撃は、想像をはるかに上回った。地震かと思うほどの揺れと、鼓膜が破裂したかと疑うばかりの爆音。逃げ惑う人の恐怖の表情、悲鳴。一刻も早く現場から離れようと全力疾走して来るサラリーマンに突き飛ばされ、私はその場に転がされてしまった。

倒れた拍子に膝を強打して、立ち上がれない。このままだと、逃げようとする人たちに踏み潰されて死ぬ——恐怖に襲われ、私は頭を抱えて丸くなった。

誰も私を踏んで行かなかった。何とか立ち上がると——そこは地獄だった。もうもうと煙が立ちこめ、あちこちで悲鳴と怒声が響く。後に私は、この事件では死者が一人も出なかったことを知るのだが、この時点では、何百人も死んだのではないかと思った。爆弾は路上ではなくビルの中にしかけられたはずだ。ここからは見えないビルの内部で多数の死者が出ているだろう。

逃げ出した。

膝の痛みはひどく、足を引きずりながらになってしまったので、途中、若いサラリーマン——私とさほど年は変わらないように見えた——が手を貸してくれた。何と馬鹿馬鹿しいことかと思い、不用心な自分に腹が立ったが、あの男が手を貸してくれなかったら、私は脱出できなかったかもしれない。

気づいた時には中央線に乗っていた。四ツ谷を過ぎ、新宿方面へ……どこからどうやって電車に乗ったのか、まったく覚えていない。正気に戻った次の瞬間にやったのは、持ち金を確認することだった。電車の中で、ポケットから財布を直接引っ張り出して確認するのは恥ずかしかったが、緊急事態だったから仕方がない。

三千五十五円。

これではどうしようもない。私は既に、家族は存在しないものと考えていたから、当然親を頼るわけにはいかなかった。

結局、友だちを裏切るしかなかった。

新宿を通過し、そのまま中野まで行く。私たちがよく泊まりこんでいる村木のアパートは、この街にあった。合鍵も預かっていたので、いつでも入れる——そして私は、村木が密かに金を貯めこんでいるのを知っていた。酔った村木が、調子に乗って「バイト代をカンパ以外に残してるんだ」と打ち明けたことがあったのだ。

アパートに入る前に、足を引きずりながら周囲を一周してみる。誰かにつけられていたらと考えると、心臓が破裂しそうなほど鼓動が高まった。

いつまでもこんなことを続けていられない——意を決してドアの前に立ち、ノックする。返事はない。いないようだ……少しだけほっとして鍵を開け、中に入る。狭い六畳間で、ドアを開けた瞬間に彼がここにいない——人の気配がしない——のは分かった。大学へ行ったか、あるいはバイトか。

靴を脱ぐ間も惜しかったが、部屋に足跡が残っていたら、後で村木が怪しむ。靴を蹴り脱ぎ、すぐに台所に向かった。流しの下のスペース……上の部分に手を這わせ、ガムテープでくっつけてあった袋を剝がす。すぐに封を開けて中身を確認した。よし……五万円と少し。本隊にカンパしながら、よく貯めこんだものだ。これだけあれば、しばらくは身を隠していられるだろう。

何か痕跡を残してないかと部屋の中を入念に確認した後、きちんと鍵をかけて部屋を出る。途端に、どっと汗が噴き出てきた。安堵からではなく、恐怖……本隊は、企業帝国主義の破壊を謳っていた。だが今日の事件では、特に帝国主義的ではない企業や、関係ない通行人まで被害を受けていたはずだ。

こんなやり方に何の意味があるのだろう。

私がそれまでの自分を全否定するきっかけだった。

私は、本隊からも特別視されていた。「単なるシンパではなく、実行部隊に入って腕をふるって欲しい」。それは誇りでもあったのだが、この日、私の誇りは打ち砕かれた。「腹腹時計」が現実になったのを見た瞬間、私の革命への理想は消散してしまった。

これにかかわってしまった自分にはもう、居場所はない。もはや犯罪者なのだ。姿を隠し、ほとぼりが冷めるまで頭を低くしているしかない。

それが四十年以上にも及ぶとは、思ってもいなかった。私は生来、臆病で用心深い性格なのだ。そうして還暦を迎え、人生を終わりから数えた方が早くなり……村木の金を盗んだことを思い出すと、また気分が暗くなる。今からでも謝るべきではないか？　いや、私は十分彼に尽くしている――。

「下山君」

いきなり背後から声をかけられ、私はびくりと体を震わせた。聞き覚えのない声――いや、そう思ったのは一瞬だった。人間は、姿形だけでなく声も年を取るが、面影は一生残る。

振り向いたらまた人生が変わってしまう――そう思ったが、反射的に振り向いてしまった。

予想通りだった。美保が立っていた。

記憶の不思議さを改めて思う。私は一発で、この女性が美保だと分かった。当時の女性としては背が高く――百六十七センチと聞いたことがあった――細長い顔に鋭い顎が特徴的だった。髪のボリュームは少し減ったようだが、基本的には四十二年前と同じようなショートカットである。

私は凍りついていたが、美保は平然と歩み寄って来た。黒いパンツに濃紺のコート姿。闇に紛れてしまいそうな格好だった。この辺も昔と変わらない……四十二年前の彼女も、いつも黒っぽい服を着ていた。

「久しぶりね」唇を歪めるように笑うのも昔のまま。普通の人が見たら、不機嫌だと思うだろう。

「ああ」返事をしたが、声がかすれてしまった。何を考えている？　頭の中で警報が鳴り響いた。

「東京にいるんだ？」

「ちょっとした用事があってね」

「仕事？」

「人に言うことじゃない」

「私にでも？」

話しながら、美保はずっと歩みを止めなかった。今や二人の間は一メートルしかない。他人を不快に思うか思わないか、ぎりぎりの距離である。彼女はいつも、近づき過ぎる癖があった——ひどい近視なのだ。少し離れると、人の顔もろくに見えなかったらしい。大学入学直後、初めて会った時には、「睨まれている」と思った。違うと分かったのは、彼女が突然当時まだ珍しかったコンタクトレンズをし始めた時である。「君、こんな顔してたんだ」と言われて呆気に取られたのを覚えている。

「こんなところで何してるんだ？」できるだけ軽い調子を装いながら、私は訊ねた。

明らかに偶然ではない。

「君を探してたんだけど」

「じゃあ、見つけたわけだ」

「そうね」

風が吹き抜け、美保の髪を揺らした。顔が少し隠れ、急に彼女の老いを意識する。突然、見知らぬ人が目の前に現れたようだった。二十歳から六十二歳へ――人の顔は完全に変わっていてもおかしくはない。彼女の目には、私の顔はどう映っているのだろう。

「私が東京にいることは知っていたんだね？」

「まあね」

「誰から聞いた？　昔の仲間か？」

「そう立て続けに質問されても」美保が苦笑する。「誰でもいいじゃない。私にも情報網があるんだから」

「なるほど……」私は深く息を吸った。胸がざわつく。

美保は、私たちのグループのトラブルメーカーだった。常に誰かに議論を吹っかけ、相手が「参った」と言うまで続ける。しかも男関係がルーズ……私たちが一緒にいたのはわずか半年ほどだが、その間に二度も三角関係の修羅場を引き起こしたのだから、彼女の倫理観は滅茶苦茶だ。もちろん恋愛は自由とはいえ、「時と場合」がある。それでも彼女を排斥しようという話にならなかったのは、本体と直接つながっていたのが彼女一人だったからだ。金の受け渡しなどは、彼女が一手に引き受けていた。私が本体の連中と会ったのも——会えない人間の方が多かった——彼女の引き合わせによるものだった。

小さな権力者。

彼女の評判は最低だった。本隊とつながりがあるのをいいことに、身勝手に振る舞っている。私たちの「上納金」を着服しているのでは、という噂もあった。男問題も含めて、いずれ彼女は追い出さなくてはいけない、と村木たちと話し合っていたものである。

しかし私も、人のことは言えない。

私の初めての女が美保だった。ただしそれは、甘美な記憶ではない。彼女とのセックスは、肉欲の高まりではなかった。私が初めてだったということもあったが、スポーツか格闘技のような感じがしたものである——息を切らし、汗を流して終わり。今思えば、彼女は私たちの組織を汚染する「毒」だったのかもしれない。

「どうしても君に聞きたかったことがあるのよ」

「ああ」

「ここで聞いていい?」

「それは、別に……」私は周囲を見回した。人通りは少ない。どこか店に入るほどのことでもないだろう。ましてや私のマンションには、彼女は入れられない。

「私、今でも活動してるのよ」

「そうなんだ」佐知子たちから聞いた話はひとまず置いて、知らないふりをすることにした。

「いろいろと……お金がなくて、いつも金策に苦労してるわ」

「私はもう、そういうこととは無関係だ」

カンパの誘いだ、とぴんときた。どうも彼女は、私のことを調べているようである。それなりに金を持っていることも分かっているのだろう。金づるを探して、私に辿り着いたのかもしれない。

「そう」

素っ気なく言って、美保が髪をかき上げる。ああ、昔もよくこうやっていた……ひどく女っぽい仕草で、活動方針などを話している時にやられると苛立ちを覚えたものだ。

「金は出さない」

「そう」

特に感情の感じられない声だった。狙いは金ではないのか……私の読みも甘くなったものだ。いつの間にか、両手を拳に握っていたことに気づく。掌には汗……そう、昔から彼女は、人に緊張感を強いる女だった。コンタクトレンズをしてからは人を睨むことはなくなったが、それでも常に睨まれているような感じがした。

「君、どうして逃げたの？」

私は唾を呑んだ。どうして誰もが私に同じ質問をする？　四十年以上前のことなのだから、もう放っておいてくれてもいいのに。

「あなたがいなくなって、私たちの組織は崩壊したのよ」

「まさか」声がかすれる。

「知らなかったの？　知らないでしょうね。君は逃げて隠れて、一切の連絡を絶った」

「私一人が抜けたぐらいで、組織が潰れるはずがない」村木もそれらしいことは言っていたが……。

美保がさらに一歩詰め寄って来た。既に間隔は五十センチほどしかない。彼女の息遣いが聞こえるほどの距離に、私は鼓動が高鳴ってくるのを感じた。緊張――それも嫌な緊張。唐突に彼女の前髪が垂れ、右目を覆い隠す。左目だけが私を捉えているのに、逆に眼光が鋭くなったように見えた。

「君は、本隊にとっても希望の星だった。皆、君を買っていたのよ？　だから私も、君を本隊に引き合わせた。それなのに君は逃げ出した……あの時、何があったの？」

「今さらそんなことを言っても、仕方ないだろう。全部終わったことだ」

「君が残っていれば、もう少し戦えたわ」

「本気でそんなこと言ってるのか？」

私は唾を呑んだ。彼女にとって闘争は未だに終わっていない……あちこちの活動に首を突っこんでいるのがその証拠だ。もちろん、当時と比べてずっと穏やかな方法だろうが。

美保が髪をかき上げた。再び現れた右目も、やはり眼光は鋭い。四十二年前と変わらず——いや、四十二年前よりも心は荒れているようだ。とその時、何を思ったのか、一歩後ろに下がり、私と距離を置く。私は呼吸するのも忘れていたことに気づき、彼女に気取《けど》られないようにゆっくりと息を吐いた。

「緊張してるんだ？」

あっさりと見透かされた。私はきつく唇を引き締めたが、それを見た美保が唇を歪ませて笑う。完全に呑みこまれている……私は何とか無事にこの場を離れる方法はないかと真剣に考え始めた。

「私は今でも君を許していない」低いが芯のある声。「まず、説明して。どうして私たちに何も言わずに逃げたのか。その後今まで、何をしていたのかも知りたいわ」

「どうして？　全部昔の話じゃないか」

「私が、知りたいから」

支離滅裂——彼女は昔からこうだった。相手を追いこむ時は徹底して理論的なのに、自分が追い詰められると途端に感情的な一面を見せる。やりにくいことこの上ないタイプだった。こういう人間が、どうして本隊とのパイプ役になれたのだろう。「女を使ったのさ」と冗談めかして言ったのは村木だった。もしもそうなら、極めて不健全な組織だったわけだし、そうでなくても、そんな風に思われてしまうこと自体が問題である。悪意のある噂が、最後は疑心暗鬼を呼ぶ。

「私は言いたくない」譲っては駄目だ、と突っぱねた。言うのは簡単かもしれないが、そうしたら負けだ。

「それが許されると思う？」

「そんなことを聞くのは君だけだよ」

「他の人間は甘いから……君だけは違うと思っていたのに」

「いい加減にしてくれ」私は焦《じ》れて、とうとう吐き出した。「今さらそんなことを話して何になる？」

「私が納得できる。でも、それだけでは済まないけどね。私は君に自己批判してもらう。今持っている全てを捨ててもね」

「自己批判しないのが、私たちのいいところだったはずだ」

「その緩さが、破滅につながったのよ……とにかく、このまま逃げ切れると思ったら大間違いだから」

私はふいに、彼女がどうして私に接触できたのか、その理由に思い至った。

「君は警察とも協力するようになったのか？」

「何言ってるの」美保の声のトーンが一段落ちた。否定。「警察は権力でしょう。私たちを抑圧する存在よ。今も昔も敵。どうして私が警察と協力しなくちゃいけないの？」

「安永という元刑事を知らないか？」

「いいえ」

私は唇をきつく引き結び、美保の目を直視した——駄目だ。本当のことを言っているのか嘘をついているのか、判断できない。彼女は決して本音を覗かせないタイプだった。だが今は……嘘をついた、と私は判断した。この二人は、どこかでつながっているのでは？　だが、いくら追及しても彼女は口を割らないだろう。万が一彼女が逮捕されても、最後まで完全黙秘を貫いたかもしれない。

「これは始まりに過ぎないから」

「何の？」

「今日が、君に対する宣戦布告」

美保の言葉に、私は背筋が凍りつく思いを味わった。やると言ったら徹底してやる

——四十年経っても、そういう性癖は変わらないだろう。

「君には自己批判してもらうわ」美保が繰り返した。「自己批判」という言葉が持つ意味の重さを十分理解して使っている。

「その先に何があるんだ？」

「ずっと自己批判……心が折れるまで」

「だから、具体的に何をしろというんだ？」

「それを自分で考えるのが自己批判じゃないの？」美保が薄く笑う。

まるで子どもの喧嘩だ。私たちより少し前の世代は、「自己批判」を声高に叫んで、その結果組織の崩壊に至った——そういうケースがあまりにも多過ぎたが故に、私たちは自己批判を避けてきた。だがあれから四十年以上経って、美保は古びた言葉を持ち出し、私を責めている。

「話にならない」私は首を横に振った。「君は、四十二年前から何も変わってないんだ——悪い意味で」

「私はそういう人生を選んだわ。後悔もしていない。君はどうなの？」

後悔のない人生などない。私の後悔よりも彼女の後悔の方が大きいというのだろうか。

15

警察行きは先延ばしになった。村木の方で細かい雑用が重なり、「打ち上げ」の翌々日まで体が空かないのだという。

空いた時間を、私は持て余した。丸一日以上の自由な時間があるのに、やることもない……だったらゆっくり休養を取るべきだが、朝五時に寝袋の中で目覚めてしまった。というより、昨夜はほとんど眠れなかった。美保との邂逅――彼女の待ち伏せと、投げつけられた言葉の数々が頭に居座り、眠気を追い出してしまったのだ。

もう少し寝ていようと思ったが、一度目が覚めてしまうともう眠れない。年を取ったからではなく、昔からこうだった。睡眠はいつも短い――何かに追われる恐怖感が常に胸にあった。どんな夜でも、続けて三時間も眠れれば上出来だった。得体の知れない夢で冷や汗をかいて目覚め、その後は朝まで途切れ途切れの眠りが続く。

五十歳を過ぎた頃、海外移住を考えたことがある。知り合いが一人もいない外国へ行けば、本当に過去から逃げ切れるのではないか、と。実際に、行き先も検討していた。資金が十分でなければタイ。潤沢ならハワイ。いずれにせよ金は必要だと、五十歳からはそれまでよりも一層必死に働いて金を貯めてきたのだが、いつの間にかそういう気持ちは消えてしまった。

しかしまた、海外移住計画が再浮上してくる。今だったら、ハワイで小さなコンドミニアムを買って、悠々自適に暮らしていける。あそこならジョギングも楽しいだろう。本格的に英語を勉強するのもいい。大学に残っていたら、原書で文学作品を読む講義を受けられたはずで、それができなかったことを未だに悔いている。こういう勉強は、始めるのに遅過ぎることはあるまい。

久美子と一緒ならば、新しい人生を始められる。

寝袋のファスナーを胸のところまで下げ、手を抜く。後頭部に両手をあてがい、天井を見上げた。素っ気ない、白い天井。両脇に視線を投げても、見えるのは床だけである。がらんどう……自分の人生そのものだ。ハワイの夢が一気にかき消える。

寝袋を抜け出す。外はまだ真っ暗。コーヒーが欲しかったが、当然コーヒーメーカーもないのでどうしようもない。こんな時間に開いている店もないだろう。駅前まで出れば二十四時間開いているマクドナルドがあるが、あそこでコーヒーというのも気が進まなかった。

顔だけ洗って着替え、何となく外へ出る。近くのコンビニエンスストアに寄ってコーヒーと朝刊を買い、マンションに戻った。コンビニのコーヒーなんか……と馬鹿にしていたものの、飲んでみると意外に美味い。何でも試してみるものだな、と感心する。六十になっても、新たに知ることはあるのだ。

新聞を広げた途端に、私の目はある広告に惹きつけられた。

伊崎久美子　『蒼の時間』刊行記念　サイン会

サイン会？　そうか、これがあったか。

メディアには出ないものの、久美子はサイン会やトークショーは行っている。最近私は、参加者のツイートなどで、久美子の動向を密かに追いかけていた。若い女性らしいファンが多いのが特徴で、彼女たちのツイートは、ほとんど「崇拝」と言ってもいい内容である。「女神降臨」「握手の時、まともに目を合わせられません」「『アリス』の佐子《さこ》姉さんのイメージそのまま」「写真をお見せできないのが残念。とても御年○○歳には見えません！」。さながら、憧れの大女優にでも会ったような様子である。

そう、彼女の写真はSNSには上がらない。サイン会やトークショーで撮影した写真をネットで拡散して欲しくない、と久美子の方で要請しているのだろう。そういう条件はともかく、ファンサービスはきちんとしているようだ。

『蒼の時間』は、先月出たばかりの彼女の最新刊である。私も当然読んだ。今回の主人公は、十五歳の誕生日を迎えたばかりの少年。十六歳になるまでの一年間を丁寧に描いた作品は、よくある——ありきたりの設定とも言える。ただし彼女は、舞台を戦前の満州に置いた。どういう発想からこういう小説が生まれたのかは想像もできないが、いつもの彼女らしく、巧みなストーリーテリングで読ませる。何より戦前の満州という、私がほとんど知らない世界を、よくぞここまでリアルに書いたものだと思う。もちろん、本当にリアルかどうかは、私には検証もできない。

スマートフォンを取り出し、検索を試みる。版元の響栄社のサイトを確認すると、「ニュース」の項目に「伊崎久美子先生サイン会」の情報があった。開催は今日——朝刊でわざわざ告知したのは、人が集まらないからだろうか……久美子ほどの人気作家なら、人は集まりそうなものだが。

それにしても、何というタイミングの良さだろう。たまたま私の時間が空いた日に、久美子のサイン会……やるべきことができた。大勢の人がいる中でのサイン会だから、直接話しかけるのは難しいかもしれないが、自分の存在を伝える方法は何かあるはずだ。

嫌なこと、危険なことが多い人生だったが、私は運には見放されていない。確実に彼女に近づいている。

サイン会スタートの午後四時までが長かった。私が新宿の書店に足を運んだのは午後三時。まだ一時間もあり、サイン会の会場にも入れない。私は改めて『蒼の時間』を買い、近くの喫茶店に入った。座るのももどかしく本を開く。

奉天市のその通りは自転車が忙しく行き交い、いつも賑やかな雰囲気に溢れていた。日本語の看板の数々――「婦人コート」「洋服神戸屋」「さかい」（これは何の店か覚えていない）一度も入ったことがないと思う。。

僕は毎日、この通りを一往復した。家と中学校の行き帰り。あの頃の僕にとっては、この通りが世界の全てだった。

今、改めて僕の世界を思い出してみようと思う。

そうそう、この書き出し。本の中では、随所に当時の満州の様子が活写されているのだが、資料はどうやって見つけたのだろう。奉天――満州の消えた都市――の記録は、そんなに簡単に手に入るものではあるまい。「余計なことはしない」久美子は、中国に取材に行ったりしたのだろうか。

三時五十分、私は書店に戻った。サイン会の会場は、五階のイベントスペース。私が書店を離れていたわずかな時間に人が集まってしまったようで、中には入り切れないほどだった。順番待ちの列は、階段の方まで延びている。自分の前に何人いるか分からず不安になったが、列を飛ばしてイベントスペースに入るわけにもいかず、私は最後尾についた。何時間も待たされることはないだろう。

　近くにいる人たちを見ると、圧倒的に女性が多く、私のように年がいった男は少数派だった。静かだった。こういう行列では、見知らぬ同士が暇潰しにお喋りを始めたりするものだが、久美子のファンは大人しい、というか礼儀正しいのだろう。他人の迷惑になるようなお喋りはしない……。

　イベントスペースの方から声がする。マイクなしの生声で、何か説明しているようだ。サイン会の注意だろう。声が一度途切れ、今度は階段の上から声が降ってくる。どうやら書店員の男性のようだ。

「伊崎久美子先生のサイン会、もうしばらくお待ち下さい。為書をご希望の方は、こちらで紙を用意しておりますので、あらかじめお名前をお書き下さい」

　為書……サインと一緒にこちらの名前を書いてもらうことか。これはいいチャンスだ、と私は思った。四十二年ぶりだから、彼女は顔を見ただけでは私だと気づかないかもしれないが、名前があれば――二つが合わさって、久美子ならぴんとくるのではないだろうか。

　四時になり、列が動き始めた。そのスピードを見る限り、彼女は一人一人のサインにはそれほど時間をかけていないようである。何人ぐらい集まっているかは分からないが、それほど待たされることはないだろう。

私はスーツの襟を撫でつけた。一応、きちんとした格好……誰に会っても恥ずかしくはないはずだ。手探りでネクタイの結び目に触れ、きちんとえくぼができているのを確かめる。これがちゃんとしていないと、ネクタイ姿も間抜けなものになってしまう。

階段を一段ずつ上がる。ふいに訪れた幸運に、私は鼓動が普段より高鳴るのを感じた。まるでジョギング中のような、心地好い緊張感。途中、会場からわっと歓声が聞こえてくる。拍手も。

ついに階段を上り切り、踊り場に出る。イベントスペースのドアは大きく開け放たれており、中の様子が窺えた。

久美子は……クソ、はっきり見えない。前で列を作る人たちが邪魔になっているのだ。しかし隙間から、かすかに……ドアから一番遠い所にテーブルが置かれ、久美子がそこについていた。両脇に男性が二人。書店員か、出版社の社員だろう。顔が見えない。ずっとうつむいてサインペンを走らせているのだ。そんなに下ばかり見ていないで、顔を上げて欲しい……私の願いが通じたわけではあるまいが、久美子が唐突に顔を上げた。本を手渡し、小さく笑みを浮かべる。

変わっていない。

私の鼓動は一気に高鳴り、ジョギングの最後にスピードを上げた時のようになってきた。口の中が乾き、唾を呑むのにも苦労する。

小柄な久美子は、座っていると子どものようだった。もちろん相応に年は取っている。シャープだった顔は少しだけ肉づきがよくなり、穏やかな雰囲気を漂わせていた。髪型は……ぐっと短いショートで、私はそれに違和感を覚えた。高校生の彼女は髪を長く伸ばし、いつも二つに結んでいた。それが広がるのは、寝る時だけ……彼女の髪に顔を埋めるのが、私は大好きだった。かすかな汗の匂いとシャンプーの香りが混じり合い、えも言われぬ香りにくらくらしたものだ。

もう五十八歳だが、美しい。美しい大人になった。若い女性の崇拝者が多いのも納得できる。地味なニットのワンピース姿のせいか、美しさはかえって引き立っている。私は思わず、『蒼の時間』を強く握り締めていた。為書のための紙を受け取り、本を台にして名前を書きつけたが、手が震えてみっともない字になってしまう。何度も深呼吸して、気持ちを落ち着けようとしたが、鼓動も落ち着かない。これはまるで、ランナーズハイだ。

だが、その期待は一気に崩れ落ちた。

「下山さん」

小声で呼びかけられる。顔を上げると、目の前に響栄社の瑠奈が立っていた。困ったような怒ったような表情を浮かべ、両手を腰に当てている。小柄な彼女がそうしても、まったく迫力はないのだが。

「新井さん」私は目を瞬かせ、彼女の顔を凝視した。どうして彼女がここに……いや、担当だからいるのは当たり前か。

「困ります」

瑠奈が私の腕を摑む。私は身を翻し、彼女の戒めから逃れて、逆に腕を摑んだ。反対側に力がかかり、瑠奈が体を折り曲げて短い悲鳴を上げる。周りの人の視線が一気に集中したので、私は力を抜いて彼女を解放した。

久美子がこちらを見ている。今の騒ぎが幸いした……私は思わず彼女の名前を呼ぼうとしたが、その瞬間、もう一人の大柄な男が、目の前に立ちはだかった。店のロゴ入りのエプロンをしているので、書店員だと分かる。

「すみません、ちょっと出ていただけますか」口調は穏やかだが、店員の目は笑っていない。「他のお客さんの迷惑になりますので」

「出て下さい、下山さん」瑠奈が、平然とした口調で命じる。

「サイン会に来ただけだ」私は小声で反論した。

「とにかく、出ましょう」

結局二人がかりで、外へ押し出されてしまう。まだ階段に並ぶ人たちを横目に、一階下の踊り場まで……そこまで来ると、行列は消えていた。

「困りますよ、下山さん」瑠奈が眉をひそめる。

「サイン会があるなら、教えてくれてもよかったじゃないですか」

「そんなこと、できるわけないでしょう。あなたを伊崎先生に近づけないのも、私の仕事なんです」

「私が何をした？　彼女に迷惑をかけたわけじゃないだろう」

瑠奈はあまりにも神経質だと思った。久美子だって大人なのだから、どんな状況でも自分で対応できないはずがない。それに私は、ただ彼女に会いたいだけなのだ。彼女だって当然、それを待ち望んでいるはず……。

瑠奈が、一緒に下りて来た書店員に向かってうなずきかける。書店員がうなずき返し、身軽に階段を駆け上がって行った。

「とにかく……こんなところで話はできませんから、ちょっと出ましょう」

「あなた、仕事を放棄するつもりですか？」

「誰のためにそうなると思ってるんですか」瑠奈が溜息をこぼす。「とにかく、ちょっと話しましょう」

「あなたと話すことはない」

「それは駄目です」瑠奈は引かなかった。「下へ行きましょう。二階に喫茶店がありますから」

　今は、お茶を飲みながら話し合っている場合ではない。引くべきではない――私は何も違法行為をしているわけではないのだが、誰かの注意を引くのは本意ではなかった。ずっと世間から隠れて生きてきたのだから。

　階段で二階まで下り、書店内の喫茶店に入った。客は少ない。瑠奈は店の一番奥のテーブルに落ち着くと、すぐにコーヒーを二つ注文した。

　私は『蒼の時間』をテーブルに置き、右手をそこに乗せた。アメリカで、裁判で宣誓する時は、こんな風にするのではなかっただろうか……私にとって彼女の本は、宣誓の際に使う聖書にも等しい存在だ。

「何でここが分かったんですか」

　瑠奈が煙草に火を点ける。この前会った時は喫煙者だと気づかなかったのだが、あの時は煙草など吸えない会社のロビーだったと思い出す。私も煙草に火を点け、彼女に向かって煙を吹き出した。二人の吐いた煙が混じり合い、薄らと壁ができる。

「サイン会の件は、新聞でも告知されていた」

「そうか……あなたが見つけるとは思いませんでした」

「私は、新聞には必ず目を通す」

「はあ」頼りない声で言って、瑠奈が灰皿の縁で煙草を叩く。「何で来たんですか？

叩き出されるのは分かってたでしょう」

「私は彼女の本を買った」平手で本を叩く。あくまで軽く。久美子の本を手荒には扱えない。「だからサインをもらう権利がある」

「あなたのこと、伊崎先生に話しました」瑠奈が唐突に打ち明けた。

「それで？」

「そういう人は知らないと」

「まさか」私は身を乗り出した。「知らないわけがない」

「いいえ、先生はそもそも、あなたという人を知らないと仰ってます。忘れたんじゃないですよ？　そもそも知らないんです」瑠奈がしつこく攻撃してきた。

「あり得ない」私は首を横に振った。

「言いにくいんですが」言いにくいと言いながら、瑠奈はあっさりと言った。「妄想じゃないんですか？　ファンとしての気持ちが強過ぎて、そんな風に思ってしまうこともあるでしょう」

「私を病気扱いするのか？　事件を起こす気なんかない」

「そう言われても、全然信用できませんよ」

私は煙草を灰皿に置いたまま、身を乗り出した。

「実際に会わせてくれれば――サインをもらう時に顔を合わせれば、分かってくれるはずだ」私の名前を忘れたとは思えない。

「とにかく駄目です」瑠奈は一歩も引かなかった。「何度も言いますけど、先生は、あなたを知らないと仰っています。あなたは知り合いだと言う。こういう行き違いはトラブルの元ですし、私はとにかく、先生の言うことを信じます。担当ですから」

「私にもサインをもらう権利はあるだろう」私は繰り返し言って食い下がった。「それに私の名前と顔を見れば、彼女だって思い出すはずだ」

「とにかく、駄目です。サイン会が混乱します。引き下がってくれないなら警備員……警察を呼びますよ。あなた、警察官にはあまり会いたくないんじゃないですか」

「私の何を知っている？」

言いながら、私は一瞬で事情を悟った。和彦が瑠奈と話している。和彦がどこまで私の過去を摑んでいるかは分からないが、知っていることは全て伝えたに違いない。今、瑠奈の中にある私のイメージは「過激派崩れの不動産屋のオヤジ」だろう。

「後ろめたいこともあるんでしょう？」

「何もない」いや、たくさんある。学生時代のこともそうだし、地上げで人を死なせてしまったことも……。

「だったらどうして、何十年も東京を離れていたんですか？」

「東京以外の場所で仕事をしていたからだ」

「それじゃ説明にならないですよ」瑠奈が乱暴に煙草を揉み消した。「あなたのような人……学生運動をやっていた人って、どうして独善的なんですか？うちの会社にもそういう人がいましたけど、とにかく価値観を押しつけてくるんですよね……百かゼロか、みたいな。昔はそれでよかったかもしれませんけど、今は価値観は多様化しているんです。ご存じないんですか？」

「そうして、社会に芯がなくなっていく」

「団塊の世代こそ、いろいろなことで失敗してるじゃないですか。それなのに、どうして自信たっぷりでいられるのか、全然理解できません」

「私は団塊の世代より少し下だ」

「メンタリティは同じでしょう」瑠奈が溜息をついた。「とにかく、あなたを先生に会わせるわけにはいきません」

彼女の話を聞き流しながら、私は背広のサイドポケットに入れた想い出の品に触れた。ポケットが大きく膨らんでしまうのだが、外出する時にはできるだけ肌に近いところに持っていたい。

「彼女は私を認識していたはずだ」

「まさか」

「さっき、目が合った」

その時の久美子の表情……騒ぎを聞きつけ、何があったのかとちらりと見ただけ……表情に変化はなかったが、私はそれを彼女の「仮面」だと判断した。驚き、懐かしさ——全てを無表情な仮面の下に隠したに違いない。サイン会の最中に立ち上がり、私に駆け寄ることなどできないのだから。

「それこそ妄想です」瑠奈が呆れたように言った。「妄想かどうかは、彼女に聞いてもらえば分かる」

「いい加減にして下さい」

瑠奈が立ち上がる。呆れたような表情を浮かべて私を見下ろした。

「とにかく、もう先生には近づかないで下さい。近づいたら、法的な措置も考えます」

「そちらこそ、いい加減にしてくれないか」私は声を低くして脅しつけた。「私が何をした？　勝手な判断で決めつけないでくれ。彼女に直接確認したい」

「あなた、どうかしてますよ。昔何があったか知りませんけど、私が生まれるずっと前の話でしょう？　歴史です。しかもそれは、間違った歴史だったんじゃないんですか？」瑠奈が肩をすくめ、捨て台詞を吐いて立ち去った。結局、コーヒーには手をつけないままだった。

一人取り残された私は、コーヒーを飲んだ。苦味が強い——焦げ臭いほどだったが、今の私にはこういう厳しい味が合っている。ミッションに失敗したら、罰は必要なのだ。

「どうかしてますよ」

瑠奈の言葉が頭の中で繰り返される。そう、どうかしているかもしれない。それを言えば私は、四十二年前からずっとどうかしていたのだ。過去に残してきた大事な存在——久美子。彼女の存在は、小さな棘のように喉に刺さったままである。それを抜かない限り、痛みは決して消えない。

何を言われようが、やはり久美子に会うしかないのだ。

私は過去に足を引っ張られている。過去はずっと忌むべき、遠ざけておくべき存在だった。しかし今は過去を抱き締め、新しい形に昇華させたいと思う。

16

翌日午前十時、村木が私のマンションにやって来た。ドアを開けると、ひどく緊張した顔が覗く。

「コーヒー、持って来たぞ」

「ああ、助かる」

部屋に入ると、村木が「えらく素っ気ない部屋だな」とぽつりと言った。

「素っ気ないと言うより、何もない」片隅に丸めた寝袋、そして私の荷物が置いてあるだけである。

「何なんだ、ここ？　お前、東京にもマンションを持ってるのか」

「いや、会社の物件だ。元々賃貸用なんだけど、今は空いてるから使っているだけだ」

「さすがは不動産屋だな」

村木がゆっくりと床に腰を下ろし、あぐらをかいた。心配そうな顔つきは変わらない。

「寒いな……よくこんなところで平気だな」

「慣れだよ」

私はエアコンのリモコンを引き寄せ、温度設定を二度上げた。温風が吹き出す音が、少しだけ大きくなる。

「とにかく、ボロが出ないように設定をきちんと決めておかないとな」緊張した口調で村木が本題を切り出した。

「そうだな。私はあくまで友人代表、つき添いだ」

「つき添いの人間が事情を説明して、大丈夫だろうか」

「それは問題ないだろう。お前は、何か聴かれた時だけ答えればいい。悩んで悩んで、やっと決心して警察に足を運んだ、ということにするんだ」実際そうなのだが。

「俺は、演技は苦手だ」村木が顔を擦る。

「演技しなくても、十分悩んでいる顔に見えるよ」私は村木の顔を指差した。

「そうだよ……まだまだ安心できないけど」

「一昨日は、ずいぶん気の抜けた顔だったけどな」

「二日経ったら、また緊張してきた」村木が肩を上下させる。

「しょうがないさ」私は彼を慰め、コーヒーを一口飲んだ。「警察に行くのに、緊張しない人間なんかいない」

「お前、本当に警察に行ったことはないのか」

「免許の更新以外にはない」私は書類に視線を落としたまま答えた。何となく、話はまずい方へ向かいつつある。

「嫌なもんだぜ。事件の後、俺らも警察に何度も話を聴かれたけど、とにかく緊張するんだ。俺は吐いたぐらいだからな」

「お前が？」私は思わず声を上げた。当時の豪放磊落《らいらく》なイメージと合致しない。

「あれで目が覚めたよ。俺たちは所詮、ガキだったんだ。大人の世界に太刀打ちできるはずがない」

「えらく簡単に諦めたんだな」

「お前も諦めた口だろうが」

否定できない。実際私は、自分の過ちに気づいて逃げ出したのだから。そしてそれは上手くいき、警察に話を聴かれることもなかった。

私たちは上申書の内容を再確認し――修正が必要な場合に備えて、佐知子からノートパソコンとモバイルプリンターを借りてきていた――警察とどう話すか、想定問答を始める。しかし村木は、あっという間にギブアップしてしまった。

「向こうの出方が分からない以上、あれこれ話しても仕方ないな」

「基本、私が話す」覚悟を決めた。「どうしてもヤバいとなったら、口を挟んでくれ」

「それをどう判断するかだな」村木が顎を撫でた。少し白いものが混じった髭の剃り残しが目立つ。できればきちんと髭を剃ってから行くべきだが、そこまでの余裕はない。警察と約束をしたわけではないが、遅くなればなるほど、行きにくくなる感じがした。

「よし……これでよしとしよう」村木が膝を叩いた。あぐらをかいたままそうすると、車座になって議論をしていた四十二年前を思い出す。

「出かけるか」

「そうだな」

立ち上がった村木が呻《うめ》き声を上げ、右膝を揉む。

「どうした?」

「いや、最近、膝がな」

「柔道の古傷か?」

「そんな、何十年も前のものじゃない」苦笑しながら、村木が屈伸運動をした。「年だよ、年。お前は何ともないのか?」

「今のところは」

「自信たっぷりで羨ましい限りだな」

「いやいや……」軽く否定してから、コーヒーを飲み干す。その時ふいに、美保との再会を思い出した。彼女は礫《つぶて》のように言葉を投げつけて行ったが、一つの言葉が急に浮上してきた。破滅。「出かける前に、ちょっと聞いていいか?」

「何だ?」村木がコーヒーの蓋を開けて飲み干した後で、また蓋を閉める。

「俺たちは……結局どうなったんだ?」

「どういう意味だ?」

「いつ解散した?」

「日付なんかない」村木が厳しい表情で言った。「自然消滅だった」

「俺のせいか？」

「そうだな」村木があっさり認めた。美保と同意見——これが、彼らの共通認識なのかもしれない。

「俺が何も言わずに離れたからか？」

「お前はエースだった。エースがいきなりいなくなったら、残されたメンバーが不安になるのは当然だろう。正直、俺はお前がやばいことに巻きこまれたんじゃないかと思ってたんだ」

「どんな？」

「俺たちから離れて本隊に昇格したんじゃないかって。それなら、連絡できないのも当然だ。本気で心配してたんだぜ」

「そうか……」

「もちろん、お前が俺たちを捨てて逃げたと批判する奴もいた。俺は、お前が本隊に入ったと思ったけどな……違うと分かったのは、次の年だった」

「七五年か」私はうなずいた。この年、本隊のメンバーは一斉に逮捕されている。当然その中に私はいなかった……村木はそのことを指しているのだろう。

「本隊のほとんどのメンバーが逃げ切れなかった。その中で、お前だけが警察から逃げ切ったとは思えなかったし、そもそも名前すら出てなかったからな」

「警察には聴かれなかったのか？」

「聴かれた」村木が声を低くする。「警察はお前の存在を割り出していて、俺たちにぶつけてきた。でも、俺も他の連中も、お前のことは『知らない』と押し通した」

「そうか……」

「俺がどんな気持ちだったか、分かるか」

「いや」私は短く言った。

「何だか、全てが崩壊した感じだった。お前は、俺にとっては大きな壁だったんだよ。活動では、絶対にお前に敵わないと思った。考え方、行動力……リーダーシップもあったしな。まさにエースだった」

「そんなことはない」

「お前には、間違いなく組織の長になれる資質があったと思う。もしも俺たちが、本隊の単なる支援組織じゃなくてゲリラ部隊だったら、お前をリーダーにして成功していた可能性もある。今頃、日本は全然違う国になっていたかもしれない」

「今よりもっと悪くなっていた可能性もある」共産化した日本……日本を「資本主義の仮面を被った社会主義」と揶揄する人もいるが、仮面と中身が一致したらどうなっていたことか。

「不思議なもんだ」村木がうなずく。「世界中で社会主義は負けた。当時の社会主義の国で残っているのは、数えるほどだよな……中国は実質的に資本主義国家になったし、キューバはとうとうアメリカと和解した。北朝鮮だけが昔と同じ——どれだけ悲惨な状態かは、今ならよく分かる。当時の俺たちは何も知らなかったけどな」

「北朝鮮は難しい国だ。あの国で何が起きているかは分からない」私は応じた。

「もしも日本が共産主義国家になっていたら、世界中から相手にされずに、また鎖国になっていたかもしれない。江戸時代に逆戻りだけど、江戸時代よりずっと状況は悪いだろうな。グローバル化が進む中で、孤立して生きていくのは不可能だ」

「そういうのは……商社をやっていく中で経験したことか？」

「それもある」村木がうなずく。

「美保はどうしたんだ？　彼女は本隊とも通じていたし、一緒に逮捕されてもおかしくなかったんじゃないかな」

「警察には何度も事情を聴かれたはずだ。結局、逮捕はされなかったけど、それで変わった……というか、悪化したんだろうな」

「悪化？」

「孤立したんだよ。本隊の連中は逮捕されるし、シンパの俺たちは活動実体を失ってばらばら……でも美保だけは、それまでと同じような活動に固執した。向こうは今でも、こっちを仲間だと思ってるみたいだけど」

「彼女が意固地になったのは、私のせいだろうか」

「たぶん、な」村木がうつむき、爪を弄《いじ》った。

「結局皆、私が悪いと思っていたわけだ」

「ああ」村木があっさり認める。「一番やばい時に、船長が真っ先にいなくなったら、そりゃあ、怒るさ。船長は最後まで船に残るものだから……でも、昔の話だ」

「今はどう思ってるんだ？」

「どうもこうも」村木が肩をすくめる。「今さら何を言ってもどうしようもないじゃないか。俺たちは、それぞれの生活に精一杯だったんだから。たぶん俺は、ノンポリだった連中よりも、ずっと一生懸命仕事をしてきたと思うよ。一種の代償行為だけどな」

村木が一気に喋った。四十年間我慢してきた感情が爆発したようでもあったが、その感情は必ずしも「怒り」ではない。だったら何なのか……どうしても分からなかった。

「もしかしたら、学生運動じゃなくてもよかったのかもしれない。夢中になれるものがあれば……もしも怪我しなかったら、一生懸命柔道を続けて、警視庁に勤めていたりしてな。あそこには、柔道の選手は一杯いるんだ。俺も、柔道を始めた小学生の時に、最初に教わった先生は警察官だったし」

「そうなんだ……」

「柔道でも学生運動でも、金儲けでも、何でもいい。俺たちは、何か夢中になれるものがないと駄目な世代なんだろうな」

「しらけ世代とか言われたけど」

「好き好んでしらけたい奴はいないよ」

「それはそうだ……なあ、もういいんだよ」村木が静かに言った。「俺たちは、一生懸命生きてきた。そして六十を越えた。四十年以上前のことであれこれ言ってもしょうがない。それにお前は、困っている俺を助けようとすぐに飛んで来てくれた。感謝してるよ」

「いや」感謝されることなどない。これは一種の贖罪なのだから。

だが私は、素直にそう言えなかった。村木のようには、自分の真情を吐露できない。自分は裏切り者、脱落者だという意識は強い——つまり、私はまだ過去に生きている。そういう意味では、村木たちより美保に近い立場にいるのかもしれない。


警察署に足を踏み入れるのは、生まれて初めてだった。

地方で会社を経営していると、何だかんだで警察とのつき合いができる——防犯協会とか交通安全協会への協力は義務のようなものだ——が、私はそういうことを全て、稲垣に押しつけてきた。免許の更新で足を運んだことはあるが、「署内」に入ったことはない。

まず、話を通すのに時間がかかった。二階にある受付で事情を説明しても、なかなか話が通らない。話を聞いてくれた中年の警察官は馬鹿ではないかと思い始めたが、それでわずかに緊張が解ける。何となく、こちらの方が上の立場――相手を見下して話ができた。ただし、調子に乗るな、と自分に言い聞かせる。ここはあくまで警察であり、少しでも失敗するとまずいことになる。

話をし始めてから十分。ようやく事情を吞みこんだ警察官は、私たちをベンチに座らせ、電話をかけ始めた。電話を切ると、「そのままちょっと待って下さい」と声をかける。

「大丈夫かね」村木が小声で不安げに言った。

「大丈夫だろう。彼に話をするわけじゃない」

「だといいが……鈍そうだよな」

五分ほど待たされた。エレベーターが下りてきて、一人の背広姿の警察官――四十歳ぐらいに見えた――が受付へ向かって来る。受付の警察官と言葉を交わしながら、私たちをちらちら見ていたが、すぐに状況を把握したようだった。

「中国の関係でいらっしゃった方ですね?」

声をかけてきたので私と村木は同時に立ち上がった。この警察官は馬鹿ではない、と私は瞬時に判断した。露骨に話を切り出すのではなく、どうとでも取れる言葉を選んだのがその証拠である。私たちが何を言い出しても対応できるはずだ。

「ちょっと上まで来てもらえますか？　ここでは話しにくいので」

いよいよ署内、その中心部に突入か。私はまた、緊張感が膨らんでくるのを感じた。とにかく頑張るしかない。これから一時間ぐらいを無事に乗り切れば、私の役目は終わり、気持ちもぐっと楽になるだろう。

エレベーターで五階まで上がった。人気《ひとけ》はなく、廊下は薄暗い。省エネなのか、廊下の照明が一つおきに消されていると気づく。空気は重く冷たく、淀んだ感じがした。警察官が先に立ち、私たちを小さな会議室に案内する。狭い……四人分の椅子とテーブルで、室内はほぼ一杯になっていた。ただし窓が大きいので、さほど圧迫感はない。

「ちょっと狭くて申し訳ないんですが」

警察官が詫びを言って頭を下げる。腰の低い態度に騙されてはいけないぞ、と私は自分に言い聞かせながら名刺を交換した。「渋谷中央署警備課　山瀬《やませ》諭《さとる》」の名前を確認する。階級や役職は書いていないが、警察官の名刺はこんなものだろうか。それにしても、初めて受け取る警察官の名刺――紙切れ一枚に妙な重さを感じた。

「村木さんは商社の社長さん、下山さんは不動産会社にお勤めですか」山瀬が名刺と私たちの顔を交互に見比べる。

「二人とも、『元』です」私は訂正した。「辞めると名刺がなくなるので、取り敢えず昔の物をお持ちしました」

「村木さんの会社は、恵比寿なんですね」

「そうです」村木が答えたが、声がひっくり返ってしまい、慌てて咳払いする。

「取り敢えず、お座り下さい」

椅子を勧められ、私と村木は並んで腰を下ろした。向かいに座った山瀬が両手を組み合わせてテーブルに置き、無言で「準備万端」と告げる。

「私は、村木の古い友人です」私は緩く切り出した。最初にここをはっきりさせておかないと。「彼の相談に乗っていて、最終的に警察へ報告するのがいいだろうという結論に達しました」

「お仕事の関係の知り合いですか?」

「いや、学生時代の友人です」

「なるほど……それで、中国への不正輸出の関係と聞きましたが、どういうことですか」

山瀬の方から本題に入った。私は上申書を提出する前に、簡単に説明しておくことにした。

「実は村木の会社で、ミサイル技術に転用可能なパーツが組みこまれた工作機械を、中国の商社に売りました」

「武器輸出ということですか」山瀬の顔つきがにわかに険しくなる。

「武器に転用可能、というだけです。武器ではありません」私は訂正した。「とにかく社内調査で、中国担当の社員二人が、この輸出にかかわっていたことが分かりまして……社内で取り引き実態をごまかしながらやっていたようです」

「つまり、あなたは――」山瀬が村木に顔を向けた。「社長として、ご存じなかったということですか」

「面目ありません」村木が、テーブルに額がつきそうなほど深く頭を下げる。

「いやいや、頭を上げて下さい」苦笑しながら山瀬が言った。

このやり取りで、私は多少リラックスした。口頭で状況を説明し、満を持して「上申書」を取り出す。山瀬はすぐに、真剣な表情で読み始めた。無言の五分……山瀬がじっくりと目を通しているのが分かった。こちらとしては分かりやすいように書いたつもりだが、山瀬は慎重を期しているのだろう。私は愛用のロイヤルオークで、秒針が一周して分針が一分ずつ進むのを凝視して待ち続けた。

「なるほど」

山瀬が声を上げて沈黙が破られた時、私はびくりと身を震わせてしまった。みっともない……後ろめたいことは何もないのに。

「よく分かりました。読みやすくまとめていただいて恐縮です」山瀬はあくまで丁寧だった。「いろいろお聴きしたいことがありますが……それは村木さんの方に、でよろしいですか」

「私も説明できます」私はすかさず言った。

「いや、下山さんはあくまで友人として——今日はつき添いということですね？」

「ええ」

「こういう風に情報を提供していただくことには感謝しますが、ここから先は我々と村木さんの間の話になります」

「……そうですね」

私は村木の顔を見た。村木が気づいて、素早くうなずく。これも予想していた範囲のことだった。「というより、お前は追い出されるだろうな」と村木が皮肉っぽく言ったのを思い出す。

「村木さん、こちらでお願いしたら、書類などは揃えていただけますか？　証拠隠滅されていたら無理でしょうが……」

「大丈夫だと思います。取り引き関係の書類は私が直接確認しました。バックアップも取っています」

「結構です」山瀬がうなずく。「これは軽い事件ではありません。大きな問題になります。それは村木さんもお分かりですよね？」

「ええ」

「そういう状況が分かっていてお知らせいただいたこと、感謝します」

「私は、会社を守りたいだけなんです。もう社長は退きましたが、この会社は私が作って育てました。今回の件はあくまで、二人の社員が暴走しただけのことです。会社ぐるみということはない。それを分かっていただきたかったので、自分から名乗り出たんです」村木が必死に訴える。

「大変な勇気だと思います……取り敢えず私も、上と相談してみます。またすぐに電話しますが、いつでも連絡が取れるようにしておいて下さい」山瀬が私の名刺を確認した。「下山さんは、これで後は関係ないと思いますが……普段は静岡にお住まいなんですか？」

「今は東京にいます」

「分かりました。念のためですが、やはり連絡は取れるようにしておいて下さい。しばらくは、私が直接担当します」

　予想していたよりも簡単で楽だった……山瀬の丁寧な物腰のせいもあっただろう。しかし私は、警察署を出るまでは気を抜かないように気をつけた。ほっとして、やたら私に頭を下げる村木――彼にすれば事件は終わったも同然のようだった――と別れ、マンションに戻ったところで、やっと体から力が抜ける。

しかし一度は消えた緊張が、早くもその日の夜に蘇った。

午後七時、夕食にしようとマンションを出た途端、山瀬の姿を見つけ、一瞬足が止まってしまった。彼がいてもおかしくない――ここは渋谷中央署の管内だろう――と自分に言い聞かせたが、偶然にしては出来過ぎている。

山瀬がこちらに気づき、さっと頭を下げる。彼の顔色を窺おうとしたが、無表情だった。内心が読めない……ただ、警察で会った時の丁寧な雰囲気は薄れた感じがする。

こちらに歩み寄りながら、山瀬がまた頭を下げる。私はその場で固まったままだった。逃げ出すのも変だし、堂々と迎え入れるのも不自然かもしれない。結局どういう反応を示すべきか決められぬうちに、彼は私のプライベートな空間に入って来てしまった。

「どうも」

「何か」私はぶっきら棒に応じた。本当は丁寧に挨拶しようと思っていたのだが、実際にその段になると、上手く反応できなかった。

「ここにお住まいなんですか」山瀬が建物を見上げた。「この場所でこのマンション……相当高いでしょうね」

「どうして私がここに住んでいると思うんですか」私は柔らかく嚙みついた。先ほど渡した名刺には静岡市の住所しか書いていない。いや……何か一つでも手がかりがあれば、警察は簡単に私の居場所を割り出してしまうだろう。

「それは、まあ……仕事ですからね」山瀬が説明したが、バツが悪そうだった。

「まだ何かあるんですか？　必要な事は、警察で全部お話ししましたよ」

「ええ。大変丁寧な説明でしたし、村木社長の決断は尊敬に値します」丁寧な口調も、今は慇懃《いんぎん》無礼に聞こえる。

「私の方からは、もう話すことはありません。今日も、あくまでつき添いですから」

「あの件は、もういいんです」山瀬が素早く左右を見回した。「ここは話がしにくいですね。部屋に入れてもらってもいいですか」

「人を入れるような部屋じゃないですよ」頭の中で警戒警報が鳴り響く。警察官に一度譲歩してしまったら、そこから先はグダグダになってしまうだろう。

「私は、どこでも構いませんけどね」山瀬が耳の裏を搔いた。「立ったままでも……人に聞かれない場所ならどこでもいいんです」

「そういう内密の話なんですか」

「まあ、そうですね……喫茶店にでも行きますか」

「何だったら、食事を奢りますよ。ちょうど夕飯にしようと思っていたんです」奢る、という言葉を私は強調した。一種の買収。少しでも弱みを感じさせれば、こちらのペースに引きこめる。

「いや、飯は済ませました」山瀬がさらりと言った。「食後のコーヒーは飲みたいですけどね」

仕方ない……警察官は一度食いついたら、納得するまで絶対に離さないだろう。それにこのまま逃げ出すのは嫌だった。狙いが何なのか、知りたい。

私は近くの喫茶店に山瀬を誘った。一度も入ったことはないが、何度か通りかかった時に、煙草が吸える店だと気づいていた。ビルの一階にあり、それこそ五十年も前からやっているような感じである。この手の喫茶店は、昼間は賑わうが夜はがらがら……学生が好むような雰囲気ではなく、仕事終わりのサラリーマンはコーヒーよりも酒だろう。店の奥の席に陣取ると、私はすぐに煙草を一本引き抜いた。しかしくわえるのは躊躇する。もしも口先で煙草が震えたら、こっちの緊張を悟られてしまう。掌の上で転がしながら、しばらく唇をきつく閉じていた。震えていないと確認してようやくくわえ、火を点ける。煙を肺に入れると、すっと気持ちが落ち着いた。

二人ともコーヒーを頼み、待つ間、山瀬は私の仕事の内容を聞いてきた。静岡の不動産事情を話しながら——一番差し障りのない話だ——私は彼の顔色を窺った。相変わらず、読めない。食えない男だ、と私は警戒心を高めた。

コーヒーが来た途端、山瀬が切り出した。

「下山さん、昔うちの捜査対象だったそうですね」

「何の話ですか」いきなりそれか……短く言った後、私は必死に推理を働かせた。山瀬は、公安事件を担当する警備課の刑事であっても、専門は外事関係のはずである。もっとも、所轄の警備課にそれほど人がいるわけではなく、もしかしたら「何でも屋」かもしれない。

「古い話ですから、もうどうでもいいんですけど、ちょっと小耳に挟みましてね」

「警察は決して忘れない……申し送りされているんですか？」否定は無駄だと判断した。

「事件によっては、そういうこともあります。特に私たちが扱うような事案は……渋谷暴動事件の犯人が、未だに指名手配されているのはご存じでしょう」

私は反応しなかった――もちろん知っている。一九七一年十一月に起きた、中核派による警察官襲撃事件では、警察側に死者が一人出ている。逃亡中の犯人の一人の足取りを警察が未だに追っていることを、私はニュースで知っていた。突然、潜伏場所の情報が新たに分かったりするのだ。警察にとっても仲間が殺されたのだから、あの事件は未だに特別なものなのだろう。

「私は指名手配されているわけではない」

みる。


「えぇ、周辺事案とでも言うんですかね」

「今さら、何を……」

「私はいいんですけど、気にしている人もいるようです」

安永のことか……私はコーヒーを一口飲み、煙草を忙しなく吸った。もはや、落ち着いているとみなされるかどうかなど、どうでもよくなっていた。思い切って訊ねてみる。

「安永という公安の元刑事のことですか」

「私も面識はないんですけどね」山瀬がうなずく。

「しかし、存在は知っている」

「執念深い人らしいですよ」山瀬がワイシャツの胸ポケットから煙草を取り出した。私に向かって黙礼してから一本くわえ、素早く火を点ける。「たまに、そういう人がいるんです。本当は私たちの仕事は、定年になったら完全に終わるものです……民間人になるんですから」

「警察の仕事に首を突っこむ権利もなくなる」

「義務も、です」山瀬がうなずく。「でも、やり残した事件に縛られてしまう人間もいるんですよ。未解決の事件の犯人を捜し回ったり……見つかるわけがないんですけどね」

「だったら、安永さんがやっていることは完全な無駄だ。私のことを嗅ぎ回らないように、あなたからも忠告してくれませんか。正直言って迷惑です」

「下山さん、本当に狼グループのシンパだったんですか」まったく遠慮なしに山瀬が訊ねた。

「私から言うことはない」

「私が知りたいわけじゃないですけどね」

「じゃあ、聞かないで欲しいですね」

「まあまあ……安永さんに話したらどうですか？　当時の事情をちょっと喋れば、あの人も納得するでしょう」

「意味が分からない」私は首を横に振った。「個人的な満足のために、喋るつもりはない」

「秘密だからですか」

「それも言えない」

「そうですか……」山瀬が溜息をついた。「まあ、強制はできないんですけど、ちょっと気を遣ってもらってもいいと思いますよ」

「意味が分からない」私は繰り返した。

「安永さん、病気なんですよ」

「え？」唐突な話に、私は思わず間抜けな声を上げてしまった。

「本人に直接聞いたわけじゃないですけど、癌らしいです。余命宣告も受けているそうですよ」

「そんな風には見えなかった」

言ってしまってから、私は口を閉じた。これで、安永と会ったことを認めてしまったわけだ。しかし、山瀬はそのことについては突っこんでこない。鈍い男ではないから、敢えて触れることもないと判断したのかもしれない。

「ぎりぎりまで元気に見える人もいるそうですよ……でも、本人はいろいろ考えるでしょうね。やり残したことは何か、とか。もしもあなたが何か語ってくれれば、安永さんも安心して闘病生活を送れるんじゃないですか」

「余計なことをしないで大人しくしている方が、体にはいいと思いますがね」

「精神的な問題も大きいんですよ……だいたい、今さら喋ったからって、何かが起きるわけがないでしょう」

「そう断言できますか？」

「断言も何も、終わった事件ですよ」

「話は伺いました」私は伝票に手を伸ばした。「あなたも、本来の仕事を一生懸命やって下さい。今の話は、給料のうちに入らないでしょう」

私と山瀬の視線がしばしぶつかり合った。ほどなく、山瀬が溜息をつき、表情を緩める。

「あなた、どうしてそんなに厳しい顔をしてるんですか」

「これが普通だ」

「私の経験では、過去に何か起こして、それを乗り越えていない人間は、そういう顔になるんですけどね……まあ、いいです。四十年前のことは、警察的には終わった話ですから」

警察的には確かに終わっているかもしれない。安永にとって私は「欠けたパーツ」に過ぎず、ただ事実を知れば、彼はそれで満足するかもしれない。

だが美保はどうなる？　彼女の執念は、刑事のそれとはまた違い、より粘っこいものだ。

『1974』第五章　電話の向こう

和彦は泣いていた。

野球は、私にはやっぱり理解できない世界だったけど、球場全体の空気が震えているようで、少し怖くなった。体の芯を小刻みに揺さぶられるような。

二試合目（長嶋茂雄の本当の引退試合）が終わった後の引退セレモニー。夕暮れが迫る中、一列に並んだ巨人の選手たちと長嶋が、次々に握手を交わしていく。川上監督（和彦に聞いて初めて知った）の前では深々と一礼。

長嶋は、巨人で十七年間もプレーしたそうだ（これも和彦の受け売り）。私が生まれる前から、と考えるとその長さに驚く。悲鳴が球場を覆い尽くし、続いてスタンドを揺らすような拍手が渦巻く。この場にいる観客は、誰もが精神的に少しおかしくなっているようだった。

――日本一！

――まだやれるぞ！

様々な声が混じり合って、わーんとノイズのように球場全体を覆う中、時々野次が（この場合は野次とは言わない？）飛ぶ。長嶋は両手に持った花束を正面スタンド（私たちが座っている方だ）に向かって高々と掲げた。右腕で顔を拭う。泣いているのだと気づいた。男の人が――それもスーパースターと呼ばれる人でも泣くんだ、と私は仰天した。試合の最中ずっと暇だった私は、そこで唐突に神話的な想像を始めた。

長嶋は神だったのかもしれない。

その神が今、神としての役割を終えて地上に降りてきた。もちろん長嶋はこれからも、普通の人と同じような人生は送らないだろう（来季から巨人の監督だそうだ。これも和彦の受け売り）。でも、グラウンドで神として振る舞っていた時よりは、少しだけ普通の人に近づくのではないか？

自分でも予想していなかったけど、私は体の芯に痺れるような感覚（興奮ではない）を抱えていた。野球には相変わらず興味がなかったけど、あれは――長嶋の引退試合は単なる野球の試合ではなかった。スポーツの枠を超えたイベント。これをきっかけにプロ野球ファンになろうとは思わなかったけど、この日が私の中に長く残ることは間違いない。

帰りの電車（満員ラッシュ並み）の中で、和彦は興奮を抑えられない様子だった。目が潤んでいるのは、まったく理解不可能。長嶋の打席のシーンを盛んにまくしたてたけど、私は相槌を打つぐらいしかできなかった。

——最後がダブルプレーって長嶋らしいよね。打球が強いから、ダブルプレーになっちゃうんだ。

——一試合目にホームランを打ったんだって。そっちも見たかったたな。

いつの間にか和彦は、隣に立った中年の男性と話し始めていた。ユニフォーム姿の野球少年だから、向こうも話をしたかったのかもしれない。

二人のやり取りをぼんやりと聞きながら、私は今日が自分の人生におけるクライマックスになるだろうと考えていた。何しろ爆破事件に遭遇した後、後楽園で長嶋の引退試合を観たのだ。まさか、こんな大きな出来事が同じ日に重なるなんて。

考えているうちに、心がフラフラと揺れ出すのを感じた。これは、頭を思い切り殴られたような衝撃だ。痛みと衝撃で意識が途切れ、体に力が入らないような状態——急に震えがきて、つり革から手を離し、自分の上体を抱き締める。今日、二つの現場の両方にいた人は、どれぐらいいるのだろう。もしかしたら、日本中で私だけ？　耐えられない、と思った。和彦は爆破事件のことなど完全に頭から消えているようで（そもそも何が起きたのか分かっていないのかもしれない）長嶋、長嶋……そればかりだ。

　でも私は、そういうわけにはいかない。事件の状況はよく分かっているし、事の重大性も理解している。もしかしたら、テレビのニュースに自分が映ったかもしれない、と急に心配になった。学校をサボったことがばれたら、両親に何を言われるか。言い訳や対策を考えなければいけないと思ったけど、頭がまともに働かない。普段の私なら、こんなことは絶対にないのだけど……取り敢えず、後で和彦と口裏合わせをしておこう。でも、両親に気づかれてしまったら、素直に謝るしかないだろう。

　今日のことについて、誰かと話し合いたい。そうすれば少しは落ち着くはずだけど、その相手がいない。

　ふいに私は、一人だけ話せる相手がいると気づいた。日比谷の現場で会った刑事。彼だって忙しいはずだけど、あれこれ気を遣ってくれたし……電話したら、相談に乗ってくれるかもしれない。ただ不安な気持ちを吐き出すだけだと申し訳ない気もするけど、警察官は相談に乗るのも仕事なのではないだろうか。

　結局、両親には気づかれなかった。それで少しだけ安心して、夕食後、私はさらなる心の平穏を求めて電話をかけた。あの警察官ではなく、一番大事な人……

あらかじめ決めた手順で電話をする。二回だけ鳴らしてすぐに切り、またかけ直す。最初の電話に気づいたら、彼が自分で受話器を取ってくれることになっている。これで失敗する時もあるけど(彼はバイトで忙しいからあまり家にいないのだ)今日は何とか上手くいくように祈った。どうしても話をしたい……。

失敗した。二度目の電話で、彼のお母さんが出てしまった。慌てて受話器を置き、両手で胸を押さえて鼓動の高鳴りを鎮めようとする。彼の家族とも知り合いだけど、今日は話せない。話したく——ない。

駄目だった……そして、さらに嫌な予感が膨らむ。

彼はどこにいるのだろう。ここ数日、連絡が取れていないことが気になってきた。会う約束をすっぽかされたこともあったし……このまま二度と、彼には会えないのではないか。

私を侵す不安を聞いて欲しいのに。それに、言わなければならない大事なことがあるのに。

17

行き詰まった……目覚めた瞬間に私が思ったのはそれだった。

今まで、これほどのストレスを経験したことはなかった。村木の件は一段落したものの、久美子とのパイプがつながらなかったのが痛い。それに安永の件……山瀬まで余計なことを言ってきたので、プレッシャーが高まっている。さらに美保の存在がある。彼女は明らかに、無意味な非難を浴びせてきたのだが、振り切る方法が見つからない。また東京を逃げ出し、静岡に帰ってもいいのだが、一度私を見つけた美保は、しつこく食いついてくるだろう。だいたいまだ、東京を離れるわけにはいかないのだ。久美子に会いたい。会える可能性は、東京にいる方がずっと高いはずだ。

六時。朝食抜きで走ることにした。ストレス解消のためには、体を動かすのが一番だと経験的に分かっている。

今朝は、明治通りに出て原宿へ、さらに表参道方面へ向かうコースを取った。これだと、原宿から表参道へ、長く緩い坂を上って行くことになり、下半身に大きな負担を強いられるのだが、今は自分を徹底して虐めたい気分だった。

原宿までをウォームアップと考え、右折して表参道の交差点に向かったが、予想していたよりはるかにきつかった。傾斜はそれほど急ではないが、とにかくダラダラと長い。思っていたよりも下半身に疲れがきて、腕の振りも小さくなってくる。表参道ヒルズ——私の記憶ではここは同潤会青山アパートだった——を横目に見ながら、意識して腕を大きく振る。何とか上り切って、青山通りを右折した時には、完全に息が上がっていた。フラットな道路を走りながら呼吸を整え、宮益坂の下に差しかかる。一周では足りない。上り坂のきつさを思い出すとげんなりしたが、もう一周を自分に強いた。

二周目はさらにきつかった。精神的にも追い詰められる。肺に残った空気を全て吐き出しても雄叫びを上げて気合いを入れたい……それを我慢して、とにかくペースを乱さないように意識する。最後の苦行として、二度目の青山通りで一気にペースを上げ、宮益坂に入ったところでジョギングにした。下りでスピードを上げると、脹脛や脛に痛みが走ることもある。呼吸を整え、体を宥めながら、何とかマンションに帰り着いた。

シャワーで汗を流し、一息つく。綺麗なシャツに着替えて、朝食を摂るためにまた外に出た。街はまだ目覚めたばかりで、土曜日のせいもあってサラリーマンの姿もない。チェーンのコーヒーショップに立ち寄り、トーストとサラダのセット、それにアイスコーヒーを頼む。アイスコーヒーを飲むような陽気ではないのだが、体を内側から冷やす必要があった。

腹が膨らむと、ようやく気持ちが落ち着く。安永や美保のことはどうしようもないだろう。こちらから打って出る手を思いつかない。私の方から接触を試みれば、無駄に刺激してしまうかもしれない。気にはなるが放置だ、と方針を決めた。

一番の問題は久美子のことだ。千載一遇のチャンスであるサイン会を追い出されて、気持ちが萎んでいたのは事実……気持ちが萎めば、アイディアも浮かばない。

もう一度だけ、和彦に会おうと決めた。彼が嘘をついている——久美子と接触しているのを隠していたのは間違いないのだから、そこを突いて吐かせよう。嘘は、常に人に後ろめたさを意識させる。和彦は気が弱い男だから、少し揺さぶればこちらが欲しい情報を手に入れられるかもしれない。

しかし、どうやって接触するか……会社に電話をかけても無視される気がする。先日電話がかかってきた時に携帯の電話番号は履歴に残っているはずだが、そこにかけても出ないだろう。となると、会社の前で待ち伏せか。

いや、家に行く手はある。

和彦がどこに住んでいるか分からないが、可能性の一つは実家だ。長男である私が家を出て、両親が死んだ後、和彦が家を守っている可能性もある。

実家に行くのは、さすがに気が進まない。二度と帰るべき場所ではないと思っていたから……しかしその感情を、久美子に会いたいという欲望が上回った。幸い、今日は土曜日である。和彦が家にいる可能性は高いだろう。

よし。

意を決して、私は店を出た。午前八時。ここから実家のある街までは、電車を乗り継いで三十分ほどだ。さらに駅からは歩いて十分……その道のりをまだ覚えているだろうか。

迷った。

駅舎は改装されて新しくなり、駅周辺の様子もすっかり変わってしまっていたのだ。駅前のロータリーにある住宅地図を凝視し、さらにスマートフォンでも地図を確認して、ようやく行くべき方向が分かった。

駅前には巨大なショッピングセンターができていて、街の様相は一変していたのだが、少し歩くと馴染みの商店街が姿を現した。道路が少し曲がっていて、カーブ沿いに建ち並ぶ商店の数々……コンビニエンスストアが増えている一方で、古い看板を掲げた店もまだ残っていた。

ああ、この洋品店は……ここの娘が同級生だった。昭和三十年代、小学生の服などまだ粗末なものだったのに、その子だけはいつも綺麗な服を着ていたのを思い出す。さすがに洋品店の娘はお洒落だ……しかし今、看板はすっかり色褪せ、道路から覗ける店内もくたびれていた。扱っているのは、いったい誰が着るのか疑わしい、古びた感じの服ばかり。

今、彼女はどうしているだろう。六十歳……とうに結婚して孫がいてもおかしくないが、この家は誰が継いだのだろう。もしかしたらずっと独身か、婿を取って――彼女は一人娘だった――商売を続けているかもしれないが、そうだとしてもあまり熱心ではない感じだ。

目を逸らして、また歩き出す。いつの間にかスピードが落ちていることに気づいた。どうしても速く歩けない……一軒の店の前でまた足が止まってしまう。「富山《とみやま》文具店」。ああ、ここも小中学校の同級生の実家だ。学校の近くなのでよく買い物をしたし、遊びに来たこともある。彼はどうしただろう。高校からは別になり、私は学生運動にのめりこむようになって、彼とはほとんど会わなくなった。もしも今、ばったり再会したら、と考えると少し怖くなる。互いに認識できるだろうか。

駄目だ、ゆっくりしている場合ではない。私はうつむき、歩調を速めた。この先に小学校があるはず……記憶が次第に鮮明になってきた。小学校は同じ場所にあったが、校舎は変わっていた――当たり前か。五十年も前と同じ校舎というわけにはいかないだろう。実際、建て替えてからも結構時間が経っているようで、校舎の窓部分には耐震補強の筋交いが後づけされている。

ここへ通っていた頃は、何も考えていない子どもだったな、と思い出す。私たちの上の団塊の世代ほどではないが、とにかく同級生が多く、いつも騒がしかった記憶しかない。静かに何かを考えるような環境ではなかった。もちろん、沈思黙考するような小学生もいないだろうが。

土曜日に授業はあるのかどうか。校庭を覗きこんでみたが、子どもたちは見当たらなかった。いつまでも見ていると、今度は変質者扱いされるだろうと、苦笑しながら離れる。

さらに強く記憶に残る場所——久美子の自宅。

最初、私は目を疑った。彼女の実家は豪邸と呼ぶに相応しい造りで、広い敷地を囲う高く白い壁が、余所者が近づくのを拒絶しているようだった。その中で育った久美子……幼い頃は何度か遊びに行ったことがあるが、彼女とつき合うようになってからは避けていた。和彦は気軽に出入りしていたようだが。

その豪邸はなくなり、今は真新しいマンションが建っている。一人娘の彼女は、家を継がなかったのだろうか。もしかしたら実家をマンションに建て替え、彼女自身もここの一室に住んでいるとか……外から郵便受けを確認してみたが、彼女の名前はない。想像は様々に膨らんだ。世間から隠れるために偽名を使っているとか、結婚して苗字が変わっているとか。それなら、昔の名前はペンネームということになるわけだが……。

確かめる術《すべ》もなく、私はマンションを離れた。少し歩くと、いつの間にか実家の近くまで来ていた。周囲の家はだいぶ新しくなり、マンションも何棟か建って風景は変わっているが、かすかに昔の雰囲気は残っている。

実家はなくなっていた。確かにここなのかと、思わず住居表示を確認したが、間違いない。かつて家があった場所には、二軒の家が建っていた。こういうことはよくある。相続税を払い切れずに、親の家と土地を売却し、その土地には別の人が住む建売住宅が建つ――私も静岡で、同じようなビジネスを何度もしてきた。一軒当たりの敷地面積は狭くなる一方……そうでなければマンションにしてしまう。

実家がこうなっていることは、予想していて然るべきだった。父親が亡くなったのは十年前、その二年後には母親も亡くなったと、先日和彦から聞いた。和彦が既に結婚して家を出ていたら、わざわざ相続税を払ってまで古い家を引き継ぐ気になれなくても当然である。

他の手がかりを探そうかと思って一度踵を返したのだが、そこで気になって、表札を確認し直した。似たような建売住宅が二棟並んでおり、左側が「下山」……下山？和彦は結局、実家を建て替えたのだろうか。もちろん、同姓の別人の可能性もある。下山は、そんなに珍しい名前ではないのだ。コートのポケットに両手を突っこんだまま、表札を凝視する。

ほどなくドアが開く。顔を上げると、和彦が怒りの表情を浮かべて立っていた。

「何でここに来たんだ」

「話があるからだ」インタフォンを鳴らしてもいないのに出て来たのは、家の中から外を監視していたからだろうか。

「迷惑だ」和彦がきっぱりと言い切った。「冗談じゃない。こっちは話すことなんか何もないぞ」

「そう言わずに……家を建て替えたんだな」私は家全体を見回した。二階の道路側には出窓が二つある。右側の窓には、小さなぬいぐるみが大量に置いてある。和彦の娘――私の姪――の部屋だろうか、と想像した。和彦の家族構成すら知らないのだが。

「両親とも死んだ後に、あの馬鹿でかい家を維持していくのは大変だった。だけど兄貴には、口を出す権利はないよな？」和彦が用心するように言った。

「ああ、ない」

「だったらさっさと家から離れてくれないか」

「家族に会わせてもくれないのか」

「駄目だ」短く強い断言。顔色は青かった。

「娘がいるんだな」

「何で知ってる？」和彦の顔が引き攣った。

「二階の窓」私はぬいぐるみが並んだ窓を指差した。「あれは、お前や嫁さんの趣味じゃないだろう」

「娘にはかかわらないでくれ」ほとんど懇願するような口調だった。

「そういうつもりはない」さすがにむっとした。まるで犯罪者扱いではないか。

「とにかく、ここを離れてくれ」

「お前、どうして嘘をついた」

「嘘？　何が？」

「お前は久美子と連絡を取り合っている」

和彦が慌てて周囲を見回した。玄関から出ると、後ろ手にドアを閉める。そのまま歩道へ出て、外から門扉もすぐに閉めた。私をシャットアウトしようとしている。

「ちょっとそこまで行こう。公園がある」

「寒くないか？」私は和彦を指差した。Tシャツにトレーナーを重ね着しているだけで、足元は裸足にサンダルである。私は、薄手のコートを着ていても肌寒さを感じるぐらいなのに。

和彦は寒さを気にする様子もなく、さっさと歩いて行った。無理に横に並ぶ必要もなかろうと、私はゆっくりと彼の背中を追った。

公園までは歩いて一分ほどだった。土曜の午前中とあって、幼児と、幼児を遊ばせる母親で混み合っている。話がしにくい環境ではあったが、和彦は気にする様子もなく、どんどん公園の奥に進んで行く。ほどなく、ケヤキが枝を広げている場所まで出た。陽が射しこまずに薄暗く、冷たい風が吹いている。和彦は躊躇なく汚れたベンチに腰かけ、両手で顔を擦った。私は少し離れた位置に座り、煙草を取り出した。

「公園内は禁煙だ」和彦がすぐに指摘する。

「煩くなったな」

「とにかく禁煙だ。俺の街を汚さないでくれ」

俺の街——そう、ここが和彦の街なのは間違いない。

私の街ではない。

煙草をシャツのポケットにしまい、ちらりと和彦の顔を見た。正面から向き合わないこの状況はむしろいいかもしれない。顔を見ない方が、本音を吐けるかもしれないのだ。

「嘘の話だ」

「何のことか分からないな」和彦は目を合わせようとしない。

「お前と神保町で会った日……私と別れた後で、お前は久美子と電話で話していた」

返事がない。間違いないと確信し、私はさらに畳みかけた。

「出版業界全体として彼女を守ろうとする気持ちは分からないでもない。しかし、嘘をついてまでというのはひどくないか？」

「……サイン会に行ったそうだな」私のクレームを無視し、和彦が言った。

「新井さんから聞いたのか？」

「筒抜けだよ」

「何だか妙な話だな」私は顎を撫でた。「いったい何なんだ？　久美子はそんなに神経質なのか？」

私の記憶とは違う。彼女は恥ずかしがり屋だったが、決して神経質ではなかったのだ。サイン会でちらりと見た時にも、そういう印象はなかった。私は、人の顔から本質を見抜く能力には自信がある。つき合ってみて「第一印象とまったく違った」ということはほとんどない。

「とにかく、迷惑なんだ」

「彼女は私のことを知ってるのか？　私が東京にいることを」

「さあ、どうかな」

和彦は、瑠奈が言う前に久美子に伝えたのではないか、と私は想像した。そもそも最初に再会した後に教えていたのかもしれない。

緊急事態だから。

「どうして彼女とつながっていることを私に隠した？」

「会わせるわけにはいかない——当然だ」和彦の声に、次第に力が戻ってきた。

「どうして」

「兄貴は、久美子さんにひどいことをしたからさ。しかも謝罪もしないで、四十年以上も逃げ回っていた。そういうのは、人間として許されないだろう」

「だから今、彼女に謝ろうとしている――いや、何があったか、ちゃんと説明しようと思ってる。だからこそ、会いたいんだ」

「彼女がそれを喜ぶと思うか？」

私はコートの前をはだけ、スーツのポケットに手を入れた。そこにある想い出の品が、私に力をくれる。

「どうして、連絡も入れないでいなくなったんだ？　そのことも話せるのか？」

「話す」

「じゃあ、まず俺に話してくれ。俺にも知る権利があるんじゃないか」

「私が話したい相手は、久美子一人だけだ」

「いい加減にしてくれ！」和彦が言葉を叩きつける。「これはいったい何なんだ？兄貴、どうかしてるぜ」

「これ以上説明することはない。私が言っていることは、非常にシンプルだと思う」

「ああ、シンプルだ」和彦が認める。「シンプルだけど、完全におかしい。そういう理屈は、世間では通用しないよ」

「世間は関係ない。私と彼女の問題だ」

「兄貴は、本当に過激派と関係していたのか？」

私は口をつぐんだ。言えない。兄弟であっても言えないことだ。

「どうして何も言わない？　親父とお袋にも迷惑をかけて、それでずっと口をつぐんでいるのは、その噂が本当だったからじゃないのか？　もしかしたら、まだ警察に追われているのか？」

「それはない」しつこくつきまとってくる元刑事はいるが。

「俺に言えないことが、どうして久美子さんには言える？」

「彼女にだけは話したいんだ」

「勝手過ぎる」

ちらりと横を見ると、和彦は力なく首を横に振っていた。

「俺の経験からすると、学生運動をやってた人っていうのは、とにかく自分勝手だ。議論をしても、嚙み合うようで嚙み合わない。必ずこっちを自分の土俵に引きずりこもうとするんだ。そういうのは、結論を出すための議論じゃない。議論のための議論……兄貴たちがやっていたのは、そういうことじゃないのか」

否定はできないが、私は何も言わなかった。それこそ、議論のための議論になってしまう。

「どうしてそこまでブロックする？　お前たちが勝手に判断しているだけで、彼女が実際にどう思うかは分からないだろう」

「聞くまでもない。俺たちは、久美子さんを守らないといけないんだ。これは業界全体の総意だ」

「そんなものがあるのか？　違う会社なのに？」

「出版業界というのは、一つの大きな会社みたいなものだから。兄貴には分からないだろうけど」

結局、和彦は一切引く気配を見せなかった。どこまで意地を張るのか……呆れるのを通り越して感心してしまうほどだった。単なる野球少年だった和彦が、ここまで強い人間になるとは。私は頼もしさを感じた。

「あの日――兄貴は何をしてたんだ？」和彦がふいに訊ねる。

「あの日？」

「三井物産爆破事件の日だよ」

「お前は久美子と一緒に、後楽園に行ったんだよな？」私は逆に聞き返した。

『1974』の記述が本当ならば。和彦は一瞬黙りこんだが、結局「ああ」と短く認めた。

「兄貴が一緒に行ってくれなかったから、頼んだんだ」

「長嶋の引退試合はどうだった?」

「兄貴は観てないんだな」

「もちろん」

「それどころじゃなかったわけか……いろいろ忙しくて」和彦が皮肉っぽく言った。

「あの日は、歴史が動いたよ。後から考えると、野球そのものの質もあの日で変わった」

「そうか」

「長嶋の最後のプレーを観ても長嶋になれなかった野球少年は一杯いた。俺もその一人だよ。でも、兄貴には関係ないか。長嶋の引退試合よりももっと大事なことがあったんだよな?」

「一つだけ言っておく。私はあの爆破には一切関係していない」

「それを信じていい理由は?」

「証拠はない。ただ、私は一度も警察に逮捕されていない——やった証拠がないからだ」

「証拠の問題じゃない。やったかやっていないか、どっちなんだ」

「関与していない」

また和彦の顔を見たが、信じていないのは明らかだった。しかし、「やっていない証拠」は示せない。和彦が淡々とした口調で続ける。

「あの日、俺と久美子さんは、日比谷図書館で待ち合わせたんだ。あの辺で乗り換えて、後楽園まで行こうと決めて……それが午後一時だった」

「まさか……」私は顔から血の気が引くのを感じた。私と久美子は、同じ時間にごく近くにいたことになる。「爆発に巻きこまれたのか?」

「いや。近くにはいたけど、怪我はなかった」

「そうか」私は安堵の息を吐いた。「不幸中の幸いだな」

「あくまで他人事かよ」和彦の声には怒りが感じられた。「何でそんな風に気楽に喋れるんだ?」

「私は関与していないからだ……とにかく、久美子とつないでくれ」私は話を引き戻した。

「駄目だ」和彦は引こうとしない。「あの事件が、久美子さんにどれだけのショックを与えたか、分かるか? あれ以来、久美子さんは辛い目に遭ってばかりなんだぞ」

「私がそれを引き受ける」

「あり得ない」和彦がつぶやく。「どうしてそんなに、自分に都合よく考えられるんだ?」

「彼女を思ってのことだ」

「それが自分勝手だって言うんだよ。何なんだ？　どうして今になって、急に久美子さんに会いたいなんて言い出すんだ……ああ、還暦だからか？」和彦が馬鹿にしたように言った。

「それもあるかもしれないな」

「還暦になると、人生をまとめにかかるのか？」

「違う。ここからもう一度、新しい道を歩き出すんだ」

「俺にとって、還暦はゴールだよ……俺はもう、役員への上がり目もないから、六十で定年だ。それまでにやれることは限られている。五十を過ぎたら、急に限界が見えてきた感じだ」

「仕事が全てじゃないだろう。お前には家族がいる」

「家族だって、いずれバラバラになる」和彦が寂しそうに言った。

「上手くいってないのか？」私は反射的に訊ねた。

「それは兄貴には関係ない。言うつもりもない」

「そうか……」

「とにかく、兄貴の身勝手さには呆れるよ。四十年前とまったく変わってないんじゃないか？　進歩がないのか？」

「人間は、そう簡単には変わらない」

変わらないと信じたかった。久美子もそうであって欲しいと願った。

18

相変わらずの手詰まり状態。気分が上向かぬままマンションに戻り、私は静岡の会社に電話を入れた。稲垣が出た。

「どうかしましたか?」稲垣は忙しそうだった。何か緊急事態が起きたのかもしれない。

「いや、特に用事はないんだが……」何で電話してしまったのだろう、としどろもどろになってしまう。「会社の具合はどうかな、と思ってね」

「特に何もないですね」

「例の件はどうなってる?」

「亡くなった古谷さんの物件ですか? 問題はありません。売却交渉も順調に進めています」

「高くいけそうか?」

「ええ。ご家族には喜んでもらえると思いますよ」

「よかった」私は安堵の息を吐いた。「義理もある相手だから、よろしく頼むよ」

「その件はちゃんとやってますから」怪訝そうに稲垣が言った。

「ああ、いや……別に特別な用事はないんだ。元気かな、と思っただけで」

「社長にご心配をかけるようなことはありませんよ」

稲垣は急速に自立し、私から離れつつあるようだ。私のように反社会的な地上げを経験したことのない稲垣は、会社をクリーンに保っていくだろう――自分が作って育てた会社が遠くなっていく寂しさを実感した。

電話を切って床に寝転がる。さすがに、フローリングに直に寝ると背中のあちこちが痛く、落ち着かない。朝に続いてもう一度走るか……自分がどこに行こうとしているかも分からなくなってくる。いっそ、もっと本格的にトレーニングして、市民マラソンへの出場でも目指すべきかもしれない。それが、私の人生の大きな変化になるのではないか。

何もしていなくても腹は減る。午後一時過ぎ、私は再びマンションを出た。このマンション付近は飲食店が多く、店は選び放題であるが故に、何を食べていいか分からなくなる。こんなことすら決められないのか、と情けなくなってきた。ただぶらぶらと歩き、あまり行ったことのない方……六本木通りを目指す。青山通りを渡り、細い道を歩き始めてすぐに、安いチェーンの洋食店があるのを見つけた。これもありかもしれない。少し油を入れれば、元気が出てくるのではないだろうか。

店に入り、カウンターにつく。遅い昼食を摂る人たちで、席は半分ほど埋まっていた。ビニールコーティングされたメニューを見ると、見事に炒め物と揚げ物のオンパレードである。写真つき……視覚からの刺激で、早くも胃もたれがしてくるようだった。一番軽そうなものは何だろうと弱気に考えた末、白身魚のフライにした。フライが二片、千切りキャベツに具の少ない豚汁、ライスというシンプルな定食。あまりにも味気ないが、今はただ腹を満たすだけで十分だった。

食べ終え、ちらりと後ろを振り向く。誰もいないのを確認してメモ帳を取り出し、安永と美保の名前を書き出した。ぼうっと眺めているうちに、二人の名前をつい「＝」で結んでしまう。いやいや、これは……いつものように真っ黒に塗り潰そうと考えたが、ペンは宙に浮いたままになった。

二人には何か関係があるのではないか？

私が東京に来たタイミングで、ほぼ同時に二人が接近してきたのはいかにも怪しい。まるで、ずっと連絡を取り合っていたようではないか。二人がそれぞれ私に圧力をかけ、精神的に追いこむ――あり得ない話ではない。

もう一つの疑問。二人は、私の動きをどこで知ったのだろう。

ふいに佐知子の顔が脳裏に浮かぶ。私を東京へ呼び戻したのは彼女だ。私は村木のためと思い、迷わず四十二年ぶりに東京へ帰って来た。実際、村木は窮地に追いこまれていたわけだが……仮に、全てが仕組まれていたとしたらどうだろう。私を追いこむために、関係者全員が協力した？

メモ帳のページに大きくバツ印を描いた。それを何度も繰り返し、最後には完全に字を消してしまう。ページを破り取り、丸めて背広のポケットに落としこんだ。

金を払って外へ出ると、店の前に灰皿があるのに気づいた。食後の一服……ついでに丸めた手帳のページを取り出し、ライターで火を点けた。きちんと燃え始めたのを確認して、灰皿に捨てる。深い灰皿の底の方から、煙草の臭いとは明らかに違う焦げた臭いが立ち上り始めた。これはまずかったか……覗きこむと、小さな炎が上がっている。お茶でも買って消そうかと思った瞬間、炎は消えた。放火犯にならずに済んだとほっとして、改めて煙草に火を点ける。鼓動が乱れているのを感じて驚いた。

動揺。

これでは黒幕――誰が黒幕かは分からないが――の思うままではないか。

ほんの少し吸ったばかりの煙草を揉み消し、左右を見回しながら歩き出す。普段より早足で。

心理戦で、私は完全に後手に回っている。

マンションの前で、私は第二波の攻撃を受けた。美保。この家も割り出しているのか、とぞっとする。無視して通り過ぎようとすると、彼女は私の前に立ちはだかった。

「どう？　話す気になった？」

「話すつもりはない」今の私としては、そう言うしかない。

「自己批判するつもりはないということ？」美保が目を細める。

「ない……君の狙いは金なのか？」

「失礼ね」声が低くなり、彼女が本気で怒っているのが分かった。「私が恐喝なんてすると思っているの？」

「君たちはいつでも、金に困っていると思うけど。あの時と同じように」

「金、金ね……そんな話ばかり。理想の低い人たちばかりで困るわ」美保が肩をすくめる。

それは理想が「低い」ではなく「違う」ではないだろうか。昔の私も彼女と同じように考えていたのだが……自分たちだけが正しく、他の人間が駄目なのだと。しかし実際には、理想が違うだけなのだ。社会革新を目指す人間もいれば、自分とその周りの狭い世界の幸せを目指す人間もいる。その違いに気づかなかったのは、私がごく狭い世界だけで生きていたからだ。

それに気づいたのはいつ頃だっただろう——逃げ出すと決めた瞬間だ、と今さらながら思い出す。美保はまだそれに気づいていない、あるいは気づいていながら無理に否定しているのかもしれない。

「どうやって自己批判させるつもりだ？　子どもの喧嘩じゃないんだから、具体的に何の方法も示さないで『自分で考えろ』はないだろう」

「じゃあ、皆の前で言ってくれる？」美保の顔に意地悪な笑みが浮かぶ。

「皆？」かつての仲間たちか……無意味だと思ったが、取り敢えず否定はせず、先を促した。「誰の前で？」

「昔の仲間たち。佐知子や村木君」

「それで？　私に土下座させて、恥をかかせようというのか」

「あの時君は、恥をかかずに逃げた。今、その時のことを思い出して自己批判してもらうわ」

　何なんだ、美保のこのメンタリティは。私は怖がるよりも呆気に取られていた。まるで子どもの喧嘩ではないか。「自己批判」は他のセクトではしばしば行われていて、それが究極の形「粛清」にまで発展したのが連合赤軍事件である。極度な内向き志向が組織を崩壊させる様は、ブラックホールが生まれる瞬間のようだった。自分の重さに耐え切れず、内部に向かって崩壊し、残るのは何物も出てこられない暗い穴。

　そして、連合赤軍の一連の凄惨な事件が、学生運動を世間から隔絶させてしまった。

そういう時代に起きたのが連続企業爆破事件……一歩間違っていたら、私の人生は完全に瓦解していた。そして私より半歩だけ破滅に近かったのが美保——結局破滅はしなかったものの、私とは別の暗い穴にはまってしまったのだろう。

「来て欲しい場所があるの。午前〇時に」

「どこだ?」

「中野」

中野……嫌な記憶が脳裏に蘇る。私が東京で最後に足跡を残した、村木のアパートがあった街だ。

「昔、村木が住んでいたところじゃないか」

「そうね」

美保が私にすっと一歩近づき、紙片を差し出した。所在地が書いてあるようだ……私は瞬時躊躇った後、手を伸ばして受け取った。紅葉山公園。

「あそこか……」ぴんときて、私は顔を上げた。村木のアパートは私たちの溜まり場だったが、時々そこに近いこの公園に集まることもあった。人が多くなって部屋に入り切れなくなった時など、夜中にここで密かな相談をしていた。当時はまだ新しかったが、今はどうなっているのだろう。

「そう。覚えてる?」

「ああ」

「集会でもやる気か？　今時そういうのは流行らないいんじゃないか」

「大人数で集まるつもりはないから」

「そこで私に自己批判をさせるつもりなんだな？　だけど、それで終わりになるのか？」

「それは君の話を聞いてから考えるわ」美保の顔がますます歪んだ。

「納得しなかったらどうする？」

「それが、君の破滅の始まりね。四十二年前、君は上手く破滅を回避した。それが今、改めて始まるのよ」

「破滅、か」私はぽつりとつぶやいた。「言うのは簡単だけど、人一人を破滅させるのは難しいぞ。だいたい私には、もう何もないんだから」

「そう？　君が育てて大きくした会社があるでしょう。静岡では、ずいぶん大きな不動産会社らしいわね」

私は唇を引き結び、言葉を呑んだ。まさか、会社に手を突っこむつもりか？　彼女はずっと、私の身辺を探っていたのか？

「私はもう、あの会社とは関係ない」

「辞めたからといって、君の会社であることに変わりはないでしょう」

「否定する」

「否定しても、事実に変わりはないわ。とにかく、全てを無事に生き残らせたかったら、きちんと自己批判してもらわないと」

「君のやっていることは恐喝だ」

「何とでも言って」美保が肩をすくめる。「それにしても、君が不動産屋とはね……昔、『不動産資本主義』っていう理論を君が言い出したの、覚えてる？」

「……ああ」日本列島改造論が大ブームになったのは、私が高校生の頃だった。高速交通網の整備で地方の工業化を推進することを骨子にしたこの改造論に、私は強烈な違和感を覚えたのだった。こういう開発を進めていく上では、最終的に「土地」がポイントになる。実際、田中角栄が首相になった後、開発「候補地」となった土地では地価が急激に上昇し、その後の物価高騰にも結びついた。国土が狭い日本では、土地が金よりも強い力を持つ——若さ故の雑で強引な考えだった。

「不動産業こそ、資本主義構造の根幹にある——最大の搾取者……そう言っていた君が不動産屋なんて、笑うしかないわね」

「生きていくためだった」

「そういう理屈は、明日聞くわ……日付が変わるタイミングで待っているわ」

「誰が来るんだ？」

「それは、来てからのお楽しみということにしておきましょう」

美保が微笑む。底意地の悪さを感じさせる笑みを見て、腹の底から震えがきた。美保がすっと頭を下げて、踵を返す。私は、その背中が見えなくなるまで、固まったまま見送るしかなかった。


部屋に戻り、佐知子に電話をかける。出ない。次いで村木に電話したが、こちらも反応がなかった。思い直し、コールバックしてくれるよう、二人の留守電にメッセージを残す。

あぐらをかいて床に座り、ぼんやりと考えを巡らせる。会社の危機……美保の話を甘く考えてはいけない。彼女には独自の情報網があるのだろう。私のことを探り出したぐらいだから、静岡の会社に関しても丸裸にされているのではないだろうか。どんな攻撃をしかけてくるか分からないが、十分用心しなければならない。実際、会社に穴がないわけではないのだ。

「不動産資本主義」について改めて考える。人は太古から、様々なものを求めて争ってきた。その典型が「土地」である。恐らく最初は、水や豊かな耕作地を手に入れるため。後にはそれが国土を広げる発想につながり、戦いの規模は拡大する。戦争にまではならなくとも、土地を奪うために様々な権謀術数が巡らされてきたのは間違いないだろう。古代メソポタミアの時代から現代に至るまで……現代の日本においても、法律すれすれ、あるいは明らかに法律を犯してまで、土地を取得しようとする動きは後を絶たない。もちろん私は、自分の過去も踏まえて、違法なことはしないように十分気をつけてきた。社員教育も徹底した。しかし、法律違反すれすれの行為があったことは否定できない。そこを突かれたら、面倒なことになるだろう。

稲垣に忠告しておこうかとも思ったが、何も分からない状態でそんなことを言うと、彼を不安にさせるだけだろう。私が抜け、会社の運営で苦労している中、厄介なトラブルに巻きこまれたら、彼の精神のキャパシティを超えてしまう。真面目故に、余裕がまったくないのが、あの男の数少ない弱点なのだ。

コールバックがない。無視しているのか？　もう一度かけ直そうかと思ったが、そこでふいに嫌な予感に襲われた。先ほども考えたのだが、全員がグルという可能性はないのか？　私は、彼女たちが張った網の中に、むざむざ飛びこんでしまったのか？

荷物を探り、無意識のうちに『蒼の時間』を取り出す——久美子の本は、私にとっては聖書であると同時に精神安定剤でもある。ぱらぱらとめくっているうちに、ふとあるページで手が止まった。

その少女は、世界を変えてしまった。

それまでモノクロだった僕の世界に、急に色がついた。

まったく唐突に、この少年は自分のことだと私は確信した。戦前の満州と七〇年代の日本ではまったく事情が違うが、男女の関係にさほどの違いがあるわけではあるまい。女によって男は変わる。

久美子が、まさにそういう存在だった。

元々近所に住んでいて、子どもの頃から顔見知りだったのだが——小学校、中学校も同じだった——私の中ではずっと「子ども」の印象しかなかった。それを女として意識するようになったのは、私が大学に入った——彼女が高校に入学した春である。たまたま駅で見て、最初は別人かと思った。小学生ぐらいのイメージしかなかったのに、彼女はいきなり大人の世界に足を踏み入れていたのだ。すらりとした体つき、艶やかな髪、整った鼻と唇——ホームで見かけた瞬間に衝撃を受け、電車を一本乗り過ごしてしまったほどである。その時は当然、制服姿だったのだが、幼い印象はまったくなくなっていた。

その後も駅で何度か見かけた。声をかけるのは躊躇われたし、彼女の方では気づいてもいなかったようだが、私は急激に彼女に惹かれていくのを意識していた。その頃私は、もう美保相手に最初の体験を終えていたのだが、それはどちらかというと幻滅をもたらすものであった。しかも、彼女には男女関係の悪い噂があった……巻きこまれたら面倒なことになると、自然に距離を置き始めていた。そういう状況での久美子との出会い——再会だった。

初めて声をかけたのは、五月の後半だっただろうか。いつもの駅ではなく、自宅近くの書店。日曜日、珍しく時間が空いた私は、ぼんやりと書棚を眺めていたのだが、そこでたまたま久美子を見かけたのだった。いつもの制服姿ではなく、Tシャツにスカートという軽装が新鮮だった。Tシャツから突き出た腕は細く滑らか。制服姿ではあまり分からなかった胸の膨らみがはっきり見えて、鼓動が高鳴ったのを覚えている。おいおい、相手は高校生——この春まで中学生だったんだぞと自分を諌めたが、目の前の久美子は、完全に女だった。

久美子ちゃん、と声をかけた自分の声が、間抜けに聞こえた。久美子はすぐに振り向き、大きな目をさらに大きく見開いて驚いたが、すぐに笑顔に変わった。

英二さんですよね。

いきなり名前で呼ばれ、私の緊張感は最高潮に達した。子どもの頃から顔は知っていたとはいえ、話したことがあったかどうか……私の記憶にある限りでは、なかった。

駅、一緒ですよね。

今考えてみると間抜けな話だ。自宅近くに駅は一つしかないのだから、一緒なのは当たり前である。

だいたい同じ時間だね、と私は答えた。そうですよね、と久美子が返す。笑顔はさらに大きく、まるで花が開くようだった。

あの時どうしてお茶に誘えたのだろう。まるで街中でナンパするようなものだ。私は自分はそういうことをしない人間だと思っていたのだが、それができたのは、あれがまさに「運命」だったからだろう。会うべくして会った二人。

近くの喫茶店に入ると、ほぼ一方的に久美子が話した。特に大学の様子を聞きたがった……当時は大学進学率も今ほど高くなく、特に女性の方は低かったのだが、彼女はもう大学進学を決めていたようだった。家が裕福だったから、そう考えたのも当然だろう。

大学について、私が話せることはあまりなかった。当時の私はもう活動に首まで浸かっていて、仲間たちとの勉強会、それにカンパのためのバイトで精一杯だったからだ。

それでも私は、講義の様子などをできる限り話した。自分が愛する、アメリカの作家たちの話も。久美子は目をキラキラさせながら聞いていたが、やがて、大学の話題でなくても、その輝く表情に変わりがないことに私は気づいた。

一時間ほども話しこんだだろうか……別れ際、私はまたも無意識のうちに大胆な台詞を吐いていた。

また会えるかな。

もちろんです。彼女の素早い答えは、私を動転させた。そう言ってもらえるとは思ってもいなかったからだが、舞い上がった私はすぐに、翌朝駅で会う約束を取りつけた。もちろん、朝のラッシュ時の駅、しかもお互いに通学の途中だから時間が取れるわけではないのだが……一緒に電車に乗って時間を共有できるだけでも十分ではないかと思った。

翌朝、彼女は約束通りに現れた。いや、今考えてみれば約束も何も、いつも通りに駅に来ただけなのだが、ホームで私を見て駆け寄って来るのを見た瞬間、気絶しそうになったのを覚えている。彼女の高校までは三駅。私はずっとその先まで乗って行くのだが、わずか十分ほどの一緒の時間は、私の理性を狂わせた。

今もそうなのだろうが、当時も東京の朝の通勤通学ラッシュは殺人的だった。必然的に体が密着する。普段なら苦しいだけなのだが、久美子の体の柔らかさを直接感じた十分間は、美保との荒っぽいセックスよりもはるかに大きな快感を呼び起こした。これじゃ痴漢じゃないかと、冷静になろうとしたが、気持ちは抑えられない。久美子の方でも、必要ないのに私に体を押しつけたり、しがみついたりしているようだった。

久美子が降りる駅のホームでドアが開いた時には、私はびっしょり汗をかいていた。

初夏というにはまだ早い時期だったが……久美子を見送ろうとした瞬間、腕を引っ張られ、私はホームに出た。こんな大胆な子なのかと驚いていると、久美子はカバンに手を突っこみ、小さな封筒を取り出して私に押しつけた。

これは？

読んで下さい。

短いやり取りの後、久美子がぺこりと頭を下げて走って行った。同級生だろうか、途中で小柄な女の子と一緒になり、肩を並べる。そのまま改札の方へ向かって行ったのだが、二度振り返り、茫然と立ち尽くす私に向かってさっと頭を下げた。一緒になった女の子が、笑いながら久美子の腕を突く。あの人誰、とでも言っているようだった。

一時的に人気《ひとけ》が消えたホームのベンチに座り、改めて封筒を見る。軽く糊づけされているだけで、簡単に開いた。中に入っていたのは手紙ではなく、一枚のカード。

ずっと好きでした。おつき合いして下さい。

私は慌ててカードを封筒にしまった。誰かに見られたら、この魔法は消えてしまうかもしれない。

目を閉じ、ホームを吹き抜ける生ぬるい風に身を晒す。いやいや、とまず否定から入ったのを覚えている。私は昔から猜疑心が強いタイプで、何事にも手放しでは喜べなかったのだ。高校生にからかわれたら、洒落にならない。もしかしたら、先ほど一緒にいた子も共犯で、今頃二人で、私がどんな顔をしているだろうと話し合って笑っているとか。

もう一度カードを取り出す。几帳面な字だった。真面目な性格なのだろう。昨日、一時間話しこんだだけで、私はそういう印象を持っていたのだが、それが字にも表れているということか。

ずっと好きでした。おつき合いして下さい。

短い文章が、すっと頭の中に落ち着く。「ずっと」。彼女は、私をどこで見て——見守っていたのだろう。

翌朝も、私は同じ時間の電車に乗った——講義が二時限目からなので、そんなに早く出る必要はなかったのだが、確かめずにいられなかった。

ホームで久美子の姿を見かけた時、からかわれたわけではないと確信する。彼女の笑顔は弾けるようで、嬉しさに溢れていた。向こうから私に駆け寄って来て、手紙、と恥ずかしそうにつぶやく。

読んだよ、と答えると、むき出しの耳が真っ赤に染まる。

ああいうの、初めて書きました。

僕も初めてもらった。

本当に？

嘘なんかついてないさ。ごめん、僕の方からちゃんと言わなくちゃいけないんだけど……今度、デートしようか。

デート。

久美子の顔がさらにぱっと明るくなった。そのうち、正視できないほどになるのでは、と思ったほどだった。五月の陽光を暗く見せてしまうほどの笑顔……私はこれまで、あれほどの素敵な笑顔を見せる女性に出会ったことは一度もない。

彼女はその時、私にとっての太陽になったのだ。天にただ一つ輝く、私という地球にとっての光源。

19

結局その日、夜になっても佐知子や村木とは連絡がつかなかった。明らかにおかしい……夕飯を食べる気にもなれず、ずっと部屋にこもっていたので、頭がパンクしそうになった。美保との対決まであと三時間、正気を保っていられるかどうか、自信がない。

思い切って部屋を出てしまう。とにかく何か、腹に入れておかないと。何でもいいのだ。手っ取り早く腹を満たさないと頭も回らない。

結局、近くのハンバーガーショップに入った。ビールもあるが、食指が動かない。呑んでいる場合ではないと思ったが、そう考えた瞬間、アルコールに対する猛烈な渇望に襲われる。生《き》のウィスキーが欲しい……心と体は自分でもコントロールできないものだ、とつくづく思った。

馬鹿でかいハンバーガーは、六十歳の胃には優しくなかった。美味い——肉々しいパテは食べ応えがあった——が量が多過ぎる。結局ハンバーガーを少し残し、フレンチフライにはほとんど手をつけなかった。口の中を火傷《やけど》しそうになりながらコーヒーを急いで飲み干し、そそくさと店を出る。途端に、またも唐突にアルコールの欲求に襲われた。ほぼ無意識のうちに、すぐ近くにある店に入ってしまう。何というか……あちこちの国のエスニック料理を出すレストランのようで、店内には複雑なスパイスの香りが漂っている。失敗だったかと悔いたが、奥のカウンターの向こうに大量の酒瓶が並んでいるのを見てほっとする。馴染みの琥珀色の瓶——ウィスキーが大量にあった。

カウンターにつき、ウィスキーをストレートで注文する。灰皿が置いてあるのを確認して、私はさらにリラックスした。煙草とウィスキー……私の二つのエネルギー源だ。

ウィスキーを舐め、煙草を一服。ささくれ立っていた気持ちがすっと落ち着き、冷静に考える余裕ができた。どうやって美保と対峙するか……。

その静かな時間は、あっという間に打ち破られた。店内にはほとんど客はおらず、ジャズのBGMが低く流れているだけだったが、隣に座ってきた人物の顔を見た瞬間、また鼓動を乱された。

山瀬。

彼は私を無視して、ハイボールを頼んだ。軟弱なものを……と思ったが、そんなことを口にして、会話のきっかけを作ってはいけない。まだほとんど減っていないウィスキーを無視し、煙草を灰皿に押しつけて立ち上がろうとしたが、山瀬はさりげない口調で私を引き止めた。

「下山さんは、摑まえにくい人ですね」

「私を摑まえようとしていたんですか」

「ちょっと話をしようと思って。何度か電話したんですが、気がつきませんでした？」

私は反射的に、背広のポケットからスマートフォンを取り出した。確かに、見知らぬ番号の着信が二回あった。

「ご用件は？」

私は新しい煙草に火を点けた。

「あの件は、立件できると思います」

「わざわざそれを言いに来たんですか？」私は首を傾げて見せた。「警察が、捜査の状況をそんなに頻繁に教えてくれるとは思いませんでしたよ」

「あなたは、いろいろ考えたんじゃないですか？」

「どういう意味でしょう」

山瀬も煙草に火を点けた。疲れた様子で煙を吐き出し、そのまま灰皿に置く。細く立ち上った煙が、私たちの間でふらふらと揺れた。

「私はこの件を、本部と相談しました」

「本部……」

「桜田門ですよ。こういう大きな件は、所轄だけでは動けません。基本的には本部主導で進めるものです。それで、何を言われたと思います？」

「さあ……警察の中のことは分かりませんね」

「本部はもう、この件を調べ始めていたんですね。まだ内偵の段階で、立件できるかどうかは分からなかったということでしたが……今回の資料が手に入ったことで、立件に向けてぐっと前に進んだと言っていいでしょう」

「そうですか」村木が懸念していた通りだった。

「上手い手でしたね」

「何がですか」

　彼の言葉の裏が読めぬまま、私はざわざわとした胸騒ぎを感じた。新しい煙草に火を点け、ゆっくりと吸う。カウンターの上に煙が漂い、スポットライトのような照明を浴びて渦巻き模様ができる。私たちが馴染んだ言葉で言えば、サイケデリックな感じだ。色がついていれば、まさに六〇年代から七〇年代の雰囲気である。

「本部の捜査が迫っていた……会社の人たちにも、密かに接触していたはずです。ところが本部では、肝心の主犯格が誰なのか、割り出せていなかった。そこへ、あなたたちの情報提供ですよ？　捜査する方としてはありがたい限りですけど、タイミングが良過ぎる。まるで、飢えた狼の前に餌を投げ出すようなものです。間違いなく、食いつきますよね。そして、他のことが見えなくなる」

「よく分からない喩え話ですね」

「何かを隠すために、より大きな餌を差し出す――ダミーですね」

「私が何を隠そうとしたと思ってるんですか？」

「本当の責任者」

「それは、村木のことですか」

「社長が何も知らなかったとは思えないんですよねえ。大きな取り引きに関しては、最終的に社長の直接の決裁が必要でしょうし、取り引き実態を把握していなかったはずがない。それが本当なら、ぼんくらです」

この男は私を挑発しようとしているだけだ……乗るな、落ち着いて対応しろ、と私は自分に言い聞かせた。

「あなたと村木社長は、大学時代の仲間でしたよね」山瀬が念押しした。

「悪友、と言っていいかな」

「学生運動の仲間を悪友って言うんですか?」

私は口をつぐんだ。唾を呑んだが、通りが悪い。まるで、食道に大きな腫物でもできてしまったようだった。

「ずっとつながっていたんですか?」

「いや」

「警察の裏をかこうとするなんて、いかにも学生運動経験者のやり方に思えますけどねえ」

「昔の話だ」

「まあ、皆さんそう言いますよね」山瀬が煙草を取り上げる。一服だけしてすぐに灰皿に戻し、ハイボールを一口。「下山さん、警察を舐めてませんか？」

「そんなことはない」彼の脅しは、私の心に楔《くさび》となって打ちこまれた。

「警察を欺くぐらいは簡単だって思ってるでしょう……実際には、警察は全部分かっているんですよ。分かっていて、面倒だから立件しないこともある。コストパフォーマンスの問題です」

「それは、税金で給料をもらっている立場としてはどうなんですか」

私はやんわりと皮肉を吐いたが、山瀬はまったく堪《こた》えていないようだった。平然と煙草をくゆらせながら、ちらりと私を見る。

「労力の割に大きな事件にならない——そんな事件を無理に仕上げる必要はないんです。もちろん、突発的な事件は別ですよ？　殺人事件の犯人が逮捕されなかったら、警察は大批判を浴びます。でも、内偵捜査に関しては、事情が違います。人手と金をかけて立件しても、それが社会的にあまり意味もないこともありますから」

「今回の件は、大きな意味を持つんじゃないですか」

「事件としてはBクラス程度でしょうかね。こういう不正輸出事件は、何年かに一度は摘発されます。それよりあなたたちは——あなたはヘマしたんだと思いますよ」

「私は、善意で村木に協力しただけだ」

「警察では、善意の第三者や友人であっても、背景は調べます。あなたが四十年前に何をやっていたか……逮捕されるまではいかなかったにしても、捜査線上に上がっていたのは間違いありません。本部はその辺の事情を、しつこく知りたがるでしょうね。あなたのような背景を持った人が、警察に積極的に協力する——当然、何か裏があるんじゃないかと考えます」

「そんなものはない」私は低い口調で否定した。

「それは本部の方に言ってくれませんか」山瀬が耳を掻いた。「この件は、我々の手を離れると思います。本部主導なんで、我々はあくまでお手伝いレベルになるでしょうね。そして本部の連中がどんな風に考えて、どう判断するかは、私には分からない」

「そんなことを、どうして私に言うんですか。黙っていればいいのに」

「あなたが私に一ポイントくれたのは間違いないんですから、そのお返しです。だから、身辺には気をつけて下さい……これは忠告ですよ」

「警察官の台詞とは思えないな」

「人として忠告しているんです」

山瀬が、ハイボールをぐっと呑んだ。半分ほどに減ったグラスをぐるりと回してからカウンターに置く。体を傾けて尻ポケットから財布を抜き、千円札を一枚取り出してひらひらと振った。店員に金を渡すと、すぐに立ち上がる。

「忠告する必要なんてないのに」

「いろいろあるようですよ。あなたは、純粋に人を信じ過ぎるんじゃないですか」もったいぶった言い方だった。

「いろいろとは？」

「四十年は長い。二十歳の人間が六十歳になるわけですから……でも、人間の基本的な部分はあまり変わらないんじゃないですかね」

「あなたは、そういうことを言うには若過ぎると思うが」

「こういう商売をしていると、いろいろな人を見るんですよ。私は人間観察の達人になりました」

釣りを受け取り、私に向かって一礼する。何か言いたい。言わなければ……とも思ったが、言葉が出てこなかった。

誰もが何か企み、計画を立てているのではないか——全て、私を貶《おとし》めるために。一見親切そうに接してきた山瀬だって、裏では何を考えているか、分かったものではない。

紅葉山公園はJR中央線の南側にあり、中野駅からは歩いて十分近くかかる。私の記憶にあるよりもずっと大きかったが、それは土地の高低差を上手く利用しているせいもあるようだった。全体には二つの部分に分かれた感じ……斜面には鬱蒼とした木立、それに池があって、自然豊かな印象だ。そう、夜中にここに紛れて村木たちと話したこともあったと思い出す。

斜面を上り切ったところは、砂が敷かれた広場になっていて、中央に細長い時計台がある。それ以上に目立つのが、展示されたSL……当時、これがあったかどうかは覚えていない。近づいて説明を読むと、「C－11」という形式の機関車だと分かった。ここへ来るまで百十三万キロを走破、という説明書きに、素直に驚く。蒸気機関車というのは、何とタフな機械なのか。

ご丁寧に踏切の信号まで設置されている。しかも低い階段の先は短いホームになっていて、足元がちょうど車両と同じ高さになっているのだった。

私はホームに立ち、コートのポケットに両手を突っこんでいた。周囲にビルが建ち並んでいるせいか、不規則に強い風が吹く。今日はダウンジャケットでもいい陽気だったな、と首をすくめることになった。SLの上には屋根がさしかけられているので、街の灯りも遮られてひどく暗い。せめてSLの中に入れれば寒さは防げるのだが、もちろん塞がれていた。

ライターを点け、炎を凝視する。ニコチンへの欲求は痛切だったが、公園の中はもちろん禁煙である。溜息をつくと、かすかに白い息が顔の前に流れた。東京の晩秋はこんなに寒かったか、と驚く。東京を離れてから最も長い時間を過ごした静岡市は、やはり暖かかったのだと実感した。

左腕をポケットから引き抜き、腕時計を確認する。午前〇時五分。おかしい。美保はいろいろと問題のある女性だが、時間にだけは正確だった。待ち合わせや集合の時間に遅れたことは一度もない。

もしかしたらこれも嫌がらせだろうか、と私は考えた。わざと遅れることで、私を苛々させる……実際私は、軽い胃の痛みを意識していた。こんなことは滅多にないのだが、それだけストレスがかかっているのは間違いなかった。

じりじりと時間が過ぎる。十五分が過ぎた時、私は騙されたと確信した。もちろん途中で事故に遭ったり、体調を崩している可能性はあるが、このすっぽかしは意図的だろう。

それでも私は、あと十五分待つことにした。スマートフォンにダウンロードした本を読もうと思ったが、集中力が続かない。普段はページに視線を落とした瞬間、意識が集中するのだが。

ふと、「その夜、空に月は出ていなかった」という一節が脳裏を過る。オースターの『幻影の書』だっただろうか。何ということもないフレーズが、まさに今日と同じ……この一節がどういう状況で出てきたのかを思い出そうとしたが、無理だった。では、今日の東京は……ビルで空が切り取られているが、そのどこかに月が隠れているのかもしれない。「出ていなかった」ではなく「見えなかった」のほうが正確か。

いつの間にか、○時四十五分になっていた。寒さが足元から這い上がり、思わず身震いする。コートのボタンを全て締めていたのだが、隙間から風が入りこみ、体を芯から冷えさせた。久しぶりに一歩を踏み出すと、体がぎくしゃくする。まるで、急に十歳以上も年を取ってしまったようだった。

スマートフォンが振動する。短い振動は、メッセージが届いた証拠……慌てて取り出すと、美保からだった。

そう簡単にいくと思う？　反省した？

ふざけるな。

一気に頭に血が昇り、寒さが吹き飛ぶ。やはり彼女は、私をここに置き去りにして、精神的に揺さぶるつもりだったのだ。小学生の悪戯並みだが、私は確かに苛ついた。

返信しようか、と一瞬考える。二度とこんなことはするな、今度変なことをしたら、こちらにも考えがあると。

返信しなかったのは、こちらがそういう反応に出るのを彼女が予測しているからかもしれないからだ。向こうの思う壺にはまりたくない。それにそもそも、何の考えもなかった。反撃、あるいは彼女を封じこめるためのアイディアがあればいいのだが、今はただ、一方的に振り回されているだけだ。

無視して、私は公園を出た。ちょうど通りがかったタクシーを摑まえ、マンションの場所を告げる。シートに深く体を沈め、胸に顎を埋める。上目遣いに、夜の街を眺めた。クソ、何でこんなことに……全ては四十二年前の自分の行動に端を発しているとはいえ、納得できない。これだけの歳月が流れれば、どんなことでも時効になるはずだ。

だがそう思った瞬間、四十年という歳月は長くないと思い直す。私だって、久美子の影をずっと追いかけているのだから。

やられた。

怒りを感じるよりも呆気に取られてしまった。

マンションのドアを開けると、薄らとケミカル臭が鼻を突く。灯りを点けた瞬間、部屋の壁に真っ赤なペンキで「裏切り者」と大書してあるのが見えた。壁一面を使った大きさで、所々赤いペンキが垂れ、壁が出血したようにも見える。微妙なかすれがあり、文字も真っ直ぐ書かれていないことから、ペンキではなくスプレーを使ったのだとすぐに分かった。

まあ、どちらでもいい……呆気に取られた次の瞬間には、明確な恐怖が襲ってきた。美保がやったのは間違いないが、彼女はどうやってこの部屋に入ったのだろう。私が戻ってきた時、きちんと鍵がかかっていたから、こじ開けたのではない。合鍵だ。合鍵があれば、オートロックも突破できる。

だが彼女は、どこで鍵を手に入れたのだろう。

にわかに恐怖が高まり、私はすぐに部屋を出た。コートのポケットに突っこんだ想い出の品を、きつく握り締める。まるでお守り、唯一信じられるもののように……あまりにも強く握ったのでかすかに軋みを感じ、慌てて手を広げる。

完全にやられている。美保の手の中で踊らされているようなものだ。マンションのエントランスまで出ると、防犯カメラを睨みつけてやる。そんなことはあるはずもないが、カメラの向こうで、美保が私を見て笑っているような感じがした。

車に乗りこんだ瞬間に、思わず再びドアを押し開いてしまう。ドアが隣の車にぶつかったが、そんなことを気にする余裕もない。車に爆弾をしかけられたのでは……エンジンをかけた瞬間に爆発して、自分が吹き飛ばされる場面を想像して冷や汗が流れる。車も使えないのか……しかしこの車がないと、動きが取れない。

ドアを開けたままでエンジンを始動させる。もしも爆発したらとにかく逃げて――

しかし何事もなくエンジンはかかり、私は額の汗を拭った。

すぐにマンションの駐車場を出る。今すぐ東京から出て、どこか知らない街へ逃げたい――静岡も安全ではないような気がした――と思ったが、そうしたら完全に負けだ、と思いとどまる。しかもそれは、新たな逃亡生活の始まりになるだろう。四十二年前の私は、若さに任せて必死で逃げ回ったが、六十歳になった今、そんなことをする体力的な余裕はない。金は十分過ぎるほどあるが、あちこちをうろつく人生に耐えられるとは思わない。

銀行だ。

走り出してすぐ、私は車を路肩に停めた。歩道の縁石にタイヤがぶつかり、鈍い反動がくる。慌ててスマートフォンを取り出し、普段自分が使っている口座を確認した。不審な金の出入りはない……さすがに美保も、ここまでは手を出せないのだろうと安心したが、そのまま放置しておくわけにはいかない。毎日必ず残高を確認し、さらに新しく口座を開いて、そこに一部を移すことを考えた。どれだけ慎重になってもいい。

それにしても、このところの私は、気楽過ぎたのかもしれない。何十年も、何事もなく過ごしてきて、それが当たり前だとつい油断していたのではないだろうか。頻繁に後ろを振り返る癖、書いたメモを黒く塗り潰す癖は直らないままだが、それだけでは十分ではないだろう。

どうする？　どうすればいい？

ずっと路上に車を停めておくわけにもいかず、私は取り敢えず走り出した。行く当てはなく、夜はまだ長い。どこかのホテルに入ろうかと思ったが、尾行されている可能性を考えると、それも難しかった。

結局、首都高に入り、環状線をぐるぐると回ってひたすら時間を潰す……環状線はかなりのテクニカルコースだ。カーブは急で見通しも悪く、バックミラーをちらちらと確認している時に、壁に張りつきそうになること数度……げっそりして、次の手を考え始めた。いつまでもこんなことを続けてはいけない。

少なくとも尾行されている感じはないから、どこかに車を停めて朝までは休もう。しかし東京には、ずっと車を停めておけるような場所もない。

思いついて、三号線から東名に入った。パーキングエリアだ——あそこなら二十四時間開いている。ひたすら後ろを気にしながらアクセルを踏み続け、時にスピードメーターは百四十キロを示した。

東京から一番近い港北パーキングエリアに車を乗り入れた時には、思わず大きな溜息をついてしまった。尾行はいなかったはずだ。腕時計を確認すると、午前三時。日の出までには、まだ三時間か四時間ある。取り敢えずここに車を停めたまま、朝まで時間を潰し、その後で対策を考えよう。

　車を出ると、途端に冷たい風が容赦なく体を叩く。思わず震えがきて、自分の上半身を抱き締めた。何か、温かいものを……フードコートはこの時間でも開いており、胡椒をたっぷり効かせたラーメンの熱さが恋しくなったが、腹は減っていない。

　結局、自動販売機で缶コーヒーを買い、喫煙所を探した。最近は、高速のパーキングエリアでも喫煙者は排除される傾向にあり、喫煙所は一番端の方にある。このパーキングエリアに入ったのは初めてだが、予想通り、建物からは遠く離れた場所にあった。

　悪いことに雨が降り出している。雪になるのではないか、と思えるほどの寒さで、喫煙所に簡単な屋根があるのだけが救いだった。煙草に火を点け、ブラックの缶コーヒーを一口。苦みも渋みも足りないが、缶ならこんなものだろう。

　喫煙所には、私の他にあと二人……まだ二十代だろうが、やけに疲れたように見える女性と、中年のトラックの運転手らしき男がいた。全員が無言で空気を汚し続けている。夜中のパーキングエリアで、たまたま集った三人。オースターなら、ここから話を転がすところだが、私は何も思いつかない。何かが起きる気配もなかった。

　しまった、と思わず声に出してしまう。荷物はほとんどマンションに置いたままで、当然その中には久美子の本もある。美保は、それに気づいただろうか……彼女は妙に鋭いところがある。本から私と久美子の関係に辿り着き、彼女に危害が加えられでもしたら、死んでも死に切れない。そうならないためにも、一刻も早く久美子に会わないと。

三人の中で、私が最後まで残った。ほとんど吸わぬまま煙草はフィルター近くまで燃え、缶コーヒーも冷たくなってしまった。一気に飲み干してから新しい煙草に火を点け、これからの身の振り方を考える。マンションへ戻るべきではないかと思った。まずは荷物を回収しなければ……だがそれは、敵の罠の中に自ら足を踏み入れる行為かもしれない。

煙草を一本灰にする間、とにかくここで朝を待とうと決めた。少しでも体を休めておくことも大事だ。四十二年前もそうしたように……夜中の駅、ユースホステル、時には国道沿いのバス停。様々な場所で夜を過ごし、喩えようがないほどの孤独と恐怖を味わった。今思えば、冷や汗ものである。特にバス停……トラックのヘッドライトで照らし出される度に、うつらうつらしていた夢の世界から引きずり出された。そんな場所で野宿している人間がいれば怪しく見えるのは当然なのに、一度も警察に通報されなかったのは幸運としか言いようがない。

少ない所持金をやりくりして、煙草を吸うようになったのはその頃だったと思う。煙草はいつでも、気持ちを鎮めてくれた。それは今も変わらず、何があっても、最初の一服ですっと心が平静になる。

煙草を灰皿に放り捨て、車に戻る。離れている間に誰かが落書きしているのではと思ったが、さすがにそれはなかった。車に乗りこみ、ドアをロックしてシートを思い切り倒す。普通のセダンなのでフラットにはならないが、それでも体を休めるには十分だった。目を閉じ……眠りはやってこないが、取り敢えず横になって体を休められればいい。

——だが、気づくと私はいつの間にか眠り、目覚めていた。何ということか……自分は意外に図々しい、あるいは打たれ強いのかと苦笑してしまう。あろうことか、腹も減っていた。昨夜の食事が中途半端だったから、これは純粋な生理的欲求だろうが。

トイレに入って、敢えて冷たい水で顔を洗い、意識を完全に鮮明にする。フードコートにぶらぶらと足を運び、カツサンドと熱いコーヒーを買って朝食にした。

午前七時過ぎのフードコートには、さすがにまだ客は少ない。朝日で程よく暖まった店内で、私はできるだけゆっくりとカツサンドを咀嚼した。こういう時は焦らないのが一番。焦って喉を詰まらせるようでは、ますます相手の思う壺だ。

食事の後で、煙草を二本吸い終えると、まずマンションのことを考える。壁の修復にどれぐらい費用がかかるかと心配になった。あくまで会社の物件である。

稲垣に電話しようかと考えたが、万が一を考えて躊躇う。美保はどこで鍵を手に入れたのか……既に私の会社にも手を伸ばしている、あるいは中にスパイを飼っているかもしれないと考えると、迂闊《うかつ》に電話もできない。

こういう時は、稲垣ではなく金山だ。この二人では、やはり金山の方が自分に近い。稲垣はあくまで自分が「部下」で、社長の立場も飾り物だと心得ていたのに対して、金山は自分に対してどこか遠慮がない部分がある。丁寧に接してはくれるのだが、自分の方が年上で、不動産業界での経験も長いことは自負しているのだろう。

いずれにせよ、金山の方が頼りになる。

「どうしました?」と訊ねる金山の声は用心深い。「電話するにはちょっと早過ぎませんか」

「逃亡中なんですよ」

「社長……朝一番の冗談としては、あまりよろしくないですよ」

「それが、あながち冗談でもないんです」

私は簡潔に事情を説明した。もちろん、四十二年前の事情は伏せる。

「警察に届け出たらどうですか」

金山の提案は、ごくまっとうなものだった。実際、他人の所有する部屋に勝手に入りこんで落書きをしたのだから、家宅侵入か何かで訴えることはできるだろう。だがそれは、私には……。

「警察へ行くのは気が進まないですね」

「もちろん、壁はすぐに直せるでしょうけど、それだけでいいんですか？　本当に社長が誰かに追われているなら、抜本的な解決にはなりませんよ」

「何か方法を考えます」

「具体的なアイディアはあるんですか」金山がぴしぴしと質問した。いつもの仕事モード……物腰は柔らかいのだが、質問は的確でツボを突いてくる。

「それはこれからです」

「私、そちらに行きましょうか？　何かお手伝いできることがあれば……」

「いや、そういう迷惑をかけるわけにはいかない」私は即座に断った。電話で話しているだけならともかく、会えば事情を全て喋ってしまうかもしれない。しかし、これまで隠してきたことを、今さら明かすわけにはいかなかった。

「しかし、気になりますね。何か心当たりはないんですか」

「ないわけではない」

「犯人については？」

「ある程度、想像はつきます」

「そこまで分かっているなら、やはり警察に行った方がいいと思いますけどね」

「そうすると、あの部屋は将来売り物になりませんよ」不動産屋が一番嫌うもの――

事件や事故の起きた部屋だ。

「それはそうですね」

電話の向こうで、金山がゆっくりと顎を撫でる様が想像できた。慎重に考えを巡らせる時の彼の癖。

「会社の方に、変な人間が接触して来ませんでしたか?」

「そういうことは……なかったと思いますけど、確証はないですよ。社員に個別に接触してくれれば、把握するのは無理です。鍵のことを考えておられるんですね?」

「ええ」

「誰かが——犯人が、うちの人間から鍵を奪って部屋に侵入した。そういう推理ですね?」

「鍵をこじ開けた形跡はありませんでしたから」

「社内に裏切り者がいるとお考えですか?」

「そう考えたくはないけど、他に鍵の出所はないはず」

「いや、まさか……」金山の口調は歯切れが悪くなった。「社長を裏切るような人間はいないでしょう」

「私とは関係ないかもしれない。何か別の理由をくっつけて、鍵を手に入れた……金を積まれれば、人間はそれぐらいのことはしてしまうんです」

「しかし、うちの会社の人間がそんなことをするとは思えません」金山が重ねて否定した。「短時間でも持ち出せば、すぐに合鍵は作れますよね。静岡駅周辺の店を当たれば、合鍵を作ったのが誰か、分かるかもしれない」

「それは難しいと思いますよ。そういうところでは、一々客の身元は照会しないんじゃないですか？　現金払いでしょうし」

「うーん……」私は唸った。今は、単に話の流れで言ってしまったのだが、合鍵を作った犯人を割り出すことの優先順位は高くない。そもそも誰が侵入したかは分かっているのだ。美保。あるいは美保に関係する誰か。

「金山さん、世の中は難しいですね」

「何を今さら、そんなことを仰いますか」金山が軽く笑った。「社長のように世の中の大変さを知っている人は、当然ご存じかと思いますが」

「まあ、そうですが、世の中は奥が深い。私が知らないこともあるでしょう……」もごもごと言って、私は電話を切った。結局、金山に話しても何の解決にもならなかった。

　取り敢えず、東京に戻ろう。ここにいても、何も動き出さない。もちろん、東京へ戻ったからといって、何が分かるわけではないのだが。

20

そのまま自宅へ戻る気にはなれなかった。何の考えもないまま首都高を走って、朝の渋滞に巻きこまれる。普段は苛つくのだが、今朝ばかりはこれもありがたい。取り敢えず車の運転をしているだけで、気は紛れる。

知らぬ間に、神保町に来ていた。ここでは和彦に会える……しかし、今そうするのは得策ではないだろう。先日も怒らせたばかりである。では、響栄社の瑠奈はどうだ？　彼女にはサイン会から叩き出されたが、簡単には諦められない。

よし、張り込みだ。美保のことは……しばらく放っておくしかない。こちらから手を出して、刺激してしまうのはよくない。

私は、響栄社の近くの駐車場に車を停めた。そこで初めて、今日は日曜日だと気づく。馬鹿馬鹿しい……曜日の感覚まで狂ってしまったのか。両手で顔を擦り、左腕を突き出して時刻を確認する。九時半。一日はまだ始まったばかりであり、しかもこれから何が起きるか分からない。

私は完全に美保の術中にはまっていた。

それでも、諦めるわけにはいかない。美保を忘れ――あるいは排除し、久美子と会うために何らかの手を考えなければならない。

背広の内ポケットを探り、名刺入れを取り出す。瑠奈は……名刺をくれなかった。無礼な話だが、これも彼女の防衛策だったのだろう。どうにもついていない。ここで手詰まりか……。

車を降り、煙草に火を点けた。日曜日の神保町、しかも雨の午前中とあって、街は死んだようだった。普段は学生やサラリーマンで賑わう街なのだが、今はその面影は微塵もない。古本屋でも回って時間を潰すか……いやいや、そんなことをしている余裕はない。

何か前向きなアイディアが浮かぶわけでもなく、私は響栄社の前まで歩いて来た。ずいぶん大きな会社で……しかし人の出入りはなく、巨大な墓標のようにも見えた。

唐突に、三井物産爆破事件を思い出す。道路を白く染めるほど砕け落ちたガラス。確か新聞の見出しには「ガラスの恐怖」とあった。その前の三菱重工爆破事件では、ガラスは凶器になり、通行人を襲った。このビルも前面がガラス張りで、もしも今爆発が起きたら、私は全身をガラス片に切り刻まれて死ぬだろう。

何ということにかかわってしまった――間接的にだが――のかと、今さらながらぞっとする。当時、美保がどうして逮捕されなかったのか、改めて不思議に思った。本隊とつながっていた彼女には、犯行を幇助した疑いがかけられてもおかしくなかったのに。

煙草を携帯灰皿に落としこみ、また歩き出す。建物に沿って歩いているうちに、裏口に出た。警備員が二人、手持ち無沙汰に立っている。ああ、土日などは昼間もここが出入り口になるわけだ、と理解した。少し離れて見ているうちに、私はこれまでの不運が一気にかき消え、幸運が巡ってきたことに感謝した。

瑠奈。くたびれたコート姿の彼女は、会社から出て来ると、いかにも面倒臭そうにのろのろと歩き出した。顔色が悪いのは、恐らく徹夜明けだからだろう。土曜の夜に徹夜……体に悪いし、結婚しているなら家庭不和の原因にもなるな、と可哀想に思った。

うつむきがちに歩いているので、瑠奈は私の存在にはまったく気づいていないようだった。しかも途中からスマートフォンを取り出し、画面を見ながら歩いている。周囲にはまったく気を遣っていないようだった。

そのまま帰るのかと思いきや、コーヒーショップに入って行く。眠気覚ましのコーヒーと朝食を求めてだろう、と私は推測した。外から見ていると、カウンターで何か頼んでいる……すぐに、トレイにコーヒーとサンドウィッチらしきものを載せ、店の奥の方へ向かった。そちらが喫煙席なのだろう。

私は外で煙草を吸いながら、五分待った。せめてサンドウィッチぐらい、落ち着いて食べる時間を与えようと思ったのである。ゆっくりと煙草を一本吸って、五分。一杯になりかけている携帯灰皿に押しこむと、私も店に入った。ブレンドコーヒーを頼んで、店の奥に向かう。ガラス張りになった喫煙席に瑠奈がいるのを確認した。

中に入ると、喫煙席に客は三人しかいなかった。ただし全員が煙草を吸っていて、空気清浄機が悲鳴を上げている。瑠奈のトレイの上にサンドウィッチがないのを確認してから、私は彼女の隣の席に腰を下ろした。テーブルは二人がけなので、彼女の斜め向かいの位置に……ちらりとこちらを見た瑠奈は、いったん手元のスマートフォンに視線を落とした後、突然体をびくりと震わせ、私を見つめて溜息をついた。

「何なんですか？　尾行でもしてるんですか」

「たまたまですよ」

「徹夜なんかするもんじゃないですね……」うんざりした様子で瑠奈が首を横に振る。

「徹夜と、私に会うこととは関係ないでしょう」

「話すことは何もありませんよ」機先を制して瑠奈が言った。

「話すことがないわけじゃないでしょう……私が知りたいことを教えてくれれば、もう二度と会いに来ませんよ」

「それは恐喝ですよね」瑠奈の表情が険しくなる。

「まさか……恐喝というのは、脅しの材料を使って取り引きをすることでしょう。私には、あなたを脅す材料が何もない」

「こうやってここにいること自体、脅しじゃないですか！」

瑠奈が強い口調で言葉を叩きつける。しかしすぐに、周囲を見回して目を伏せてしまった。喫煙席にいる他の二人の客は、私たちのやり取りに気づく様子もなかった。静かに目を閉じ、眠りを貪《むさぼ》っている。日曜朝……東京の半分の人間はまだ寝ているのではないか。

私は煙草に火を点けた。釣られるように、瑠奈も煙草をくわえる。火は点けず、口の端から垂らしたまま、情けない表情で私を見やる。

「彼女は、全然変わっていない」

「そうですか？」

「四十年以上前の面影が、まだちゃんと残っている」

「まさか」唖然とした口調で言って、瑠奈が首を横に振る。「四十年前は、中学生でしょう」

「高校生」私はすぐに訂正した。「変わったのは、髪の長さぐらいかもしれない。高校生の頃は、ずっと長かったんですよ」

「私は、今の髪型しか知りません」

「あなたは、いつから彼女を担当しているんですか」

「七年ですね」

「彼女は、七年前と変わらないということですね？」

「まあ、基本的には」

「毎日、波がなく暮らしている」

「そうできるように、私たちが努力しているんですよ。伊崎先生に迷惑がかからないように……伊崎先生に会いたいという人は多いですからね。あなたのように」恨めしげな目つきで私を見た。「でも、あなたほどしつこい人は初めてです」

「彼女は私を拒絶しない。サイン会で目が合った時に、確信した」

「本当に、そういうのはストーカーの考えですよ」瑠奈が溜息をつき、素早く煙草に火を点けた。「自分がやっていることは間違いない、正当性はこっちにある……そう考えているから、相手の迷惑も考えずに突っこんでいくんでしょう」

「それは『ブルート・フォース』のことかな」

瑠奈がすっと唇を引き締め、私の顔を真っ直ぐ見た。『ブルート・フォース』は二〇一〇年に刊行された久美子の本で、彼女にしては珍しいサスペンス仕立てのストーリーだった。本来の意味は「総当たり攻撃」。コンピューターをハッキングする際、あらゆる数字・文字の組み合わせを試みてパスワードを突破する「力技」のことらしい。好きになった相手に対して、まさに総当たり攻撃をしかけ、結果、精神的に追いこんでしまう。最後はストーカーが逆襲され、殺されて終わる——彼女のあらゆる作品の中で一番悲惨で暗い結末であり、読み終えた時に私ははっきりと違和感を覚えた。これは本当に彼女が書いたのか？　いつもの調子——精緻で優しさがある——はまったく影を潜めており、別人が書いたようだった。

「あれ、私が最初に作った伊崎先生の本です」

「そうですか」

「いっそ、あの結末通りになればいいと思いますよ」

「そうすると、久美子が犯罪者になってしまう——あるいは、あなたが久美子の代わりに私を殺すのかな？」私は思い切り声を潜めた。他の客はこちらを気にしている様子もないが、耳には入っているかもしれない。

「そんなことにならないように、警察に相談しようかとも思いましたよ。会社の法務とも話はしたんですが、今の段階では難しいと」

「当然だ。私はストーカーではない」何度繰り返し言っただろう……犯罪者扱いはもううんざりだった。

「意識はそうかもしれませんけど、やっていることはストーカーそのものです」

「四十年前——正確には四十二年前、私は別れも言わずに彼女から離れた」

瑠奈が左手に煙草を、右手にコーヒーカップを持って固まってしまった。「そんな昔のことを言われても」とつぶやく。

「彼女は結婚してないんだろう?」

「言えません」

「一度も結婚しなかった?」

「……そういうプライベートな情報をお教えするわけにはいきません」

「しかし、あなたは知っている」

「知っていても言えない――私は伊崎先生を守らないといけませんから」

「いったい誰から――何から?　どうして私が彼女にとっての敵だと思うんですか?　彼女自身がそう言ったわけでもないでしょう。だいたい、私のことを久美子に話してくれたんですか?」

瑠奈が押し黙る。煙草を唇に差しこんだが、すぐに揉み消してしまった。人差し指で、テーブルを神経質に叩く。小さな音の連打が、私の苛立ちをも加速させた。

「彼女が一度も結婚してなかったとしたら、その理由は何だろう」

「知りません」

「そういう話をしたこともないんですか?」

「したかどうかも言えませんね」

「どうしてそう、素っ気なくしか話せないのかね」私は呆れた。こういうのは、ビジネスでは絶対に許されない。

「あなたのせいですよ。言ってることが滅茶苦茶です」

私は肩をすくめた。結局この話し合いは、永遠に平行線を辿るのか……もしも時間をかけることができれば、瑠奈の心を解きほぐせるかもしれないが、基本的に私には時間がない。追われる身だから、いつまで東京にいられるか分からないのだ。もちろん、そもそも久美子がどこにいるかという問題はあるが。作家の仕事はどこでもできるのだから、家は東京ではなく大阪でも札幌でも構わないわけだ。それこそ海外でも……何かある時だけ、東京に来ればいい。何事にも煩わされたくなければ、日本を脱出してしまうのが一番簡単ではないだろうか――十年ほど前に私が計画したように。いや、しかしそれだったら、瑠奈がこんなに強く彼女を守ろうとするのはおかしい。

「私は間もなく、東京を離れるかもしれない」ほとんど何も考えずに言ってしまった。

「それはありがたいです」瑠奈があっさり言った。「私も安心して仕事ができます」

「二度と東京に戻れないかもしれない」

「ますますありがたいですね」平然とした口調で瑠奈が言った。

「最後に、一つだけでも教えてもらえませんか？」

「伊崎先生の連絡先は駄目ですよ」瑠奈が釘を刺した。

「彼女が独身かどうかだけ教えてくれないか？　今まで結婚したことがあったかどう

か」私は繰り返し質問した。

「どうしてそんなことにこだわるんですか？」

もしも彼女がずっと独身を通していたとしたら、それは私に対する気持ちが残っていたからではないか――それが知りたい。

瑠奈が深々と溜息をついた。煙草を取り出し、指に挟んでぶらぶらさせ、その手を額に当てる。体が左に傾ぎ、私と少しだけ距離が開いた。

「私の知る限りでは、ですけど」瑠奈が打ち明ける。「ずっとお一人ですよ。でも、理由は知りません」


少しだけ気持ちが上向いた。やるべきことも考えついた。各出版社を絨毯爆撃して、久美子の担当者、あるいはかつての担当者を割り出す。彼女の過去、そして普段の生活ぶりを調べていくうちに、連絡先が分かるかもしれない。

取り敢えず、マンションからは撤収しよう。東京での滞在先は、改めて考える。ホテルを転々とするのが一番安全だと思うが……定宿を持たずに彷徨《さまよ》うのはほぼ四十年ぶりだが、あの頃の私はほとんど無一文だったのに対して、今は金がある。豪華なホテルを泊まり歩くのもいいだろう。

今後の手順を考える。マンションに戻って荷物をまとめ、すぐに出る。壁の落書きは嫌でも目に入るだろうが、真っ赤な文字の圧力は、精神力で乗り越えられるだろう。今まで何度も、そうやって生き延びたのだから、今回だけできないということはない。風呂に入りたいな、とつくづく思った。体がひどく汚れている感じがする。ゆっくり風呂に浸かりたいところだが、取り敢えずシャワーで妥協しよう。そして何とか、一眠りしたい。車での短い睡眠で、体はばきばきだったし、眠気がずっと張りついている。頭がすっきりしていないと、何をするにしても上手くいかないだろう。とにかく二時間ほど寝て、頭をすっきりさせたかった。

車を駐車場に入れ、マンションのホールに入る。オートロックを解除して中に……そのまま部屋に入っていいのか、と一瞬迷ったが、用心し過ぎも無意味だ。

「びくびくするなよ」

自分に言い聞かせて、私はエレベーターに乗った。五階で降りて、部屋の前に立つ。異変はない……鍵もロックされている。念のためにドアに耳を押し当ててみたが、部屋の中に誰かがいる気配はなかった。

ほっと息を吐き、鍵を取り出す。ロックを解除してドアを開けた瞬間、ふっと空気が動く。本能的に危険を察知して、私は後ろに飛び退《すさ》ろうと思ったが、間に合わなかった。目に入ったのは真っ黒な顔……人なのか？　目出し帽のようなものを被っているのではないかと思ったが、確認しようもない。

何かが――危険な気配が刃のように近づいてきて、私は顔の前に腕を上げて何とか防ごうとした。しかし間に合わず、脳天に強烈な一撃を受けてしまう。鈍い音が、頭蓋の中で木霊《こだま》した。「何を――」と叫んだような気がするが、それが自分の言葉なのかどうかも分からない。

あっという間に目の前で大きくなる、玄関の床。このまま額から衝突したら大事だと分かってる――分かっているが、どうしようもない。せめて直撃を避けようと、首を捻ったが、私はこれまでに経験したことのない衝撃を覚えた。

死んだ、と確信する。

確信できるぐらいだから死んではいないわけだし、脳天の痛みも本物だ。痛みは生きている証……しかし今の私は、いろいろなことがどうでもよくなっていた。死ぬ時は死ぬ。四十年前から、いつかはこういう日が来ると思っていたのだ。後ろ手に手錠されるか、仲間に制裁されるか。それが、こういう小さな部屋の中でというのも、仕方のないことだ。自分の小ささを思う。私は所詮、小さな人間なのだろう。

ただ、何も分からず死ぬのだけは嫌だった。私は「久美子」とその名を呼んだが……最後は自分でも聞き取れなかった。

『1974』 第六章 幼年期の終わり

頼りになる大人はいる。頼らなければやっていけない。私はまだ子どもなのだから。

幸いなことに、相談に乗ってくれる人は何人もいた。失ったものも多かったけど(家族とか――それはついに取り戻せなかった)得たものもあった。

全てはあの日――一九七四年十月十四日に始まったのだ。あの日、私はまったく新しい自分に生まれ変わったのだ。

一九七四年十月十四日。子ども時代に別れを告げた日。

21

床が見えた。馴染みのフローリング……しかし、白い足跡で汚れている……ああ、今日は雨なのだと思い出した。濡れた靴でフローリングの床を歩くと、こういう足跡がつく。それにしても、人の家に土足で上がりこむなど失礼な話だ。

何を考えているのだ、私は。

頭が割れるように痛む。床に突っ伏しているので苦しく、少し姿勢を変えようと首を動かした瞬間、また強烈な痛みが襲ってきた。生きているのが不思議なぐらいの痛み。

頭の位置が変わると、目の前に血の筋がついているのが見えた。これはたぶん、私の血だ。脳天を砕かれた——実際には、そこまでひどい傷ではないはずだ。殴られ、出血した。それだけの話だと自分に言い聞かせる。

私はまだ生きている。久美子を捜せる。

「座れば？」

美保の声だ、とすぐにぴんときた。こんなことまでしかけるとは、とんでもない女だ。しかし、極端から極端に走る彼女なら、これぐらいのことはするだろう。問題は、この部屋には彼女以外にも誰かいること……複数の人間の気配がはっきりと感じられた。

両手を床につき、何とか体を起こした。頭の痛みは引かず、激しい眩暈《めまい》がしたが、その場に両足を投げ出して座り、目を閉じているうちに自然に消えていった。大丈夫だ、重傷ではないと自分に言い聞かせて目を開ける。

目の前に美保がいた。どこから持ちこんだのか、釣りの時にでも使うような折り畳み椅子に座っている。

「上からごめんね。最近膝が悪くて、床に直接座るのがきついのよ」

「床を傷つけないでくれよ」

「それは大丈夫。この椅子、脚にちゃんとクッションがついてるから」

「他に誰がいるんだ？」

「目が見えないの？」

「見えてるよ」

「後ろ」

「振り向くと死ぬかもしれない。頭が痛い」

「そこそこ重傷みたいね」

美保がうなずき、私の頭越しに背後を見た。かすかに床が軋み、人が移動する気配がする。

村木と佐知子が、美保を挟むようにして床に座りこんだ。王とその従者。この場では——いや、この計画全体を主導したのが美保だったのだろうか。

「やっぱりそういうことか」

「いつ気づいたの？」美保が面白そうに言った。

「昨日かな。君は公園に来なかった。部屋に戻ったら下品な落書きがあった」私は壁をちらりと見た。まだ赤々と残る「裏切り者」の文字。「これは君が書いたのか？」

「どうでもいいじゃない」

「子どもの悪戯だな」

「でも君に対しては効果的だった」美保が笑みを浮かべる。「君はこの部屋を逃げ出して、港北パーキングエリアで一夜を過ごした。寝不足でしょう？」

「跡をつけてたのか？」

「今時、そんなことはしないわよ。今の私たちには、ハイテクの武器があるから」

「ＧＰＳか……」

　美保が無言でうなずく。次いで佐知子、そして村木へと目を向ける。二人に何かを促しているようでもあり、目線で抑えつけているようでもあった。二人は何も言わず、結局美保がそのまま喋り続ける。

「どう？　これで喋る気になった？」

「何を」

「いい加減にして」美保が眉間に皺を寄せる。「私は丁寧に何度も、君にお願いしたわよね。あの時何があって、どうして君が組織を離れたか、はっきりとした説明が欲しい。それで自己批判してもらいたい、と」

「それで何がどうなる?」

「それは、君の話を聞いてみないと分からないわね」美保が肩をすくめる。

私は村木に視線を向けた。彼がすっと視線を逸らす。見ると、握り締めた手が小刻みに震えていた。緊張するぐらいならこんなことはするな、と思う。だいたい、玄関で私を殴りつけたのは村木だろう。体が萎んだとはいえ、元々力の強い大男である。ダメージの大きな一撃を与えるぐらい、何ということもないはずだ。

続いて佐知子を見る。彼女は真っ直ぐ見返してきた。こちらは、何らかの覚悟を決めているような……だがそれが、どういう種類の覚悟かが分からない。美保と同様、過去を清算しようとしているのか、あるいは別の思惑があるのか。

「最初から全員グルだったのか?」

「グル、はひどくない?」佐知子が苦笑する。

「村木、会社の問題は本当なのか?」

「ああ」村木の声はかすれていた。慌てて咳払いして話を続ける。「あれは本当だ。本気で悩んでいた」

「上手くいきそうでよかったな」私は柔らかい口調で声をかけた。ここでは、一人でも味方につけておかないと。

「何とかなると思う。荊《いばら》の道かもしれないが」

「後は自分で頑張ってくれ。私にはこれ以上、何もできない」

「そうだな……礼は言うよ」私は佐知子に目を向けた。「村木の一件をダシにして、私を呼び出したんだな」

「そういうこと」佐知子がごく普通の口調で言った。「あなたが怖がって避けていた東京へ来てもらうために、村木君のピンチを利用しただけよ」

「ひどい話だ」

「でもあなたは、どうして引き受けたの？　友だちのピンチだと思ったから？」

「ああ」

「普通、断るわよね。どんなに仲のいい友だち——同志だったとしても、四十年以上も会ってなかったんだから」

「無視できなかった」

「どうして」

「私は……君たちに借りがあるとずっと思っていた。逃げ出したこともそうだし、実はあの時、村木が貯めていた金を盗んだ」

「知ってたよ。合鍵を渡していたのはお前だけだったし」村木が苦笑する。「あれは、虎の子のへそくりだったんだけどな」

「申し訳ない。長い間、引っかかっていた。だからお前を助けなくてはいけないと思った。今回の一件は、最高のチャンスだった」

「呑気な話ね」美保が馬鹿にしたように鼻を鳴らした。「村木君に対する後ろめたい気持ちを清算して、それで後の人生は、呑気に暮らすつもりだったの？」

「とにかく、友だちを助けたかった」

「綺麗事ね」美保が苦笑した。「一人で組織を抜け出して、金儲けをして、友だちを助けたと思っていい気になって、後は悠々自適の生活？　そんなの、許されないでしょう」

「誰が許すんだ？　誰が許さないんだ？　要するに君だろう」私はつい、声を荒らげた。自分の声が頭に響き、眩暈と頭痛が蘇る。

「大丈夫か……」心配そうに村木が訊ねる。

「そんなことを聞くぐらいなら、人の頭を殴らないでくれ」

　村木が口を開きかける。「大丈夫か」とまた確かめようとしたのだろうが、その言葉を口にすれば、この場の雰囲気がぶち壊しになると判断したのだろう。攻めるならやはり村木だ……だが、攻めてどうする？　私は何をしたいのだろう。彼らを打ちのめして、ここから無事に出たいのか？　その先はどうする？

「あの日私は、現場を見た。あんな風になるとは思わなかった。恐怖を感じた。だから逃げた——それだけの話だ」

「それだけ？」美保がぐっと身を乗り出す。「本当に、そんな簡単な理由で？」

「警察に追われると思った。私は、捕まるわけにはいかなかったから逃げた。あの戦いが間違いだとも思った……本当に簡単な話なんだ」

「私たちは、ずっと耐えたのよ。警察の事情聴取にもシラを切り通して、仲間を一人も売らなかった」

「私も売らなかった。同じじゃないか」

「でも君は、一人で逃げた。あれは裏切りよ」美保が壁の文字に視線を投げた。「その件について、自己批判は？」

「しない」意を決して私は宣言した。

「どうして」

「私自身の気持ちの問題だ。君のためには自己批判はしない」私は美保の目を真っ直ぐ見つめた。

「どういう意味？」美保の口調に苛立ちが混じる。

「今も過去とかかわっているのは、君だけじゃないか。ずっと市民活動を続けてきたのはどうしてだ？　あの当時の興奮を、もう少しマイルドな形で味わっていたかったからじゃないか？」

「そういう言い方、ないんじゃない？」美保がむきになって言った。

「いや……どうなんだ？　君が今やっている市民活動に、どれほどの意味がある？　何かが変わったか？　ただ自分が、そういう活動に身を置いている満足感を味わいたくてやっているだけじゃないのか」

「馬鹿にするつもり？」

「いや。純粋に疑問に思っただけだ。君は、過去を清算できていないんだろう」私は佐知子にも視線を向けた。「君はどうだ？　同じじゃないのか？　弁護士としてちゃんと仕事をしていても、過去に想いがあるから、今回の件に嚙んだんじゃないか？」

佐知子は無言を貫いたが、顔色は蒼かった。痛いところを突いたと確信し、続いて村木に矛先を向ける。

「村木はどうだ？　お前だって、資本主義の犬じゃないのか。会社を興して金儲けをして……昔の俺たちだったら、アジアを搾取する立場ということで、お前の会社を攻撃していたはずだ」

村木の表情が一気に蒼褪める。自分の会社が爆破される場面でも想像したのかもしれない。私は三人の顔に順番に視線を据えた。

「君たちは、ずっと関係があったんじゃないか？　そうじゃなければ、今回のようにややこしい手を使って私を陥れようとしないはずだ。何があったんだ?」

「私は、何度か美保の弁護をしたわ」佐知子が打ち明ける。「弁護士になってから……八〇年代の初めからの話だけど、美保は何度か逮捕されて、その都度私は助けた」

「佐知子は優秀だから」美保が皮肉っぽく言った。「逮捕されても、私は一度も起訴されなかった」

「関係を切ろうとは思わなかったのか?」佐知子に訊ねる。

「腐れ縁」

佐知子がさらりと言った。美保も苦笑するだけで、否定しようとはしない。

「村木はどうなんだ?」

「俺は……金だな。ずっと援助を続けていた」

「どうして」

「後ろめたい気持ちがあったから、としか言いようがない。俺たちは抜けた。何事もなかったかのように、自分の仕事に専念した。でもどこかで、活動が中途半端になってしまったという後悔もあった……だから、頼まれたら援助せざるを得なかった」

「要するに全員、四十二年前からまったく前に進んでいなかったわけだ……私も含めて」

「下山君は、過去を清算したんじゃないの？　彼女の問題を除いては」

佐知子がいきなり切り出した。私は顔に血が昇るのを感じたが、すぐには反応しなかった。ここは慎重に、言葉を選ばないと。

「結局下山君は、女が全ての原因だったのね」馬鹿にしたように美保が言った。「あの頃、つき合ってた子がいたでしょう？　そのせいで、活動から気持ちが抜けがちだった。それがあの逃亡にもつながったんじゃない？　それを今さら清算？　四十年も経ってから？　そのメンタリティは理解できないわ」

私たちは睨み合った。じりじりとした時間が過ぎる中、私はこちらを見る佐知子の視線が微妙に変わっていることに気づいた。四十二年前……久美子と会いたいという私の願いが、まさに今の話題だと気づいたのだろう。

「私は、当時の気持ちをきちんと言った。これで十分だろう」痛みと眩暈が絶え間なく襲う。「だいたい、こんなことをして、ただで済むと思うのか？　君がやっていることは犯罪だ。君が嫌いな警察に逮捕されるかもしれない」

「それは、この件を警察に言う人間がいれば、のことよ」美保の顔には自信が浮かんでいた。

「私を殺す気か？」散々いたぶって精神的に不安定にし、最後は殺す――もしかしたら自殺を装って、とでも企んでいるかもしれない。「君は、そういうことをする人ではないと思っていた。いや、私たち自身が——去る者は追わず、がうちの組織の暗黙の了解だったはずだ」

「それは四十年以上も前の話。私は四十年間、君をずっと許せなかった。何とかして君を跪《ひざまず》かせ、許しを乞うて欲しかった」

「無駄な時間だ」私は吐き捨てた。

「冗談じゃないわ！　私がこの四十年間、どんな気持ちで市民運動に取り組んできたか、分かってる？　あなたがいなくなったせいで失ったもの——理想を何とか実現しようとしたのよ。君がちゃんと東京に残って活動を続けていたら、こんなことにはならなかったわ」

「つまり君は、この四十年間は無駄だったと認めるわけだ」

私の一言に、プラグがいきなり抜けたように美保が黙りこむ。見ると目が潤んで唇は震え、私は自分の一言が彼女を打ち抜いたのだと気づいた。反応を待つか？　止《とど》めを刺すか？　私には時間が残されていないだろう。頭痛も眩暈もひどく、いつまでも集中力が続くとは思えない。

「君も私も同じだ。四十年間、過去に囚われ続けてきた。確かに私は、君が忌み嫌う金儲けを続けてきたけど、それは単に生きるためだ。一緒に働いている仲間たちの生活もあったし、もしかしたら自分の能力を確かめる手段が金儲けしかなかったのかもしれない……とにかく私はずっと、過去に襟首を摑まれているような感じがしていた。誰かが追いかけて来るのではないか、いつか寝ている時に刺されるんじゃないか……今がまさにその時だったんだろうな。君が、過去から襲ってきた」

「私は、君に現実を直視してもらいたい――」

「そしてどうする？」私は美保の言葉を遮った。「私が自己批判して謝ったら、君は満足するのか？　それだけでは足りないと言い出すに決まっている。だったらどうすればいいかと私が聞いたら、そんなことは自分で考えろ、と言うだろう。子どもの喧嘩と一緒だ。こんな状態では前向きの話は一切できない。君は、四十年前と同じだ。議論で相手を追いこむのは得意かもしれないが、そこからは何も生まれなかった」

言葉を切り、三人の顔を見回す。誰も何も言わなかった。主導権はこちらにある――私は落ちそうになる頭を必死に上げ、美保を真っ直ぐ見た。

「君は私と同じだと思う。私も、四十二年前のことをはっきりさせようとした。はっきりさせるためにどうすればいいか、今回初めて分かったんだ。君と違って、誰かを傷つける必要もない」

「そう？」美保が皮肉っぽく言った。「君も、いろいろな人を傷つけているんじゃないの？　あるいは怒らせている。それもひどい話よね」

「私は誰も怒らせていない」

「君はやっぱり、何も分かってないわね」美保が力なく首を横に振った。

「そんなことはない」

「いえ、分かってないわ」

美保がいきなり、床に置いたバッグに手を突っこんだ。引き抜いた手の先には、むき出しのナイフ。こんなものを持ち歩いているのか……絶対に警察に捕まらない自信でもあったのかと考えたが、次の瞬間には恐怖に体を貫かれた。

信念——誤った信念かもしれないが——を持った女とナイフは、最悪の組み合わせである。だがその時、彼女は、ナイフを床に放り出した。からん、と乾いた音が響き、ナイフの刃がフローリングに細い傷をつける。またうちの物件を汚して、と頭に血が昇ったが、ナイフの鈍い煌《きら》めきを見て、怒りの言葉は引っこんでしまう。

「そのナイフでどうするか、自分で考えて」

「美保！」佐知子が低く叫ぶ。「そういう話じゃなかったでしょう」

「そうだよ。俺は、こういうことは……手を引かせてもらうぞ」

村木も同調する。よく言うよ、と私はしらけた気分になった。脳天への村木の一撃で、私は死んでもおかしくなかったのに。

「あなたたちも、結局四十年前から何も変わっていないのよ」

「我々は……君を支えてきたじゃないか」村木が必死になって言った。「君が壊れないように、気を遣ってきたつもりだ」

私は村木、そして佐知子の弱さと優しさを悟った。昔の仲間の好意であれこれ援助を続けてきた結果がこれだ。自分たちも犯罪者の仲間入りである——しかし、今ならまだ間に合う。

「いい加減にしよう」私はナイフに向かって手を伸ばした。「こういうことをしても何にもならない」

美保が私よりはるかに素早く動き、ナイフを拾い上げた。私に向かって突きつける……私の視線はナイフの切っ先に集中し、そのせいかまた眩暈がひどくなった。彼女はいったいどこまで、私を苦しめるつもりなのだ？

「死ぬのか、生き残るのか——自分がどうなるか、今は分からないでしょう」美保が皮肉っぽく言った。「私は四十年以上も、ずっとそういう状態だった。自分の理想は間違っていないと確認したいためだけに、市民運動に力を入れてきた」

「君はいつも、『私は、私は』だな」私は低くつぶやいた。

「何、それ」

「君はどんなことでも、まず『私は』なんだ。他人の話がまったく出てこない。人はどうして革命を志すと思う？」

「今さら何を言い出すの」美保が低い声で言った。

「抑圧された人民を解放するため——人のためだと言う人もいる。建前ではそうかもしれない。でもその裏にあるのは『自分は』という気持ちなんだ。反体制で頑張っている自分が格好いい、弾圧されても戦う自分は英雄だ、そして革命が成就すれば自分が他の人たちの上に立つ——私たちは、結局自分のことしか考えていなかったんじゃないだろうか」

「そんなことは——」

美保の言葉は、突然鳴ったインタフォンの音に遮られた。佐知子と村木の目が、一斉にインタフォンの方に向く。モニター付きなので、鳴らした人間の顔は映っているはずだ。弾かれたように、村木が立ち上がる。

「出ないで！」

鋭い声で美保が制止すると、村木がノロノロと腰を下ろした。どうしても美保には逆らえない様子である。恐怖の支配——これは、私たちが「やってはいけない」という教訓を学んだ連合赤軍のやり口そのものだ。

「この部屋に誰か来る予定は？」美保が私に訊ねた。

「私がここにいることは、誰も知らないはずだ——私の会社の人間と君たち以外は」

私の皮肉は美保には通じなかった。苛々した様子で立ち上がり、インタフォンに向かう。モニターを覗きこむと、「誰もいないわよ」と言った。私は何も言わなかった。

エントランスのオートロックのところで部屋番号を呼び出すと、モニターに顔が映る。しかし部屋の前で鳴らしても顔は映らない――この部屋のインタフォンはそういう仕組みなのだ。しかし、オートロックはどうやって突破したのだろう。

私は、佐知子、さらに村木の顔を順番に見た。二人とも、どこか申し訳なさそうな表情を浮かべている。特に村木の顔からは血の気が引いて、具合が悪そうだった。まさか美保が、ナイフまで用意しているとは思っていなかったのだろう。そういう彼自身、私の脳天に一撃を食らわせたわけだが。その凶器はどこにいったのだろう、と私は訝った。

またインタフォンが鳴る。今度は短く、二度。

「何なの、これ」美保が振り向き、苛ついた口調で言った。「嫌がらせ?」

「さあ」急激に意識が朦朧《もうろう》としてきた。やはり相当重傷だったのか……村木が恨めしくなったが、ここで文句を言ってもしょうがない。

いきなり鍵が回る音がして、美保が凍りついた。すぐに、ナイフをバッグに落としこむ。

「誰? 誰が合鍵を持ってるの?」

「さあ」私はとぼけた。「君たち以外に合鍵を持っている人間は知らない」しかし、朦朧とする頭がすぐに答えを出した。合鍵はないかもしれないが、「元の鍵」がある。

村木に殴られた時、ちょうど鍵を手に持っていて落とした記憶があった。誰かがそれを拾えば――命だけは助かるかもしれない。

「どういうことなのよ！」

美保がぴしゃりと言ったが、動きは止まっていた。いつの間にか佐知子と村木は立ち上がっていたが、二人もやはり動けない。

すぐにドアが開き、一段と冷たい風が吹きこんだ。私はその場にへたりこんだまま、ドアの方に目をやった。

安永。

22

「これは、どういう状況でしょうか」

コートのポケットに片手を入れたまま玄関に立ち尽くした安永は、本当に困ったような表情を浮かべていた。それが皮肉なのか、実際に状況を把握しかねているかは、ぼんやりとした頭では理解しかねる。

「ちょっと上がらせてもらいますよ」

「何ですか、人の家に勝手に！」美保が叫ぶ。「だいたい、何で鍵を持ってるんですか」

「玄関の外に落ちてましたよ」安永が表情を変えず、左手をポケットから出して掲げて見せた。「不用心ですね。インタフォンを鳴らしても反応がないので、鍵を使わせてもらいました」

「何を勝手に……」

美保が悔しそうにつぶやいたが、安永の耳には届いていない様子だった。あるいは無視しているのか。安永がいきなり目を見開き、私の方に近づいてくる。

「下山さん？　怪我してるじゃないですか。大丈夫ですか？」

「あまり大丈夫ではないですね」

「どうしたんですか？」

安永が私の前で屈みこみ、頭の傷を確認した。任せて大丈夫なのだろうかと一瞬心配になったが、手を振り払うこともできない。

「転びました」

「どこで？」安永が体を伸ばし、周囲を見回す。「これだけの傷だと、血痕が残っているはずですけどね」

「風呂場です」私はとっさに言った。「風呂場で転んで」

「なるほど」

安永が玄関の方へ戻った。まるでその近くに風呂場があることを、事前に把握していたかのように。もしかしたら、ここに忍びこんで「裏切り者」と大書したのは、安永かもしれない。

安永が、風呂場のドアを開けた。中に入って何か確認している様子だったが、すぐに不審げな表情を浮かべて戻って来る。

「血痕はないですね」

「洗い流しました」私は答えた。

「その割に、風呂場の床は乾いていますね。それにあなたも、風呂上がりの格好ではない」

「着替えたんです」卓球のような言葉の打ち合い。しかし私の方が圧倒的に不利だ。頭は朦朧として、考えがまとまらない。

「なるほどね」まったく納得した様子ではなかったが、安永がうなずいた。「それで？　皆さんお揃いで何をやってるんですか？」

三人は一か所に固まっていた。誰も口を開かない。

「狼シンパの皆さん……お会いするのは久しぶりですね」

この言葉は本当なのか、と私はぞくりとした。安永はかつて、三人を調べたことがあるのだろうか。四十二年ぶりの再会……いや、違う。何十年も経ってから会って、すぐに顔が分かるとは思えない。ということは、その後も連絡を取り合っていた？　調べる側と調べられる側が？　あるいはこの三人は寝返って、警察側のスパイとして動いていたのだろうか。特に美保は……市民運動には、過激派の連中が素知らぬ顔で紛れこんでいる。そういう連中の動向を探らせようとしたのだろうか。

「今日は同窓会ですか？　あなたたちは……昔とはだいぶ変わったようだ。我々は善意でつながっていたはずですけどね」

善意？　三人が警察とつながっていた？　誰も何も言わない。私も口を閉ざした。

「下山さんには治療が必要ですね」

「いや、別に……」私は反射的に言ってしまった。安永に肩を支えられてこの部屋を出るのは気が進まない。

「結構な怪我ですよ。出血は止まっていますけど、ちゃんと治療した方がいい。脳震盪を起こしているかもしれない。気分、悪くないですか？」

「よくはないですね」ここで強がりは言えなかった。

「だったら、すぐに病院に行きましょう。救急車を呼んだ方がいいかもしれない」

救急車はまずい。警察につながってしまう可能性がある。静岡で、私が安全運転に徹し、事故に気をつけていたのはそのためだ。事故そのものよりも警察が怖い。

「歩けるなら、そのままでもいいですよ」

「歩けます」

私はゆっくりと立ち上がった。眩暈のせいで足元がふらついたが、何とか踏ん張る。両足でしっかりと立つことだけを意識して目を閉じ、眩暈が去るのを待つ——何とかなった。それほど重傷ではないぞ、と自分に言い聞かせる。

「行けますよ」私は気合いを入れて答えた。

「そうですか。では、皆さんはこちらに残りますか？」美保に一際きつい視線を向ける。彼女が一番本体に近い存在——警察的には爆破事件の犯人に近い存在だったことを意識しているのかもしれない。

三人とも口を開かなかった。私は最初の一歩を踏み出した……フローリングを踏む足の感覚が頼りないので、すり足を意識して歩き続ける。狭く感じていた部屋が、急に広がったようだった。

靴を履く……たまたまスリッポンだったので助かった。これが紐靴だったら、屈みこんだ瞬間に頭に血が昇って、倒れていただろう。踵を潰したまま外に出て、ドアを閉める直前、部屋の中を振り返る。三人はまだ、呆然と突っ立っていた。これで復讐のチャンスは潰えた——しかし私はまた、新たな敵と対決しなければならなかった。元刑事という、面倒な敵と。

私はやはり救急車を拒否し、自分のベンツを運転してもらうよう、安永に頼んだ。「外車を運転したことはないですよ」安永は腰が引けていたが、結局は運転を引き受けてくれた。

「基本は日本車と同じですよ。右ハンドルですし」

「擦ったら勘弁して下さいよ」

「気にしないで下さい」

安永の運転はスムーズだった。確かに早く病院へ行くべきではあるが、アクセルの踏みこみが弱いのは、むしろありがたかった。このベンツは基本的にジェントルな性格だが、踏みこめば一瞬気が遠くなるほどの加速だ。痛みと眩暈を抱えた身としては、慎重に運転してもらう方が助かる。

どういう伝《つて》なのか、安永は迷わず、飯田橋にある総合病院の救急搬入口まで車を運転した。私を宿直の急患担当に引き渡すと、自分は車を駐車場に入れに行く。日曜日に駐車場が開いているのか、と不思議に思ったが、考えてみれば平日よりも見舞い客は多いだろう。駐車場は、普段より混んでいるかもしれない。

気は進まなかったのだが、すぐにストレッチャーに乗せられ、緊急処置室に入った。レントゲンを撮られた後ですぐに傷の処置。最近は「縫う」のではなく、スキンステープラーという医療器具で傷を塞ぐようだ。パチン、パチンという音と引き攣る痛み……ぞっとするが、耐えられないほどではない。

レントゲンの結果が出るまで、病室で休むように指示された。ストレッチャーは拒否したが、気が抜けたのか、きちんと歩くことができず、車椅子に乗せられる。自分が急に年老い、力を失ってしまったように思えた。情けない……。

処置されている時に、麻酔でもかけられたのだろうか、ベッドに横になると同時に強烈な眠気が襲ってきた。寝てはいけないと思いながら、耐え切れずに目を閉じると、あっという間に意識が消える。

やがて意識が戻った瞬間、私は左手を持ち上げて時計を見た。午後一時……果たしてどれぐらい気を失っていたのだろう。そもそも、ここへ何時に入ったかも覚えていない。

傍の椅子に、安永が座っていた。病院に運びこんでもらっただけで十分で、近くにいて欲しくはなかったのだが、仕方がない。帰れ、とも言えないのだ。

「どうですか？」

「まあ、何とか」頭の芯に痺れるような痛みが残っていたが、どうやら眩暈は消えた。大した怪我ではないだろう、と自分を安心させる。

引き戸が開き、医者と看護師が入って来た。まだ若い医者はいまひとつ頼りなかったが、一々文句は言っていられない。礼儀ということか、安永は立ち上がって部屋の隅に退いた。個室とはいえ、それほど広くはない部屋で、四人もいると息苦しくなるほどだった。

「下山さん、ですね」

「はい」

私は右肘を使って上体を起こした。幸い、眩暈はない。

「軽い脳震盪を起こしているようですので、今夜は泊まってもらえますか？　明日もう一度検査して、それで問題なければ退院です」

「そうですか」

「傷の方は五針縫いましたけど、心配はいりません……何かあったら、ナースコールで呼んで下さい」

二人が出て行った後、安永がまた椅子に腰かけた。先ほどまでより、ベッドに近い。

「具合はどうですか？」

「まあ、何とか」

安永が身を乗り出してベッドに近づき、何かのボタンを操作した。ベッドの頭側が傾き、背中を支えてくれる。それでだいぶ楽になった。

「これを」安永がスポーツドリンクを渡してくれた。

「飲んで大丈夫なんですか？」

「医者に確認しました。これが一番安全で体にいい飲み物だそうですよ」

「そうですか……」何とかキャップを捻り取り、ボトルを口元に持っていく。一口飲むと、冷たい液体が食道を下り落ちる感覚をはっきり感じ、体の汚れが急に流れたように感じた。

「危ないところでしたね」

「何がですか」

「あの連中、部屋で君を待ち伏せしていたんでしょう。いわゆる粛清、かな」

「そんなものじゃありませんよ」私は彼と目が合わないように気をつけた。この元刑事は、どこまで事態を見抜いているのだろう。

「告訴したいなら、お手伝い——口利きぐらいはできますが」

「必要ありません」私はゆっくりと首を横に振った。また痛みと眩暈が襲ってくるかと思ったが、何ともない。取り敢えず、最悪の状況は去ったようだ。

「明日までゆっくりすれば、普通に生活できるようになるでしょう。頭を洗うには、しばらく苦労するかもしれませんが」

安永は笑みを絶やさない。それがかえって不気味だった。私はスポーツドリンクを一口飲み、さらに体と気持ちを落ち着かせた。何故か無性に煙草が吸いたくなる。これは、禁煙するいい機会かもしれないのだが……。

「どうしてあの部屋に来たんですか?」

「君と話をしたいと思ったからですよ。あそこを割り出すのは大変でしたが。私はついていたんですね。たまたまオートロックのドアが開いて、出て来る人と入れ違いに中に入れた」

どうやってあの部屋を、と聞きたかったが、彼は答えないだろう。退職刑事の暇潰しとは思えない。現役時代のコネをフルに活用して、あの部屋まで辿り着いたのだろう。

「まさか、部屋の外に鍵が落ちているとは思いませんでした。殴りつけられた時に落とした——そういうことでしょう?」

「否定も肯定もしません」

「そうですか」穏やかな口調で安永が言った。

「私を訪ねて来た件については……何も聴かないんですか」

「あなたは答えないでしょう」

「だいたいあなたは、私が何をしたか、とっくに知っているんじゃないんですか? さっきあの部屋にいた三人には、昔事情を聴いたんでしょう」

「昔の捜査のことは、今でも話せませんけどね……否定もしませんよ」

「彼らから、私のことは聴いているはずだ」

「確かに君の名前は、捜査線上に上がっていました。ただ、彼らは君のことについては供述を拒んだ。他の線から調べたところでは、君はあのグループのリーダー格だったようですね」

私は唾を呑んだ。やはり安永は、私の情報を完全に摑んでいる……ペットボトルを握る手に力が入り、中身が少し掛け布団にこぼれた。動揺を悟られてはいけないと慌てたが、実際には彼には見抜かれているだろう。

「君たちは、狼グループのシンパとして、カンパなどの活動を行っていた。しかし、実際に犯行に加わっていたわけではない。それでも、金の流れなどを調べるためには、どうしても君に話を聴く必要があったんですよ」

「そうですか」

「結局君を摑まえることができないまま、四十年以上が経ってしまった。捜査は打ち切られ、私もとっくに定年になりました。それでも忘れられないものでね……辞めてからもあちこち嗅ぎ回っていたんですよ。今回、君が東京へ来たことが分かって、千載一遇のチャンスだと思った。でも君は、喋らなかった」

私は唇を引き締めた。美保たちに話すのと、元刑事に話すのとでは、意味合いはまったく違う。

「私も君も、四十年前から一歩も進んでいないのかもしれませんね。それだけ一連の事件は重かった、ということです」

私は無言でうなずいた。それは客観的な事実……誰が見てもその通りだ。

「まあ、私も年を取りました」安永が溜息をつく。「君に会ったら、あれも知りたい、これも聴きたいと、いろいろ想像していた。想定問答集まで作っていましたよ。でも、実際に会ってみると……情けない限りですが、ろくな質問ができなかった。昔だったら考えられないことですが、上がってしまったのかもしれませんね」

「まさか」私はつぶやいた。

「何というか、もうどうでもいいのでは、という気になってきました」安永が寂しそうに微笑む。「当時、彼らがどうして君を庇ったのか、やっと分かりましたよ。君は天性のリーダーで、守るべき価値がある人だったんでしょう。君がその後、どんな人生を送ってきたかは分かりませんが」

安永が、私の目を真っ直ぐ覗きこんだ。私も見詰め返した。二人の間で火花が散るのではと思ったが、実際には穏やかな空気が流れているだけだった。そう言えば安永は、急に体が萎んでしまったようだ。

「いい人生でしたか？」

「いや」

「悪い人生でしたか？」

「一歩も進んでいない人生です——四十二年前から」リセットしたつもりが、過去が私を追いかけてきた——いや、私自身、久美子を忘れられずにいたではないか。これはまさに、過去への拘泥だ。

「私はもう、やめますよ」安永が溜息をつく。「いつまでも過去に囚われていては、何もできない……君を見ていて、よく分かりました。君の目は暗い。自分で分かっていますか？」

私は無言で首を横に振った。分かっている……しかし自分では認めたくなかった。

「私も、君と同じ目をしているかもしれない。この先何年生きるか分かりませんが、前を向いて進みたいですね。君もそうした方がいい……余計なお世話ですか？」

「いえ」癌を患っているという安永の「この先何年」は重い。一瞬、全て話してしまおうかとも思った。疑念を抱えたまま死んでいくのは耐え切れないのではないか……。

しかし安永は納得したようにうなずき、立ち上がってしまった。これ以上彼に追われることはないのだと思い、ほっとしたが、安永の急激な衰えが気になる。

「安永さん」

声をかけると、安永がもう一度腰を下ろす。ひどく大儀そうだった。

「私は何も言えない——でもあなたが知っていることは、だいたい正しいと思います」

「そうですか……実はあの部屋へ行ったのは、君を助けるためでした」

「あいつらのやっていることを摑んでいたんですか?」

「ある程度は……刑事の勘もありますしね。手遅れにならなくてよかった。しかし、あんなことになりましたけど、怒らないで欲しい。彼らはあなたにとってはいい仲間です」

「まさか」

「いや」安永が静かにうなずく。「変な話ですが、私と彼らには絆があった」

「絆?」

「善意のつながり。でも、それを説明する気はありません。彼らから聞いて下さい。それが分かれば、君も嫌な過去を捨てられるかもしれない」

「それはどういう——」

「彼らから聞いて下さい」

繰り返し言って、安永は病室を出て行った。過去を捨てる——確かに大事なことだ。だが私には、もう一つ、どうしても向き合わねばならない過去がある。

久美子。

うたた寝から現実に引き戻される。尿意を覚え、思い切ってベッドを降りて歩き出してみたが、何ともない。脚に力が入らない感じはあったものの、無事に病室とトイレを往復できた。

病室に戻って来ると、ふいにそれまでと何かが変わっているのを感じた。誰かの気配がする……病室に誰かが潜んでいるわけではないが、弄られた？　出入り口から、病室の中を見回す。ベッドは抜け出した時のまま。ハンガーにはスーツがかかっている。そう言えば、想い出の品はどうしただろう。急いで――のろのろしてはいたが私の感覚では全力で駆け寄り、ポケットを確認する。あった。力が抜け、額にじっとりと汗が滲み出すのを感じる。

しかし、違和感の源泉が分からない。今度は逆サイドから室内を見渡した。

あれだ。

サイドテーブルに置いたペットボトル。その下に一枚の紙片がコースターのように置かれている。ペットボトルをどかして確認すると、紙片ではなく折り畳んだＡ４サイズの紙が二枚あると分かった。

広げてみると、佐知子の字でびっしり書かれているのが分かった。念のために二枚目を確認すると、彼女と村木の署名がある。

今回の件について、まず謝罪します。私たちは美保に引きずられて、あなたを陥れようとしました。

あの後美保と話し合いましたが、彼女は混乱しています。恐らく、自分がしたことが正しかったかどうか、分からなくなっているのだと思います。

私と村木君は反省しました。「反省」で許してもらえるとは思えませんが、「自己批判」はあなたも嫌いな言葉だと思います。

一つだけ、私たちが言わなかったことがあります。あなたに言われた時に、思わず本当のことを喋りそうになったけど、言えなかった。でも今、あなたへの贖罪の意味も含めて打ち明けます。四十年以上、ずっと胸に秘めて秘密にしてきたことです。

その手紙が私に与えた衝撃は、生涯で二番目に大きなものだった。全ての事実が明らかになる。

大変な事実ではあったが、久美子と初めて話をした時ほどの衝撃ではなかった。天に一つの太陽と出会う以上の衝撃があるだろうか。

23

かつての恋人に会いに行くには、あまりにも情けない格好だった。スーツはぼろぼろだし、頭はネット型の包帯で覆われている。せめて髭ぐらいは剃りたかったが、その時間さえ惜しい。

日曜日、夜八時。

私は元麻布の住宅地にいた。ベンツは、少し離れた駐車場に停めてある。短い距離を歩いて来るだけでも結構大変だったが、高揚感と不安が入り混じって、体の不調をカバーしてくれた。

こんなに近くだったのか。

私が東京の拠点にしている渋谷のマンションと、久美子が住んでいる元麻布のマンションは、直線距離にして三キロも離れていないだろう。東京は広いようで狭い街なのだと実感する。この付近は大使館などが多く、東京の真ん中なのに、意外なほど静かな街だった。

「まさか、な」

ついつぶやいてしまう。マンションの敷地に足を踏み入れようとして躊躇った。手ぶら……いや、想い出の品はある。どうしても久美子に渡したかったこれだけは大事に携えて来たが、他に花束でも持って来るべきだったかもしれない。いや、それではあまりにも芝居がかっているか……マンションを見上げる。まだ新しく、それほど大きくないが、高級な物件なのは、商売柄分かる。久美子が密かに暮らしていくには、いかにも相応しい場所に思える。

ホールに入り、インタフォンで部屋番号を確認する。四〇五号室。部屋番号を押そうとして指を伸ばすと、震えているのに気づく。「クソ」と短くつぶやき、一度指を下ろした。煙草が吸いたい。ニコチンで緊張を和らげ、出直すか。しかしそんなことをしていたら、煙草を一箱、灰にしてしまいそうだった。思い切って、左手を右手に添えて震えを抑え、「四〇五」を押す。澄んだ電子音が聞こえ、直後、「はい」と久美子の声がした。その瞬間、私は膝から崩れ落ちそうになった。電子的に変化しているはずなのに、間違いなく彼女の声……四十年以上を隔ててもすぐに分かったことに、私は驚いた。

「私……下山です」

沈黙。小さなカメラに向かって、必死で真面目な表情を作る。彼女の部屋の小さなモニターに、私の顔はどのように映っているのだろうか。

反応はない。ホワイトノイズが流れているので、インタフォンがまだ生きているのは分かるのだが……じりじりと時間が過ぎる中、私は自分の鼓動をはっきりと聞いた。どうする？　どうしようもない。一度切ってくれれば、もう一回鳴らせるのだが。

「どうぞ」

突然彼女の声が戻ってきて、直後にドアが開く。私は背中に汗が伝うのを感じながら、久美子の城に足を踏み入れた。

エレベーターの動きがやけに遅く感じられる。四階の廊下を歩き出した時には、動きがひどくギクシャクしているのを意識した。スーツのポケットに右手を突っこみ、想い出の品がそこにあるのを確かめてみても、気持ちは落ち着かない。

ドアの前に立つ。二度、三度と深呼吸して気持ちを落ち着けようとしたが、心臓は相変わらず限界近いスピードで打ち続け、吐き気を感じた。眩暈も……一晩泊まるようにという医師の指示を無視して病院を抜け出したのは、失敗だったかもしれない。彼女が自宅を捨てて逃げるわけはないのだから、万全の体調になるまで待つべきだったか。

インタフォンのボタンを押すと、すぐに解錠される音が響く。ドアが薄く開き、久美子が顔を覗かせた。その瞬間、私は一瞬心臓が止まったかと思った。はっきりと残る、四十二年前、十六歳の時の面影。髪型も顔の輪郭も変わっていたが、涼しげな目元や整った唇は昔通りである。正面から見ると美しさはさらに際立つ——彼女のファンが熱狂するのも理解できた。

しかし。

無表情。

それが気になる。嫌悪、拒絶、怒り——まずそういう感情が露骨に顔に浮かぶだろうと思っていたのだが……千に一つの可能性で、恋慕。だが彼女の顔を見た限り、いかなる感情も読み取れなかった。十六歳の朝、駅で見た彼女のキラキラした笑顔が、今の顔つきと重ならない。私はふと、嫌な予感に襲われた。彼女の中から、私はすっかり消えてしまったのではないだろうか。

「佐知子さんから聞いてました——あなたが来るだろうということは」

「ああ」それで合点がいった。心の準備はできていたのだろう。佐知子の心遣いに感謝すると同時に、久美子の顔に貼りついた仮面を剝がせるかどうか、自信がなくなってきた。それに、彼女たちの関係も気になる。佐知子も、そこまでは手紙で説明していなかった。

「どうぞ」久美子がドアを大きく開けた。

「いいのか？」

「ここで立ち話はできないでしょう。寒いし」

「ああ」

私は唾を呑み、ドアに手をかけた。久美子が一歩後ろに引く。玄関に入った私は、彼女の頭の天辺から爪先まで、素早く観察した。薄いグレーのカットソーに、足首まである紺色のスカート。スリッパはもこもこした素材だった。薄く化粧をしているが、アクセサリーの類は一切身につけていない。自宅にいるのだから当然かもしれないが、そのせいで清潔感が強く漂っている。

「スリッパ、使って」

言われるままに靴を脱ぎ、客用のスリッパ——一足だけ出してあった——に足を突っこむ。靴下が昨日のままだったな、と少し申し訳ない気持ちになった。本当に、シャワーを浴びて服を着替えてくればよかった。

久美子の後を追って、廊下を歩いて行く。不動産屋としての経験から、それほど広くない——2LDKの家だと分かった。廊下の先がリビングルーム。ドアのところから見た限りでは、十二畳ほどだろうか。すっきりとした部屋で物が少なく、掃除も行き届いている。このまま新築物件のモデルルームに使えそうだった。ささやかな応接セットに小さなダイニングテーブル。テレビは見当たらなかった。壁には大きな本棚があり、そこだけは混乱している。きちんと入れただけでは収まり切らず、一部は横に積み重ねられていた。商売柄、本は増えていく一方なのだろう。執筆用のテーブルがなかったが、それは別の部屋にあるのかもしれない。

「どうぞ」

久美子に促されるまま、私は部屋に足を踏み入れた。彼女がダイニングテーブルについたので、私もそちらに向かう。円形のテーブルを挟んで向き合うと、ふわりと花の香りが漂った。ずっと写真で見てきたのとは違う、生身の久美子。ああ、何ということか……香りさえ、四十二年前と変わっていない。

座ったばかりの久美子がすぐに立ち上がり、カウンターの向こうに回った。キッチンも整理されているようで、家庭の香りがある。ここで久美子が日々自分のために料理を作り、静かに暮らしている様は容易に想像できた。一人暮らしだろう。私は多くの家を見ているから分かるが、ここには他人の気配がない。

「お茶でも？」

「ああ……面倒でなければ」

久美子が薬缶《やかん》をガスにかけ、お茶の準備を始めた。緑茶ではなく紅茶……久美子は紅茶が好きだった。二人で喫茶店に入ると、いつも紅茶。レモンも砂糖も使わず、いつもストレートで飲んでいた。こういう好みはいつまで経っても変わらないのだな、と感心する。

会話が続かない。何を言っていいか、よく分からなかった。彼女の方でアクションを起こしてくれることを願ったが、久美子はお茶の用意に専念している。

ほどなく久美子は、ダイニングテーブルに茶器を並べた。砂糖壺とミルクピッチャーも。丁寧にカップにお茶を注ぐと、私の方に押し出す。鼻先で香りを楽しんでから一口飲み、ミルクだけを加えてみた。これでいい——何故か昔から、紅茶は苦手なのだ。香り高いとは思うが、ストレートで飲むと胃が痛くなることがある。ミルクの柔らかさで、かすかな刺々しさが消えた。一方、先ほどの椅子に座り直した久美子は、昔と同じに何も加えず飲んでいる。

「今日は……」切り出した声がかすれ、私は咳払いした。「ずっと君を捜していたんだ」

「そう」両手でカップを持ったまま、久美子が涼しい口調で言った。カップ越しに私を見ているようで見ていない。視線は私を突き抜け、壁に焦点が合っているようだった。

「四十年……四十二年ぶりに東京へ来て、偶然君が新しい連載を始めたのを知って……」言葉を連ねてみたが、我ながら意味が通らない。「君の連載は、四十二年前のあの日のことを書いたものだね」

「まだ始まったばかりだけど、そう——一九七四年十月十四日からスタートする話ね」

「あの事件の日。そして長嶋茂雄が引退した日」

「あの日私は、和彦君を連れて、後楽園に行ったわ。その前に、日比谷で待ち合わせをして……私は、あの事件のすぐ側にいた。もしかしたら巻きこまれていたかもしれない。あなたが和彦君を野球場に連れて行ったら、私はあそこにはいなかったと思う」

「怪我は……」私は顔から血の気が引き、眩暈が襲うのを感じた。まさか、彼女があそこにいたとは。

久美子が無言で首を横に振る。私はほっとして、椅子の背に体重を預けた。カップを両手で握り締めると、その熱さで少しだけ緊張が解れていく。

「後楽園へは無事に行ったわ。野球を観たのは、あれが最初で最後だった。和彦君は泣いていたけど、私にはぴんとこなかったわ。基本的に、野球は合わないんだと思う」

「そうか」

「和彦君、あれで本格的に野球にのめりこんだのよね。大学まで続けて……プロにはなれなかったけど」

「ああ」

「聞いていい？」

「もちろん」会話がスムーズに流れ始めたことに私は驚いていた。私に対する怒りはないのか？

「あの事件の何日か前から、あなたとは連絡が取れなくなった。何をしてたの？　あの事件にかかわってたの？」

「私は……」迂闊なことは言えない。自分が学生運動の渦中にいたことは、彼女には一切話していないのだ。まだ高校一年生の彼女に理解できるとは思えなかったし、巻きこむわけにはいかなかったから。私にとって彼女は「聖域」だったのだ。

「あなたが学生運動をしていたことは、後から知りました。いろいろな人に話を聞いて……どうして私には黙っていたの？」

「君が大事な人だったから。私は直接違法行為に手を染めていたわけではなかったけど、君を危ない目に遭わせるわけにはいかなかった」

「そう」

ふいに部屋の温度が変わった気がする。彼女の態度が急に素っ気なくなり、私に対する関心を失いつつあるようだった。私は慌てて言葉を連ね、彼女を引き止めようとした。

「あの頃私は、大学もサボってばかりで、バイトに精を出していた。それで稼いだ金をカンパしていたのは事実だ。仲間も何人もいた。しかし、違法行為に直接手を染めたことは一度もない」

「でも、そのお金で爆弾を作った人がいたわけよね」

「……ああ」認めざるを得ない。

「その件に関しては何とも思わなかったの？」

「怖くなった」私は正直に認めた。「だから東京から逃げ出したんだ」

「責任も取らずに？」

「そういうことを考えている余裕もなかった。とにかく、自分を守るため……君に危害が及ばないようにするためだった」

「それで四十二年も経ったのね。一度も連絡もくれないで」

「その件については、本当に申し訳ないと思っている」私は頭を下げた。「連絡するチャンスはあった。でも、そうしようと考える度に、時期尚早だと思った」

「そう」

相変わらず久美子の声や表情からは本音が読めない。まったく関心のない相手の話を、とにかく義務で聞いている、という感じである。私はかすかな苛立ちを覚えたが、すぐに意識して押し潰した。ようやく彼女に会えたのだから、苛立つ意味はない。

「東京を逃げ出して、あちこちを転々とした。最後は静岡に落ち着いて、不動産の仕事をしていた」

「じゃあ、老後資金は心配なしね」かすかに皮肉を滲ませて久美子が言った。

「君の活躍は、ずっと見ていた。本も全部読んで、連載もチェックしている」

「そう……ありがとう」

素っ気ない言葉に、私は耳が赤らむのを意識した。これではまるで、ミーハーなファンではないか。

「君は……まさか君が、作家になるとは思わなかった」

「私は、あなたが作家になると思っていたわ」

「私が?」思わず自分の鼻を指差す。「どうして私が」

「覚えてないの?」久美子の表情がわずかに翳《かげ》る。「あなたが言ったのよ。将来の夢は作家だって。小説を書いて生きていきたいって」

「ああ」唐突に記憶が蘇る。つき合い始めてまだ間もない、七月終わり頃。彼女の高校の終業式直後に会った時の話だ。どうしてその日のことを覚えていたかというと、彼女がやたらと周りを気にしていたからである。私はバイトをサボって、彼女の高校の近くまで迎えに行ったのだが……あれは迂闊だった。彼女の高校は校則が厳しく、男女交際禁止だったのだ。見つかったら、と久美子が恐れたのは当然である。

「喫茶店で、あなたが急に『将来は作家になりたい』って言い出した時は、びっくりしたわ。そういう、夢みたいなことを言い出す人だとは思ってなかったから」

「でも私は、文学部の学生だった。小説が大好きだった。自分でも書いてみようと考えても、不自然ではないだろう。周りでも書いている人間はいたし」そういう連中がその後、本当に作家になったかどうかは分からない。私も、書く夢はいつの間にか捨ててしまった。

「そういう人たちの小説は、絶対に完成しないの。書いてみたいっていう希望だけじゃ……何千冊本を読んでも書けないわ」

私はまた耳が赤らむのを感じた。そう、あれは……単に夢を語っただけだ。実際には一文字も書いていなかったし、頭の中に具体的なストーリーがあったわけでもなかった。実際には、あの頃の私は革命熱に浮かされていたのだ。ただそれを、久美子には一切明かさなかった。バイトに明け暮れている、小説好きの大学生。それが彼女の知る私の全てだったはずである。

「一つ、聞いていいかな」

「どうぞ」言って、久美子が紅茶を一口飲んだ。カップに当たる唇……少し歪んでいるのが、昔とまったく同じである。そして、指がひどく綺麗なのに気づいた。細く長い指には、皺が寄っていない。どんなに若く装っていても、年齢は手に表れるというが、彼女はその罠から上手く逃れたようだ。

「君は、私が現れても全然驚いていない。どうしてだ？　佐知子から事前に連絡があったから、心の準備ができていた？」

「それもあるけど……」久美子の答えに、私は混乱した。佐知子が病室に残していったメモには、謝罪の言葉と久美子の自宅の住所が書いてあったが、詳しい事情の説明はなかった。何故彼女が久美子の家を知っているのか、そして私が最初に久美子の名前を出した時に、何故何も言わなかったのか……疑念は募ったが、彼女に事情を確認するよりも、久美子に会うのが先だと考えたのだった。

久美子が紅茶のカップをそっとソーサーに戻す。紅茶は半分ほどに減っていた。私の紅茶は、最初の一口分以外、減っていない。胃が痛くなることはなかったが、少しでも体調をよく保っておきたかった。

「それに、私の怪我を見ても何も言わない」

「全部聞いてたわ」

「佐知子から？」

「ええ。『全部』の意味は、あなたが想像しているのと違うかもしれないけど」

うなずくと、前髪がふわりと揺れて目にかかる。右手の人差し指でそっとかき上げる仕草も、四十年前と同じだった。まるで時が、彼女だけを無視して過ぎ去っていったような……私は時の経過の洗礼をきちんと受けている。今、二人並んで歩いたら、親子と間違えられるのではないだろうか。

「君と佐知子は、どういう関係なんだ？　君に彼女を紹介したことはなかったはずだ」

「そうね」

「だったらどうして……」

「複雑な話なの」

「聞かせてくれ」私はうなずいた。そう、話を聞くだけでもいい。彼女の声は耳に優しく、聞いているだけで怪我が癒されるようだった。

「話したくないわ」

「どうして」

「私は、話すよりも書く方が得意だから……ちょっと待っててくれる?」

久美子が立ち上がり、リビングルームの片隅にあるドアを開けた。中に入って灯りを点けると、そこが彼女の仕事場なのだとすぐに分かった。ドアの隙間から見えている壁の全てが本棚。天井まで届く高さで、私がいる場所からはどんな本があるのかまでは見えなかったが、大半が単行本だった。あれでは床が沈んでいるのでは、と思わず心配になる。商売柄、大きな本棚を持つ人には、床の補強を勧めていた。書斎の床と壁の間に一センチほどの隙間が開いてしまった客から相談を受けたことがあり、残念ながら大きな修理が必要になった経験から、事前にアドバイスするようにしたのだ。

私も立ち上がった。恐らく久美子にとっては「聖域」である部屋——そこを覗くことを許されている人は少ないだろう。編集者たちが壁になっていることを考えると、仕事場に人を立ち入らせるなど、絶対にあり得ないことに思えた。もしかしたら編集者も立ち入り禁止、とか。

リビングルームの真ん中で足が止まってしまう。見てみたいが、見てはいけない。見たら彼女は永遠に去ってしまう――まるで鶴の恩返しだ。

ほどなく、プリンターが作動する音が聞こえてきた。すぐに久美子が部屋から出て来る。

「どうしたの？」突っ立ったままの私を見て、久美子がきょとんとした表情を浮かべる。

「いや……そこが仕事場なんだよな」

「ええ」

「見てはいけない場所じゃないのか」

「何言ってるの」久美子の表情が、私に会って初めて崩れた。「そんなに大げさな場所じゃないわよ。ただの仕事場。見てみる？」

「ああ」

まさか、彼女の方から誘ってくれるとは。私は唾を呑み、一歩を踏み出した。極度に緊張しているのを意識したが、このチャンスを逃してはいけない。彼女の秘密の一端を覗かせてくれるというのだから。

私は部屋の入り口に立って、中を見回した。六畳——私には、家具がどれだけあっても、瞬時に部屋の広さを見極める力がある——の部屋で、二方向が壁、一方がクローゼット、残る一方が窓になっていて、そちらに向かって大きなデスクが置かれていた。デスクの上にはパソコンの大きなモニターが二台とプリンターが載っているだけで、紙の類は見当たらない。今時の作家は、やはり紙など使わないのか……両サイドの壁はやはり本棚で、ちらりと見ただけでぎっしり埋まっているのが分かった。正面の棚に、いつの間にか視線が吸い寄せられる。サリンジャーの『ライ麦畑でつかまえて』。白水社の最初に出た版で、私は古書店で手に入れて彼女にプレゼントしたのだ。何となく、顔が赤らんでしまう。この本は十八歳までに読むべきもので、今は……青春の想い出というところだろう。この本の話をしてもよかったが、彼女は果たして、私がプレゼントしたものだと覚えているかどうか。

「どう?」

「そうだな……やっぱり、作家の部屋っていう感じかな」

「ちょっと本が多いだけよ」

「ここに何冊ぐらい?」

「数えたこともないわね」久美子が声を上げて笑う。「奥の方の本は、何年も見たことがないし」

奥の方、の意味はすぐに分かった。本棚はほとんどの部分で本が前後に二重に入れられており、意識して入れ替えをしないと、後ろにある本は永遠に埋もれたままだろう。

「特別な部屋じゃないんだね」

「そうね」久美子の笑みは消えなかった。「普通の部屋……モニターが二台あるのは変わってるかもしれないけど」

「ああ」

「でも、私にとっては特別な部屋なの。冬でも朝はよく窓を開けるんだけど、ちょうど桜の木が目の前にあるのね……かなり大きな桜だけど、この部屋からだと、それを上から見ることになるの。そういう風に桜を見る機会は、ほとんどないでしょう」

「ああ、普通は下からだ」

「満開の桜を見られるのはほんの一週間ぐらいだけど、どんな季節に窓を開けても、その景色が蘇るような気がするのよ」

「そうか……」これが作家らしい感性なのだろうか。

「私の小説には、桜は出てこないけど——絶対に。春は嫌いだから」

久美子が寂しそうに笑う。私には、その表情の裏にある真意がまったく読めなかった。

プリンターが停まった。大量に吐き出された紙をまとめて、久美子が私に差し出す。受け取る時に指先と指先が触れ、私はまた鼓動が高鳴るのを感じたが、久美子はまったく何とも思っていない様子だった。

「これは？」

「私の新しい連載、読んでくれたのよね？」

「ああ」

「これはずっと先……六回目の原稿なのよ」

「そんなに先まで書いてるのか？」

「私、なかなか書かないけど、書き出すと速いのよ。連載の一回目が始まる時には、全部書き終わってることもあるから」

「それは凄い」

久美子が苦笑する。私は反射的に言ってしまったのだが、彼女にとってはそれが当たり前なのだろう。

「普通、書きかけの小説は誰にも見せないの。編集者に渡すまで、何度も何度も書き直すから。だからその原稿も、今のままではとても商品になる価値はないんだけど、大まかな内容は分かってもらえると思うわ」

る？」

「あの小説……『1974』は自伝なのか？　君が経験したことをそのまま書いてい

「何？」久美子が首を傾げる。

「一つ、教えて欲しいんだけど」

「ほとんど事実ね。もちろん、私が勘違いしたり、思い出せないところもある……そういう部分は適当に補っているけどね。それに、他人を傷つけないように気をつけているから、関係した人の性別や性格を変えているところもある。でも、全体の筋としては、そう、事実ね」

「そういうものを読ませてもらっていいんだろうか」

「話すより、書く方が得意だから」久美子が先ほどの説明を繰り返した。

「じゃあ……」私は原稿を両手で持ったまま頭を下げた。

「ソファで読んだら？」久美子が勧めてくれた。「長いから」

「いいのか？」

「もちろん。お茶、淹れ直しましょうか？　冷めちゃったでしょう」

私は胃の辺りを掌で摩《さす》り「実は、紅茶は苦手なんだ」と打ち明けた。

「ああ……そうだったわね。忘れてたわ」

さらりと言われて、私は少しだけ傷ついた。こちらは彼女の好みや癖を完璧に覚えているというのに。

ソファに落ち着き——小さな二人がけだが座り心地はいい——原稿を手に取る。久美子はダイニングテーブルにつき、二杯目の紅茶を飲み始めた。それを確認してから原稿に視線を落とした瞬間——私は彼女の世界に吸いこまれた。

私を助けてくれた最初の人——それは、爆破現場で私に声をかけてくれた警察官だった。

事件から三日目、英二さんの行方は分からないままだった。和彦にも確かめたのだが家には帰っておらず、心配したご両親が警察に届け出ようかと話し合っているという。兄を慕う和彦は不安げで、私に話す時には涙声になっていた。

私は、警察官からもらった名刺の番号に電話をかけた。もちろん家の電話は使えないから、公衆電話から。少し早く家を出て、駅の近くにある電話ボックスに入る。

——公安一課。

電話に出た相手の声には聞き覚えがなかった。名前を出してお願いしますと言ったけど、いない、と言われる。私は名乗り、現場にいたこと、何か困ったことがあったら連絡しろと言われたことを必死で説明した。普段の私は、理路整然と話すタイプで、二度聞きされることなど絶対にないのだけど、この時だけは何回も聞き返された。

こちらの連絡先を言うわけにはいかず、私は夕方もう一度かけ直します、と慌てて告げるしかなかった。

放課後、学校の近くの公衆電話から電話を入れる。公安一課がどういう部署なのかは全然分からなかったが、そんなことはどうでもよかった。とにかく早く話して、相談しないと。

今度は、あの警察官が直接電話に出てくれた。忙しそうだったけど、私のことは覚えていて、心配してくれた——ほっとして、涙声になってしまったからかもしれないけど。

——ちょっと待ってくれ。その、いなくなった人の名前をもう一度言ってくれないか？

——下山英二さんです。

——下山英二。

警察官が黙りこむ。その沈黙はやけに重く、私は急に不安になってきた。何か、英二さんが疑われているような……。

——下山英二さん、だね？

警察官がしつこく繰り返す。

——はい。

——あなた、彼とはどういう関係なの？

——それは……。

そんなこと、電話じゃ言えない。私が黙りこんでいると、向こうが心配そうに訊ねた。

——大丈夫か？

——大丈夫じゃないです。

いつの間にか、私は泣き出していた。声は上げていない。ただ涙が頬を濡らすだけ。変な感じだった。泣いている自分を、外からもう一人の自分が見ているような……。

——とにかく、一度会わないか？　こっちでもちょっと確かめたいことがあるんだ。

——英二さんを捜してくれるんですか？

——もちろんだよ。

彼の「捜す」は、私が考えているのとはまったく別のことだった。

私は思わず目を瞬かせた。こんなことが……。

「この刑事の名前は覚えている？」

「安永さん。小説では出さない予定だけど」

「ああ……」やはり。安永と久美子は、私を捜すという一点でつながっていたのだ。

「この人は、私のことを知っていたんだろう」

「ええ。ちなみに私は、あなたが何をしているか、全然知らなかった」久美子の表情がわずかに険しくなる。

「話していなかったから」私は思わず目を逸らした。

「どうして？」

「話せば、君に迷惑がかかると思っていた。私とつき合っていることで、君も私たちのグループの人間だと思われる恐れがあった」

「でも結果的にあなたは、私に迷惑をかけた」

「その件については申し訳ないと思う」私は頭を下げた。これが何度目だろう……。

それについて、彼女は何も言わなかった。代わりに「その先を読んで」と淡々と言った。言われるまま、原稿にまた視線を落とす。一枚めくると、まったく別の場面に飛んでいた。

初めて佐知子さんに会ったのは、年明けだった。自己紹介した途端、佐知子さんは蒼褪めた。

——何てこと。

——ごめんなさい。

——私に謝ることじゃないわ。あなた、体は大丈夫なの？

——大丈夫じゃないです。

——ちょっと待って。ごめん、私一人じゃどうしようもない。

——相談するように言われたんです。

——それは分かったわ。でも、私だって、まだ学生なのよ？　あれからずっと大人しくしてるし、これから司法試験のための勉強もしなくちゃいけないし……。

言い訳めいた佐知子さんの説明（説明にもなっていなかったけれど）が延々と続いた。でも、突然はっと思い出したように言葉を切り、ちょっとここにいてくれる、と言い残して飛び出して行った。

佐知子さんのアパートに一人でいたのは、ほんの十分か二十分だっただろう。でも私には、永遠の時間のようにも感じられた。戻って来た佐知子さんは、彼女と同い年ぐらいの、体の大きな男の人を連れていた。

——この人、村木君。私たちの仲間。

村木という人は、がっしりした体に似合わず顔面蒼白で、唇が震えてさえいた。大きな図体なのにみっともないと思ったけど、そうなるのも当たり前だろう。どうしようもなくてここへ来てしまったけど、申し訳ない気持ちで一杯になった。

——話は全部分かったから。私たちが何とかするから。他の仲間も協力する。

下山君がしたことは、私にも責任があるんだから。


私は眩暈が蘇ってくるのを感じた。まさか、こんな……。

「君はこの時……」

「妊娠してたわ。そのことはいずれ、『1974』でも書きます」

「ちょっと待ってくれ」私は額を揉んだ。そんなことをしても眩暈が引くとは思えなかったが、何もしないわけにもいかない。「そのことには、いつ気づいたんだ？」

「あなたがいなくなる、ほんの数日前」久美子の口調は冷静なままだった。「話そうと思って、ずっと捜していたの。でもあなたは家に帰って来ないし、どこにいるかも全然分からなかった」

「すまなかった」私は深々と頭を下げた。確かに私は、事件の数日前から自宅にも帰らず、村木のアパートなどを転々としていた。「近々大きな事が起きる」と知らされてはいたものの、情報が少ないのが不安で、一人でいたくなかったのだ。勉強会を開いても誰も気合いが入らず、ぐだぐだになってしまったのを覚えている。私が日比谷の現場に一人で行ったのは、美保から密かに爆破テロの予定を耳打ちされたからだった。

「昔の話だから」久美子がさらりと言った。

「そうはいっても、私たちの子どもじゃないか」

久美子の顔が、かすかに引き攣った。それでも目を見開いたまま、私を凝視している。今度は、視線ははっきりと私に釘づけになっていた。さながら私の中にある邪悪なものを抉《えぐ》り出そうとするように。

「その子は、今は……」

「亡くなったわ」久美子があっさりと言った。

「亡くなった？　いつ？」

たった一人で何十年も暮らしてきた私は、一瞬のうちに希望と絶望を味わった。久美子と別れて四十二年目に初めて、自分に子どもがいると知らされ、その高揚があっという間に消え……天国と地獄か。そもそも自分が、これほど家族に対する想いを持っているのが意外だった。いや、この場合家族というより、私と久美子の子どものことだが。

「八五年。十歳だったわ」

「そんな小さい時に？」

「交通事故」涼しい口調で言ったが、久美子の目には力がなくなっていた。

「ちょっと話を整理させてくれ」私は首を横に振った。事情が複雑で、まだ筋がきちんとつながらない。「君は……妊娠したことが分かって、佐知子たちに相談したんだね？」

「ええ」

「いったいいつから、彼女とつながっていたんだ？　最初は、安永という刑事だったんだよな？」

「そう。日比谷の現場で私に声をかけてくれた人。でも安永さんも、普通の刑事だからどうしようもなかった。私は……その後、妊娠が分かって家族と絶縁したの」

「家を出たのか？」私は目を見開いた。

「ええ。でもその時には私は、もう手を打っていたわ」

「佐知子たちを紹介したのが、安永だったんだな？」

「今考えると、変な話よね」

　久美子の表情はまた平静に戻っていた。どれだけ冷静に自分をコントロールできるのだろう。あるいは感情表現を失ってしまったのか——いや、それはないだろう。あれだけ情緒豊かな小説を書く人なのだから。

「確かに奇妙だ」

「両親とは大喧嘩になって……私がちゃんと言わなかったせいもあるけど」

「私が父親だと言わなかったのか？」

「言えると思う？」

久美子のさらりとした言い方は、私を小さく傷つけた。あなたみたいな人が……という本音が透けて見える。

「……言えるわけがないな」

「父親が激怒して、結局家を出ざるを得なくなったの。学校も辞めたわ。それで佐知子さんたちに頼って、彼女のアパートに転がりこんだのよ」

「子どもが生まれたのは？」

「七五年五月八日」久美子がまったく迷わず答えた。

そういうことか……私と久美子が初めて寝たのが、前年の七月初め。恐らくその時の子どもだ。情欲のままに動いた結果がこれか、と情けない気分になる。

「その後は？」

「佐知子さんたちに助けてもらって何とか暮らしていたけど、いつまでもお世話になるわけにはいかなかったし、十八歳になった時に一人暮らしを始めたの」

「よく部屋を借りられたな」大学生が保証人になるのは、現実的には難しい。私だったら契約書は作らないだろう。

「安永さんが保証人になってくれたの。それからは必死でバイトして、何とか子どもを育ててきたわ。二十歳になってからは、水商売で働き始めて。佐知子さんたちとはずっとつながりがあって、本当によくしてもらったのよ。子育ても助けてもらって」

「そうか……」

「あの頃、本当に大変だった」久美子が溜息をつく。「できる仕事は何でもやったわ。昼間、スーパーでレジ打ちをして、夜は水商売。一日の労働時間、十四時間ぐらい」

「大変だったんだ」私の声はかすれてしまった。

「大変だったけど、楽しかった」久美子の顔に小さな笑みが浮かぶ。「私自身、まだ子どもみたいなもので、連れて歩いてると、よく弟に間違われたわ。仕事に追いまくられて一緒にいる時間は少なかったけど、その分、時間は濃密だったかもしれない。その頃、吉祥寺に住んでいて、時間があるとよく一緒に井の頭公園に行ったわ。自然文化園――小さな動物園があって、あの子、ゾウが好きでね……そう言えば、ゾウのはな子、死んだのよね」

私は彼女の言葉に耳を傾け続けざるを得なかった。私が知らない彼女の姿……。

「帰りに、いせやで焼き鳥を一本ずつ買って食べるのが、小さな楽しみだったわ。自分の世界がどんどん縮んでいく感じはしていたけど、そういう暮らしがずっと続いてもいいかなと思っていた。子どもが小学校から中学校へ行って、反抗期になって、高校受験や大学受験で悩んで。そのうち、家に彼女を連れて来たりして……いろいろあったけど、私が二十七歳の時に子どもが亡くなった後は、本当にひどかったわ。もう生きている意味なんかないって思って、何度も死のうと思った」

「どうして私に連絡してくれなかったんだ？」佐知子も教えてくれればよかったのに……。

「どうして連絡する必要があったの？」久美子が、無邪気と言ってもいい口調で訊ねる。

「私は父親じゃないか」

「不在の男を父親と言える？」

さらりとした、しかしきつい指摘に、私は口をつぐまざるを得なかった。久美子が、私の目を真っ直ぐ見たまま続ける。

「十年間、必死で走ってきて、一番大事なものを失って……」

「その子の名前は？　男の子だったんだね」

「大介《だいすけ》。可愛い子だったわ。生きていれば、すごくハンサムになったでしょうね」

「写真は？」生きていれば、もう四十一歳になるはずだ。四十一歳……私には、孫がいてもおかしくなかったわけだ。あったはずの家族。消えた家族。

「あるわよ」

「見せてくれないか」

　久美子が静かに首を横に振った。私は口を開きかけたが、彼女の毅然とした表情を見て黙りこんだ。拒絶。

「亡くなった直後……何日か、記憶がないの。たった一つ覚えているのは、十歳の子の棺が小さかったこと。佐知子さんや安永さんがいなかったら、どうなっていたか分からない」

「その後は……」

「いろいろあって、私は作家になった。以上、というところかしらね」

「ずいぶん簡単にまとめるんだな」私は軽い冗談を言って微笑もうとしたが、表情が強張ってしまった。

「十六歳からの十年くらいがあまりにも激し過ぎて、それからの人生なんて、つけ足しみたいなものだったから」

「作家になろうとしたのは、どうしてだ？　私と話したのがきっかけか？」

「さあ」久美子が肩をすくめる。「今さらそんなこと、説明できないわ。気持ちを整理するために、書く必要があったのかもしれないし」

「デビュー作も、かなりの部分が事実だったんだね」

息子を亡くした母親の人生――年齢などの設定は変えてあるが、今聞いた話と重なる。

私は原稿のコピーを揃えてテーブルに置いた。ただの紙に過ぎないのに、そこから瘴気《しょうき》が立ち上ってくるようだった。ここに彼女の人生が――私が知らなかった人生がある。自ら望んで捨てたものとはいえ、後悔は募る一方だ。

久美子が立ち上がり、キッチンに向かった。「コーヒーがいいわよね」とくぐもった声で訊ねる。

「ああ……もし、よければ」

「煙草、吸いたければ吸っていいわよ」

「この部屋は禁煙じゃないのか?」訊ねながら、私はワイシャツの胸ポケットに手を突っこんだ。

「窓を開けてくれれば構わないわ。でも、灰皿はないわよ」

「それは持っている」

彼女の言葉に甘えることにした。立ち上がって窓を細く開け、煙草に火を点ける。冷たい風が吹きつけ、煙草の先がぱっと明るくなった。忙しなく煙草を吸ったが、どうにも気持ちが落ち着かない。こんなことは初めてだった。二十歳で吸い始めて以来、煙草は常に優秀な精神安定剤だったのだが。

細い道路を挟んで、すぐ向かいが隣のマンション。彼女が眺める桜の木は、道路脇に立っていた。今は葉が落ちた寒々しい姿だが、彼女は春の一週間だけの記憶を糧に、一年を頑張っているわけか……確かに、ここに桜が咲き誇ったら、不思議な光景になるだろう。桜並木ではなく、一本だけの巨木なのだ。

「どうぞ」

彼女の声で、現実に引き戻された。煙草を携帯灰皿に押しこみ、窓を閉める。室内に煙が残っていないかどうか心配になったが、取り敢えず大丈夫そうだった。開いた窓からできるだけ顔を突き出し、外へ煙を吐き出すようにはしていたのだ。室内に漂っているのは、煙草ではなくコーヒーの香りである。

「ずいぶん早いね」

「コーヒーメーカーがあるから。滅多に使わないけど……お客さんが来た時だけね」

「お客さんが来るのか？」

「それは、編集者の人は来るわよ」

「新井さんとか」

「和彦君も……彼は、仕事の話をしに来るわけじゃないけど」

「あいつともずっとつながっていたのか」

「つながっていたというのはおかしな表現だけど……そうね、連絡は取り合っていた。私、和彦君には悪いことをしたと思ってるの」

「どうして？　あの事件のことは……」

「そうじゃなくて、その後の話」久美子が首を横に振った。「彼の方で気を遣ってくれて。大人になってからは特にそうだったわ」そこまで説明して、ふいに気づいたように、「コーヒー、どうぞ」と勧めてくれた。

私は再びダイニングテーブルにつき、コーヒーを一口啜った。コーヒーメーカーで淹れたコーヒーには、どこか機械的な味わいが残るのだが、これにはない。よほどいい豆を使っているのだろうか。

「和彦とは……」

「彼が編集者になったのと、私が小説を書き始めたのがほぼ同じ時期だったの。彼とは一緒に仕事をしたことはないけど、いろいろ助けてもらったわ。和彦君の方も、後ろめたい気持ちがあったんでしょうね。そう言えば私、彼の結婚式にも出たのよ」

「ああ」

「いい奥さんよね……私は結婚式の時に一度会っただけだけど、幸せな家庭になると思った。その予感は当たったみたいね」

「そうか」

「どんな家族なのかも、全然知らないの？」

「ああ」

「当たり前よね」涼しい口調で久美子が言った。「四十年以上も東京を離れていたんだから。和彦君だって、もう先が見えてきている年齢よ」

「ああ」私は短く相槌を打つぐらいしかできなかった。今は、内容はともあれ、彼女の話を聞いているだけでいい。

「五十歳を過ぎると、急に先が見えてくるっていうか……働き始めてからの三十年と、定年までの十年って、だいぶ感覚が違うみたいね。残り十年はすごく短く感じられるって、こぼしてたわ」

「君には、定年はない」

「でも、そろそろやめるかもしれないわ」

「どうして？　私はまだ、君の本が読みたい」

「今回の……『１９７４』を書いたら、もう書くことがなくなるかもしれないから」

「君の本を待っている人は一杯いるじゃないか」女王のごとく崇めるファンが。

「私の小説は……やっぱり、自分の気持ちを整理するために書き始めたんだと思う。今回、四十二年前のことをちゃんと書いて、それで完全に気持ちは整理できるはずよ。あとは、静かに暮らしていくだけで十分」

「でも、人生はまだまだ続く」

「私の人生は、どこかで終わっていたと思う。大介を亡くした時とか……もしかしたら、その前かもしれないわ。例えば、あなたがいなくなった時に」

「そのことについては、本当に申し訳なく思っている」私はコーヒーカップを両手で包んだまま、頭を下げた。どれほど謝罪しても足りないとは思ったが……。「君さえその気になれば、私は誰かを通じて援助もできたんだ」

「そんなもの、受けられるわけがないでしょう」久美子の顔から一切の表情が消える。

「どうして？　私には責任がある」

「あなたは、一度逃げた。一度逃げた人は、何度でも逃げ出すのよ」

久美子の冷たい指摘に、私は凍りついた。自分はそんなに無責任な人間ではない。特に静岡で会社を興してからは、ビジネスに、社員の面倒を見ることに、全力を尽くしてきた。全人生を捧げてきたと言っていい。今度はそれを、久美子に向ければいいだけだ。

「今の私は、昔の私とは違う。私は必死に生きてきた——一人で。でも、いつも君のことは忘れなかった」

「それなら、あなたの方から連絡を取ってくれてもよかったんじゃない？」久美子が不思議そうな表情を浮かべた。「そんなに気になっていたなら……静岡と東京なんて、すぐ近くでしょう」

「それは……できなかった。東京へ来るのは怖かった」私は正直に認めた。

「ずっと逃げ回っていたのね」

「ああ」

「だったら今回はどうして？　ずいぶん一生懸命、私を捜していたようだけど」

「あの連載を読んだから。まさか、自分の名前が実名で出てくるとは思わなかったから、君が……過去を振り返っていると分かったし、私も過去と向き合わなければならないと思った」

「そう……それで、向き合えたの？」

「今、こうやって」私は両手を広げた。「これからどうするかはまた考える」

「どうしたいの？」

「償わせて欲しいんだ」私は言葉を絞り出した。「四十二年間……君が苦しんできたのは分かった。今の私なら、その分の歳月を取り戻して、君に対する償いもできると思う」

「どういう形で？」

「それは……」言葉が出てこない。金か？　愛情か？　しかし彼女は、どちらも受け取らないような気がする。それでも私は、思い切って持ちかけてみた。「もしも金銭的な問題があるなら、援助できる。四十二年間、君を苦しめ続けてきたのを、金で解決できるとは思わないけど」

「お金の心配ならいらないわ」久美子が首を横に振った。「私は、無駄遣いはしないから。これから三十年間、働かなくても生きていけるぐらいの貯金はある」

「だったら……」私は唾を呑んだ。「図々しい申し出かもしれないが、やり直せないか?」

「それはできません」久美子が即座に、そしてさらりと言った。怒りも悲しみも感じられなかった。

「どうして」

「今さらあなたとやり直してどうするの? あなたは、今までの四十二年間を取り戻したいと思ってるの?」

「……そうかもしれない」

「私は別に、この四十二年間が失われた歳月だとは思っていない。私は私なりに、ちゃんと生きてきたから」

「これからも一人で生きていくつもりなのか? 私たちも年を取った。助け合える相手がいた方が……」

「私は一人で問題ないわ」久美子がぴしゃりと言った。「問題がないように、きちんと手を打ってきました。だから、心配してもらうことはないわ」

「そうか」

彼女は静かに話していて、口調に揺らぎはない。それは、彼女の精神が安定している何よりの証拠だと思った。それでも私は諦め切れなかった。

「四十二年間の空白を埋めるのは難しいかもしれない。でも、やってみるのはどうだろう？　私の気持ちとして……償いをさせて欲しいんだ」

「今から話すことを聞いたら、あなたは私と二度と会いたくなくなると思うわ」

まだあるのか……この部屋に入ってから何度も衝撃を受けてきたのに。私はコーヒーカップをテーブルに置いて、両手を腿の上で揃えた。覚悟――何を言われても慌てない覚悟を固める。

「今回あなたが東京へ来たのは、言ってみれば騙されたからよね」

「それも知っているのか」

「佐知子さんたちから聞いたわ。佐知子さんと……美保さん？　私は美保さんのことを直接知らないけど、美保さんが計画を立てて、佐知子さんたちに協力させたのよね？」

「そう聞いている」

苦い思いがこみ上げる。佐知子はたまたま、私が静岡で暮らしていることを美保に密かに自己批判を迫ることになり、美保は私に話してしまった。それをきっかけに、美保は私に自己批判を迫ることになり、密かに準備を進めていた——全て佐知子からの手紙で知ったことだが、一番ショックだったのは、美保が金山を籠絡していたことだ。合鍵も、金山から受け取っていた……一番友人に近い人間だと思っていたのに。私はこれで、静岡での足場を失ったことになる。もう二度と、金山に会うことはないだろう。

「あなたは昔の友だち——村木さんのために一生懸命動いた。それも贖罪だったのね？」

「恐らく」自分の気持ちを完全に理解するのは難しい。あくまで「恐らく」だ。

「でも、美保さんはそこにつけこんで、あなたを精神的に追いこもうとした」

「ああ」実際、かなり追いこまれたのは間違いない。美保のやり方は執拗かつ効果的だった。「もしも……安永という元刑事がいなかったら、相当まずいことになっていたかもしれない。彼は、君だけではなく、私も救ってくれたんだ」

「あなたが東京へ来ることを安永さんに教えたのは、私よ」

「え？」私は思わず身を乗り出してしまった。安永は、この一件の情報源を明かさなかったが……まさか、久美子だったとは。

「私は、安永さんともずっとおつき合いを続けてきたの。四十二年前、どうにもならない時に助けてくれた人だし、言ってみれば親代わりみたいなものね。時々家にも遊びに行って、ご家族とも仲良くなった。こんな女……こんな女なんて言ったらいけないけど、世間は白い目で見てもおかしくないのに、いつも温かく迎えてくれて、大介も可愛がってくれた。でも安永さんが、ずっとあなたのことを気にしているのは知っていたわ。気づいていたと言うべきかもしれないけど。定年になった後も、あの事件のことをいろいろ調べていたのよ。あなただけが、足りないパーツだったから……だから今回、恩返しのつもりで、あなたが東京へ来ることを話したの」

私を売ったのか——一瞬かっとなったが、最終的に美保から私を救い出してくれたのは安永だった、と思い出す。

「彼には……許してもらったんだと思う」

「さっき、電話で話したわ。憑き物が落ちたみたいな感じだった。実際にあなたと会ったら、気が抜けたのかもしれないわね。安永さん、言ってたわ……自分は、私を通じてずっと、あなたと接触していたようなものかもしれないって」

「あの人にも、精神的にだいぶ追いこまれたけど……でも、変じゃないか？　警察官が、当時学生運動をやっていた連中とつながっていて、君の世話を頼んだなんて」

「変かもしれないけど、そのことを批判する資格はあなたにはないと思う」

「そうか……」以前の私だったら、ここで反論していたと思う。しかし今は、言えることは何もない。

「あなた一人のせいで、いろいろな人の人生が狂ったのよ。私もその一人」

「君は……私を許していないのか？」

「許すとか許さないとかじゃなくて、もう関心がないわ」

その一言は、脳天に振り下ろされた強烈な一撃になった。「嫌い」よりも「憎しみ」よりもひどい無関心。私は……折れた。ここへ来たのは間違いだったと確信する。彼女は、私の謝罪も「やり直したい」という申し出も拒絶したが、それは無関心故だったのだ。

彼女の中に私はいない。

もしかしたら、四十二年前からずっと、いなかったのかもしれない。

「私はどこで間違ったんだろう？　どこで間違った角を曲がった？　あの日——十月十四日か？」

「たぶん、その前から。私は——」久美子が腹に手を置く。「子どものことをあなたに話そうとして、ずっと捜していたのよ。でもあなたは摑まらなくて……私の気持ちは、もう切れていたかもしれない」

沈黙。何とか顔を上げると、久美子が冷ややかな視線を私に投げかけていた。いや、視線は冷たく見えたが、実際には何も思っていないだろう。

「君は……私とは会わない、という選択肢もあったと思う。この部屋のドアを開けなければよかったんだから」

「けじめ、かしら」

「けじめか……」

「あなたは、昔から諦めない人だった。しつこかったと言うべきかもしれないけど」

久美子が苦笑する。「だから決定的に——はっきり言わないと駄目だろうと思って」

「ああ、決定的だった」

「だったら、これでもういいわね？　あなたも昔のことは忘れて、残りの人生を生きるべきじゃない？」

私は急に老いを意識した。六十歳……あと何年生きるか分からないが、急に芯がなくなってしまったように感じた。残りの人生は、まさに抜け殻のようになるだろう。

「もう一度言わせてくれ。やり直せないか？　償いたいんだ」

「必要ないわ。私は一人で生きていける。今さら、誰かと一緒に生きるつもりはない」

「そういう人生は寂しくないか？」

「想い出だけでも、人は生きていけるものだから」

「私との想い出？」

「大介の想い出」訂正して、久美子が静かに首を横に振った。髪が乱れないほどの小さな動きだった。

「私の子どもじゃないか」

「あなたを大介の父親だと思ったことは、一度もないわ」

彼女の強烈な一言が、また私を射抜いた。私は唇を引き結び、溢れそうな感情を何とか呑みこんだ。

「もちろん、あなたは若かった。十八歳で、世間の事は何も知らないで、革命ごっこに夢中になっていただけなんでしょう？　でも私は、もっと若かった。十六歳だったのよ？　大介を産んだ時にも十七歳だった。それでも私は、一人で——もちろん佐知子さんたちには助けてもらったけど——生きてきたわ」

「私はずっと一人だった。世間から隠れるようにして生きてきた。それが、私が自分に与えた罰だった」

「でも、会社を経営して、ちゃんとお金を儲けてきたんでしょう？　普通の人が稼げるような額じゃないお金を。世間から見れば、成功者よね」

「私は、最小限の人間関係の中で生きてきた。仲間も家族も作らない——孤独が、私が自分に与えた罰だった」

「分かった。でも、そういう話はもういいわ」久美子が溜息をつく。「あなたは昔からそう……結局、自分、自分、自分だったんだわ」

「そんなことはない」私が美保にぶつけた言葉がそのまま返ってきた。「恋愛は、人が二人いるから成立する……でもあなたにとって、私は一緒に歩いていくべき人間じゃなかったと思う」

「そんなことはない」私は必死に否定した。

「――とにかく」久美子が少しだけ声を荒らげた。「もう全て、終わったことです。私から言うべきことは何もありません」

久美子が立ち上がった。帰ってくれ、という合図だと理解する。しかし私の尻は、椅子に張りついて離れなかった。

ふいに思いつき、スーツのポケットに手を入れる。想い出の品を取り出し、そっとテーブルに載せた。

「これは？」

「四十二年前に、君のために買ったものだ」

「ずっと持っていたの？」久美子が首を傾げる。

「ああ。あの時――事件が起きた頃、君に渡そうと思っていた。結局渡しそびれたけど、必死にバイトして買ったんだ。今となっては大したものじゃないけど、あの頃は、清水の舞台から飛び降りるような気分だったよ」

久美子が、想い出の品をちらりと見た。顔を上げたが、関心なさげな表情を浮かべている。

「それで？」

「受け取ってくれないか？　これを持っている限り、いつまでも気持ちの整理ができない」

「私たち――私も佐知子さんも安永さんも、四十二年前からずっと続く時間を生きてきた。普通の人は、誰でもそう。あなただけが、人生を完全にリセットした。あなた一人だけが……もしかしたらこれが唯一、四十二年前とつながるもの？」

「ああ」

「よく分かりました」

「受け取ってくれないか？」私は繰り返した。

久美子は何も言わず、首を横に振った。私は想い出の品を残したまま、彼女の家を去るしかなかった。

全身に錘《おもり》をつけられたような気分だった。足取りは重く、一歩を踏み出す度に呼吸が荒くなる。

私の居場所はここにはない。会話は全てすれ違い――あるいは彼女に撃ち落とされた。

だいぶ離れたところでやっと振り返り、マンションを見上げる。久美子の部屋は、四階の左の角。灯りは灯っていたが、温かさは一切感じられない。両手を拳に握り、震える唇を噛み締める。強い風が、スーツの中を吹き抜けて骨をがたがた言わせた。肉も骨も削げ落ち、風の冷たさを内臓で直に感じている気分になる。

全てが私の勝手な思いこみだったのだ。久美子も私に未練を残している、きちんと話して謝罪すれば、久美子は許してくれ、やり直すことができる——妄想に過ぎなかった。

全ての人間が、ある程度は過去に囚われているはずだ。安永も美保も、佐知子も村木も。その中で、最も強く過去を引きずっていたのが、実は人生をリセットしたはずの私だったということなのだろう。一人久美子だけが、呪縛から逃れて、正しい時を歩んでいる。

これで全てが終わりだ。

体を捻り、前を向いて歩き出す。いや、正確には視線は「前」ではなく足元のアスファルトを見つめていた。私はもう、視線を上げることはあるまい。うつむいたまま、残りの人生を終えるだけだ。

今さらながら、自分の判断の甘さを恨む。あの時、どうして逃げ出したのだろう。危機が迫っているというのは、単なる勘違いだったのだ。もちろん、警察には事情を聴かれただろうが、逮捕されることもなかっただろう。もちろん、家族との仲はぎくしゃくしたはずだ。家を追い出されていたかもしれない。それでも、久美子とは一緒にいられたのではないか？　彼女も激怒したかもしれないが、私たちの間には絆——子どもがいたのだから。大学を辞めて働き、子どもを育てる生活は、窮屈なものだったかもしれない。金にも困っただろう。今とはだいぶ違う人生になっていたはずだ。今は——金だけはある。私はこれから残りの人生を何もせず、悠遊《ゆうゆう》と暮らしていけるだけの金を稼いだ。友人や地域との絆などはほとんどないが、金さえあれば生きていくのに苦労しない。

だが私は、そういう人生を送りたかったのだろうか。

貧乏でも、愛する人たちに囲まれ、穏やかに暮らせた方がよかったのではないか？　愛する妻、子ども、もしかしたら孫も周りにいて、好きな本を自分のペースで読んで精神世界を深める。そちらの方が、よほど豊かな人生だったかもしれない。

またも過去。

私は結局、永遠に過去の呪縛から逃れられないのかもしれない。そして、その責任を誰かに押しつけるのは不可能だ。

全て自分の責任。

私の人生は、いったい何だったのだろう。

それでも私は、わずかな礼儀を残していた。佐知子に電話を入れて、今回の礼を言う——自分を監禁した人間に礼を言うのは不思議な気分だったが。

「会えたの？」

「ああ」

「上手くいった？」

「いや……簡単なことじゃない」

「そう」佐知子は素っ気なかったが、もはや言うべきことがないからかもしれない。

「君たちはずっと、家族のように久美子を支えてくれていたんだ」

「そうね……たぶん、後ろめたさから」

「それも私が原因だ」

「それは間違いないわね。でも、多くの人が久美子を助けようとしたのは間違いない。安永さんも、私たちも」

「彼女が子どもを産んだこと——子どもが亡くなったこと、どうして教えてくれなかったんだ？」私はつい、非難するように言った。

「久美子がそれを望まなかったから。彼女は、あなたを本当に好きだったんだと思う。それで妊娠したことをあなたに言おうとした時に事件が起きて、あなたは姿を消した。それで久美子は、自分一人で生きていこうと決めたのよ。あなたを恨んだんじゃなくて、そもそもあなたはいなかったから。いない人を頼るわけにはいかない。だから私たちは彼女を助けた——できる範囲で。友だちとして」

「私は裏切り者だったのに？」

「さあ……でもそれが、時代の気分だったのかもしれない。六〇年代の学生運動の尻尾が残っていた時代。誰もが隣の人にかかわり合い、プライバシーなんかないも同然だった。一種の共同体幻想だったかもしれないけど……その後、誰もが自分の殻に閉じこもっていった変化を、私たちは見てるわよね？」

「ああ」

「今だったら、こんなことはできないかもしれない。でも私たちは、まだ当時の共同体幻想の中にいる。だから私や村木君は美保の呪縛から逃れることができなかったし、あなたも村木君のために努力してくれた。このところずっと、一九七四年の意味を考えているのよ」

「私もだ」

「何だったのかしらね……あの日——十月十四日を境に、何かが変わったような気がする。私たちだけじゃなくて、社会も」

私たちにとってはあの事件。和彦は、長嶋引退のことを言っていた。そう、あの日は、日本中を揺るがす出来事が二件も起きていたのだ。偶然とはいえ、何かが変わる空気が充満していて、それが爆発したのかもしれない。

「一つだけはっきり言えるのは、あの頃、四十年後にこんな風になることは、予想もできていなかったことね」

それは間違いない。私は、二度と久美子に会えないと思っていた。しかし彼女に会い、改めて永遠の別れを確信した今、私は自分の人生が二度目の崩壊を迎えるのを感じていた。

そして今度は、リセットできない。

立ち止まり、振り返る。彼女の部屋の窓に灯りはなかった。私を拒絶するように。

私はその場を動けなかった。何かが起きるかもしれないと、かすかな希望に賭ける――やがて窓が明るくなり、細く開いた。目を凝らすと、久美子の顔が見える。彼女は凍りついたように動かず、私を凝視していた。

これで事態が好転すると考えたら、私はお人好しだ。

それでも私は、その窓にすがらざるを得なかった。窓は、過去と現在を結ぶ細い糸のようだった。

解説　1974年10月14日、もう一つの大事件

高津祐典

1974年10月14日、史上最も愛された日本のプロ野球選手がこの日、ユニフォームを脱いだ。読売巨人軍の背番号3、長嶋茂雄。「我が巨人軍は永久に不滅です」という挨拶は、昭和史には欠かせない一場面になった。現代の新聞紙面編集者なら、当然のように「長嶋引退」の写真を1面に使おうとするはずだ。

では、実際の当日夕刊と翌日朝刊はどうなっていたのか。読売新聞夕刊は1面に「三井物産本社で爆発　新橋のビル街26人が重軽傷」と報じた。横見出し、つまり特大級ニュースの扱いをしている。社会面でも爆破事件を受ける。「また白昼のビル爆弾の恐怖」「血まみれの書類飛散　廊下に倒れる社員ら」。こちらも大きな横見出しを取った。長嶋引退の記事は、第2社会面に小さく載っているにすぎない。

翌10月15日の読売新聞朝刊の1面にも「背番号3」の姿はない。毎日新聞、朝日新聞ともトップは原子力船「むつ」入港の話題。二番手が三井物産爆破事件の続報と、各社のニュース判断は足並みを揃えている。

白昼の都心で企業を標的にした爆弾テロが起きたのだから、特大級のニュースなのは間違いない。しかも1カ月半前の8月30日には三菱重工本社が爆破され、8人もの命が失われたばかりだった。一般紙がスポーツニュースにカラい時代だったことを差し引いても、犯行声明を出した東アジア反日武装戦線が、どれほど社会を揺るがしたのかを端的に表しているのだろう。

同じ日に二つの「大事件」が起きた。にもかかわらず、「長嶋が引退したときは、泣いたよ」と熱く語る年配者は何人か知っているけれど、「三井物産の爆破事件があってね」と語る人にはついぞ会ったことがない。学生運動を取材してきた元産経新聞記者、土屋達彦さんの回想録『叛乱の時代―ペンが挑んだ現場―』（トランスビュー）に、当時の市民感情を伝える記述がある。「一九六九年一月、安田講堂攻防戦の収束とともに、全共闘は『崩壊期』に入る（略）残ったのは日本赤軍のハイジャック作戦と、東アジア反日武装戦線の爆弾闘争ぐらいだったが、これらも市民の反発を買うばかりで、やはり消えていく運命にあった」。長嶋の引退は興奮と熱狂とともに記憶に刻まれ、連続企業爆破事件は社会が共感できない思想とともに、忘れ去られていったのだろう。

なぜ爆破事件は記憶から「消えて」いったのだろうか。本書の主人公、下山英二の「自分語り」としての小説「1974」（『メビウス』）と、彼の42年前の恋人、伊崎久美子が書いた作中作「1974」を読み比べると、人々が見ようとしてこなかった日本社会の矛盾が浮かび上がってくる。同じ時代を語っているのに、下山の「1974」には「消えて」いるものがあるのだ。

まず、下山の語りを辿ってみよう。彼は学生時代に東アジア反日武装戦線に連なる活動グループのエース格だった。運動に挫折した下山は、身を隠すようにして静岡に移住。不動産会社を立ち上げ、社長として会社を成長させた。

オーダースーツに、えくぼを作ったネクタイ。腕時計は三大高級時計に数えられるオーデマピゲのロイヤルオーク。ランニングを欠かさず、生活の乱れは何一つない。いわば現代社会における「勝ち組」であり、典型的な成功者だった。ただ、彼には地上げをして人を死に追いやってしまった過去があった。贖罪の意識を抱えたまま生きてきた下山のもとに、ある依頼が飛び込む。かつて活動を共にした学生時代の仲間から、助けを求められたのだ。彼は東京五輪を控えて変貌しつつある渋谷を42年ぶりに訪れる。意を決して過去と向き合う。

42年前の苦悩と、成功に至るまでの挫折――もし下山に取材すれば、こういう美談的なヒューマンストーリーが書けるかもしれない。

だが下山の一人称「私」で語られる「1974」は、彼の矛盾をあぶりだしていく。下山は真剣に悩んでいるのだが、読み進めていくうち、少しずつふるまいに違和感がつきまとうようになる。語り手への絶妙な不信感を抱かせる筆致は、見事としか言いようがない。たとえば、学生時代の仲間が立ち上げた会社を警察が内偵している、という話になったときのこと。下山は「社内にスパイを作ろうとしているわけだ」と断じる。旧友はすかさず「それ、妄想だから」と切り返す。警察はいまだに自分を監視していると思い込み、情報は暗記してメモは黒く塗りつぶす。彼を追っていた刑事が接触してくることで、読者は彼の行動が妄想なのかどうか、ますます分からなくなっていく。

だが彼が長年連絡を取っていなかった弟に会う場面では、違和感が嫌悪感として姿を現す。彼は42年前の恋人、伊崎久美子と再会したいと思っていた。小説家になっていた久美子の連絡先を知るためだけに、下山は弟が勤める出版社にまで出向く。「仕事はちゃんとしてきた。人の役に立ってきた自信もある」と言い切り、勝手過ぎると怒る弟に「そうせざるを得なかったんだ」と返す。弟は言う。「どうしたら、そんな身勝手な人間になれるんだ？　まともじゃないよ」

弟と別れたあとの、下山の「私はそこまで勝手なことを言っているだろうか？」という甘えは決定的だ。久美子も自分に会いたいと思っているはずだと信じて、サイン会にまでつきまとうようになっていく。

彼の身勝手さは、そのまま爆破事件の実行犯たちとも重なって映る。連続企業爆破事件を取材した松下竜一さんのノンフィクション『狼煙を見よ』(河出書房新社)には、実行犯たちの心情が事細かに記されている。彼らは三菱重工爆破事件後、ラジオで死者が出ていることを知った。一人はひどく狼狽し、「こんなはずではなかった」を繰り返したという。

下山も、爆破を直接見たいと現場に赴いていた。逃げ惑う人の恐怖、悲鳴。彼は惨めに転倒し、足を引きずりながら逃げ出した。「こんなはずではなかった」と思い続け、自己正当化を続けたまま42年が過ぎていったのではないか。

下山の語りを相対化するのが、もう一つの小説「1974」、つまりかつての恋人、伊崎久美子が書いた作中作だ。

「作家は人と社会を書けばいい」とある通り、彼女は1974年当時を冷徹に振り返る。下山のことは「大事だった人、と正確に書いておこう。全ては過去の話だ」と突き放す。印象的なのは「長嶋茂雄、という名前は知っていた」けれど、「プロ野球は縁遠い世界だった。試合の中継は常にゴールデンタイム、新聞の扱いが格段によくても、観ようとする意思がなければ目に入らない」という表現だ。

彼女の「1974」は、過去を「観ようとする意思」もないまま、成功者として生きてきた下山を撃つ。総括を迫る。下山の子を妊娠していた彼女は、支援を受けながら必死にバイトをして息子を育てた。夜は水商売をして、1日14時間くらい働いた。

だが息子は10歳のとき、交通事故で命を落としてしまう。

彼女はデビュー作も含めて、事実に基づいて「人と社会」を書いていた。下山はずっと作家・伊崎久美子の小説を読み続けていたのに、久美子にどれほどの苦労を強いたのか思い至ることはなかった。「彼女が抱き続けているテーマは『喪失』なのではないか」と推測はするものの、彼女の人生そのものは「観よう」としなかった。17歳だった彼女の幻想を、ずっと追いかけ続けていたにすぎない。むしろ下山は「彼女はどこか、変わったところがあった」と感じていた。「このエッセイ集は、そういう彼女の、微妙に世間の常識とずれた部分をユーモアたっぷりに描いていて、私は面白く読んだ」と。

常識とずれているのは、どちらなのだろうか。

下山ほどではなくても、下山的な「無自覚な身勝手」は日本にあふれている。男性中心社会の物語が下山の「１９７４」だとすれば、彼らに抑圧された者たちの物語が作中作「１９７４」なのではないだろうか。社会は爆破事件を忘れていった。それは身勝手な正義に抑圧された物語を「観よう」としなかった下山の無意識と、重なっているように思えてならない。下山の語りの歪みは、不都合な事実を見ないまま「成功者」のふりをしている日本社会の歪みそのものなのではないか。

いま、ＳＮＳ上には無数の正義があふれている。言い換えれば、無数の下山英二が私たちのなかに潜んでいる。下山の物語と作中作「1974」を比較するように、私たち自身を本書『メビウス』に投影すると、見えてくる不都合さがあるのではないか。下山に抱いてしまう絶妙な不快感は、私たちが正義を振りかざすときに、誰かしらが強いられている抑圧の代名詞なのではないだろうか。

1974年10月14日を描いた二つの物語は、心地よさと共感ばかりで結ばれている現代社会をも射程に入れている気がしてならない。

（朝日新聞記者）

＊本書は二〇一六年一〇月、小社より刊行された単行本
『メビウス1974』を改題したものです。

メビウス

二〇一九年一一月一〇日　初版印刷
二〇一九年一一月二〇日　初版発行

著　者　堂場瞬一《どうばしゅんいち》
発行者　小野寺優
発行所　株式会社河出書房新社
〒一五一-〇〇五一
東京都渋谷区千駄ヶ谷二-三二-二
電話〇三-三四〇四-八六一一（編集）
〇三-三四〇四-一二〇一（営業）
http://www.kawade.co.jp/

ロゴ・表紙デザイン　粟津潔
本文フォーマット　佐々木暁
本文組版　KAWADE DTP WORKS
印刷・製本　凸版印刷株式会社

Printed in Japan　ISBN978-4-309-41717-2

脳人間の告白

高嶋哲夫　41676-2

想像してみて下さい。ある日、「脳」だけで生かされることになった自分を……何てことをしてくれたんだ！　十メートル四方の部屋を舞台に繰り広げられる、前代未聞の衝撃作！

銃

中村文則　41166-8

昨日、私は拳銃を拾った。これ程美しいものを、他に知らない――いま最も注目されている作家・中村文則のデビュー作が装いも新たについに河出文庫で登場！　単行本未収録小説「火」も併録。

掏摸《スリ》

中村文則　41210-8

天才スリ師に課せられた、あまりに不条理な仕事……失敗すれば、お前を殺す。逃げれば、お前が親しくしている女と子供を殺す。綾野剛氏絶賛！大江賞を受賞し各国で翻訳されたベストセラーが文庫化。

王国

中村文則　41360-0

お前は運命を信じるか？　――社会的要人の弱みを人工的に作る女、ユリカ。ある日、彼女は出会ってしまった、最悪の男に。世界中で翻訳・絶賛されたベストセラー『掏摸』の兄妹編！

A

中村文則　41530-7

風俗嬢の後をつける男、罪の快楽、苦しみを交換する人々、妖怪の村に迷い込んだ男、決断を迫られる軍人、彼女の死を忘れ小説を書き上げた作家……。世界中で翻訳＆絶賛される作家が贈る13の「生」の物語。

水曜の朝、午前三時

蓮見圭一　41574-1

「有り得たかもしれないもう一つの人生、そのことを考えない日はなかった……」叶わなかった恋を描く、究極の大人のラブストーリー。恋の痛みと人生の重み。涙を誘った大ベストセラー待望の復刊。

枕女優

新堂冬樹 41021-0

高校三年生の夏、一人の少女が手にした夢の芸能界への切符。しかし、そこには想像を絶する現実が待ち受けていた。芸能プロ社長でもある著者が描く、芸能界騒然のベストセラーがついに文庫化！

ホームドラマ

新堂冬樹 40815-6

一見、幸せな家庭に潜む静かな狂気……。あの新堂冬樹が描き出す“最悪のホームドラマ”。文庫版特別書き下ろし短篇「賢母」を収録！

引き出しの中のラブレター

新堂冬樹 41089-0

ラジオパーソナリティの真生のもとへ届いた、一通の手紙。それは絶縁し、仲直りをする前に他界した父が彼女に宛てて書いた手紙だった。大ベストセラー『忘れ雪』の著者が贈る、最高の感動作！

白い毒

新堂冬樹 41254-2

「医療コンサルタント」を名乗る男は看護師・早苗にこう囁いた。「まもなくこの病院は倒産します。患者を救いたければ……」——新堂冬樹が医療業界最大の闇「病院乗っ取り」に挑んだ医療ミステリー巨編！

最後のトリック

深水黎一郎 41318-1

ラストに驚愕！　犯人はこの本の《読者全員》！　アイディア料は２億円。スランプ中の作家に、謎の男が「命と引き換えにしても惜しくない」と切実に訴えた、ミステリー界究極のトリックとは⁉

花窗《はなまど》玻璃《はり》　天使たちの殺意

深水黎一郎 41405-8

仏・ランス大聖堂から男が転落、地上80ｍの塔は密室で警察は自殺と断定。だが半年後、再び死体が！　鍵は教会内の有名なステンドグラス…。これぞミステリー！『最後のトリック』著者の文庫最新作。

神様の値段　戦力外捜査官

似鳥鶏　41353-2

捜査一課の凸凹コンビがふたたび登場！　新興宗教団体がたくらむ“ハルマゲドン”。妹を人質にとられた設楽と海月は、仕組まれ最悪のテロを防ぐことができるか⁉　連ドラ化された人気シリーズ第二弾！

戦力外捜査官　姫デカ・海月千波

似鳥鶏　41248-1

警視庁捜査一課、配属たった２日で戦力外通告⁉　連続放火、女子大学院生殺人、消えた大量の毒ガス兵器……推理だけは超一流のドジっ娘メガネ美少女警部とお守役の設楽刑事の凸凹コンビが難事件に挑む！

ゼロの日に叫ぶ　戦力外捜査官

似鳥鶏　41560-4

都内の暴力団が何者かに殲滅され、偶然居合わせた刑事二人も重傷を負う事件が発生。警視庁の威信をかけた捜査が進む裏で、東京中をパニックに陥れる計画が進められていた――人気シリーズ第三弾、文庫化！

世界が終わる街　戦力外捜査官

似鳥鶏　41561-1

前代未聞のテロを起こし、解散に追い込まれたカルト教団・宇宙神瞠会。教団名を変え穏健派に転じたはずが、一部の信者は〈エデン〉へ行くための聖戦＝同時多発テロを計画していた……人気シリーズ第４弾！

最後の敵

山田正紀　41323-5

悩める青年、与夫は、精神分析医の麻子と出会う。そして鬱屈した現実がいま変貌する。「あなたの戦うべき相手は、進化よ」……壮大な構想、炸裂する想像力。日本ＳＦ大賞受賞の名作、復活。

いつ殺される

楠田匡介　41584-0

公金を横領した役人の心中相手が死を迎えた病室に、幽霊が出るという。なにかと不審があらわになり、警察の捜査は北海道にまで及ぶ。事件の背後にあるものは……トリックとサスペンスの推理長篇。

スイッチを押すとき 他一篇

山田悠介 41434-8

政府が立ち上げた青少年自殺抑制プロジェクト。実験と称し自殺に追い込まれる子供たちを監視員の洋平は救えるのか。逃亡の果てに意外な真実が明らかになる。その他ホラー短篇「魔子」も文庫初収録。

その時までサヨナラ

山田悠介 41541-3

ヒットメーカーが切り拓く感動大作！　列車事故で亡くなった妻が結婚指輪に託した想いとは？　スピンオフ「その後の物語」を収録。誰もが涙した大ベストセラーの決定版。

93番目のキミ

山田悠介 41542-0

心を持つ成長型ロボット「シロ」を購入した也太は、事件に巻き込まれて絶望する姉弟を救えるのか？　シロの健気な気持ちはやがて也太やみんなの心を変えていくのだが……ホラーの鬼才がおくる感動の物語。

ダーティ・ママ、ハリウッドへ行く！

秦建日子 41273-3

シングルマザー刑事の高子と相棒の葵が、セレブ殺害事件をめぐって大バトル!?　ひょんなことから葵はトンデモない潜入捜査をするハメに……ルール無用の凸凹刑事コンビがふたたび突っ走る！

推理小説

秦建日子 40776-0

出版社に届いた「推理小説・上巻」という原稿。そこには殺人事件の詳細と予告、そして「事件を防ぎたければ、続きを入札せよ」という前代未聞の要求が……ＦＮＳ系連続ドラマ「アンフェア」原作！

アンフェアな月

秦建日子 40904-7

赤ん坊が誘拐された。錯乱状態の母親、奇妙な誘拐犯、迷走する捜査。そんな中、山から掘り出されたものは？　ベストセラー『推理小説』（ドラマ「アンフェア」原作）に続く刑事・雪平夏見シリーズ第二弾！

殺してもいい命

秦建日子　41095-1

胸にアイスピックを突き立てられた男の口には、「殺人ビジネス、始めます」というチラシが突っ込まれていた。殺された男の名は……刑事・雪平夏見シリーズ第三弾、最も哀切な事件が幕を開ける！

ダーティ・ママ！

秦建日子　41117-0

シングルマザーで、子連れで、刑事ですが、何か？　――育児のグチをブチまけながら、ベビーカーをぶっ飛ばし、かつてない凸凹刑事コンビ（＋一人）が難事件に体当たり！　日本テレビ系連続ドラマ原作。

サマーレスキュー　～天空の診療所～

秦建日子　41158-3

標高二五〇〇mにある山の診療所を舞台に、医師たちの奮闘と成長を描く感動の物語。ＴＢＳ系日曜劇場「サマーレスキュー～天空の診療所～」放送。ドラマにはない診療所誕生秘話を含む書下ろし！

愛娘にさよならを

秦建日子　41197-2

「ひとごろし、がんばって」――幼い字の手紙を読むと男は温厚な夫婦を惨殺した。二ヶ月前の事件で負傷し、捜査一課から外された雪平は引き離された娘への思いに揺れながら再び捜査へ。シリーズ最新作！

アンフェアな国

秦建日子　41568-0

外務省職員が犠牲となった謎だらけの轢き逃げ事件。新宿署に異動した雪平の元に、逮捕されたのは犯人ではないという目撃証言が入ってきて……。真相を追い雪平は海を渡る！　ベストセラーシリーズ最新作！

屍者の帝国

伊藤計劃／円城塔　41325-9

屍者化の技術が全世界に拡散した一九世紀末、英国秘密諜報員ジョン・Ｈ・ワトソンの冒険がいま始まる。天才・伊藤計劃の未完の絶筆を盟友・円城塔が完成させた超話題作。日本ＳＦ大賞特別賞、星雲賞受賞。

『吾輩は猫である』殺人事件

奥泉光　41447-8

あの「猫」は生きていた?!　吾輩、ホームズ、ワトソン……苦沙弥先生殺害の謎を解くために猫たちの冒険が始まる。おなじみの迷亭、寒月、東風、さらには宿敵バスカビル家の狗も登場。超弩級ミステリー。

琉璃玉の耳輪

津原泰水　尾崎翠〔原案〕　41229-0

３人の娘を探して下さい。手掛かりは、琉璃玉の耳輪を嵌めています——女探偵・岡田明子のもとへ迷い込んだ、奇妙な依頼。原案・尾崎翠、小説・津原泰水。幻の探偵小説がついに刊行！

黒死館殺人事件

小栗虫太郎　40905-4

黒死館を襲った血腥い連続殺人事件の謎に、刑事弁護士法水麟太郎がエンサイクロペディックな学識を駆使して挑む。本邦三大ミステリの一つ、悪魔学と神秘科学の一大ペダントリー。

白骨の処女

森下雨村　41456-0

乱歩世代の最後の大物の、気宇壮大な代表作。謎が謎を呼び、クロフツ風のアリバイ吟味が楽しめる、戦前に発表されたまま埋もれていた、雨村探偵小説の最高傑作の初文庫化。

消えたダイヤ

森下雨村　41492-8

北陸・鶴賀湾の海難事故でダイヤモンドが忽然と消えた。その消えたダイヤをめぐって、若い男女が災難に巻き込まれる。最期にダイヤにたどり着く者は、意外な犯人とは？　傑作本格ミステリ。

アリス殺人事件

有栖川有栖／宮部みゆき／篠田真由美／柄刀一／山口雅也／北原尚彦　41455-3

「不思議の国のアリス」「鏡の国のアリス」をテーマに、現代ミステリーの名手６人が紡ぎだした、あの名探偵も活躍する事件の数々……！　アリスへの愛がたっぷりつまった、珠玉の謎解きをあなたに。

花嫁のさけび

泡坂妻夫　41577-2

映画スター・北岡早馬と再婚し幸福の絶頂にいた伊都子だが、北岡家の面々は謎の死を遂げた先妻・貴緒のことが忘れられない。そんな中殺人が起こり、さらに新たな死体が……傑作ミステリ復刊。

妖盗S79号

泡坂妻夫　41585-7

奇想天外な手口で華麗にお宝を盗む、神出鬼没の怪盗S79号。その正体、そして真の目的とは⁉　ユーモラスすぎる見事なトリックが光る傑作ミステリ、ようやく復刊！　北村薫氏、法月綸太郎氏推薦！

迷蝶の島

泡坂妻夫　41596-3

太平洋に漂うヨットの上から落とされた女、絶海の孤島に吊るされた男。一体、誰が誰を殺したのか……そもそもこれは夢か、現実か？　手記、関係者などの証言によって千変万化する事件の驚くべき真相とは？

死者の輪舞

泡坂妻夫　41665-6

競馬場で一人の男が殺された。すぐに容疑者が挙がるが、この殺人を皮切りに容疑者が次から次へと殺されていく――この奇妙な殺人リレーの謎に、海方＆小湊刑事のコンビが挑む！

毒薬の輪舞

泡坂妻夫　41678-6

夢遊病者、拒食症、狂信者、潔癖症、誰も見たことがない特別室の患者――怪しすぎる人物ばかりの精神病院で続発する毒物混入事件でついに犠牲者が……病人を装って潜入した海方と小湊が難解な事件に挑む！

日本の悪霊

高橋和巳　41538-3

特攻隊の生き残りの刑事・落合は、強盗容疑者・村瀬を調べ始める。八年前の火炎瓶闘争にもかかわった村瀬の過去を探る刑事の胸に、いつしか奇妙な共感が……“罪と罰”の根源を問う、天才作家の代表長篇！

著訳者名の後の数字はISBNコードです。頭に「978-4-309」を付け、お近くの書店にてご注文下さい。